國際學術研討會

古龍武俠小說 領先時代半世紀

【記者賴素鈴／報導】江湖代有才人出，這廂古龍凋零二十載，那廂今朝懸賞百萬獎新秀，浪淘不盡，唯有武俠熱愛，不隨時間變易，在學術研討會上更見分明。以「一代鬼才：古龍與武俠小說」爲主題，淡江大學第九屆文學與美學國際學術研討會昨起在國家圖書館，展開爲期兩天的議程，紀念武俠小說家古龍逝世二十周年，新生代學者與古龍故舊齊聚一堂，以文論劍話武俠。

日前與淡大中文系教授林保淳共同發表《台灣武俠小說發展史》，武俠小說評論家葉洪生昨天在專題演講中，直批胡適1959年底發表「武俠小說下流論」是「胡說」，學界泰斗的不當發言以及隨即展開的「暴雨專案」，反而促成1960年起台灣武俠新秀的繁興，「武俠小說迷人的地方，恰恰在門道之上。」，葉洪生認定，武俠小說審美四原則在文筆、意構、雜學、原創性，他強調：「武俠小說，是一種『上流美』。」

集多年心血完成《台灣武俠小說發展史》，葉洪生認爲他已爲從十歲起迷上武俠小說的半世紀畫上完美句點，並且宣布他「以後決心退出武俠論壇，封劍退隱江湖」。

雖然葉洪生回顧武俠小說名家此起彼落，套太史公名言「固一世之雄也，而今安在哉？」，認爲這是值得深思的嚴肅課題，昨天意外現身研討會而備受矚目的溫世禮，則爲了紀念同是武俠迷的哥哥溫世仁，推出第一屆「溫世仁武俠小說百萬大賞」，即日起至今年10月3日截止收件，經兩階段評選後於明年12月7日公布首獎得主，預料將會是一場武林新秀的龍虎爭霸戰。

看明日誰領風騷？風雲時代出版社發行人陳曉林眼中的古龍，其實領先他的時代半世紀，以致如今雖然古龍逝世20年，陳曉林認爲大家對古龍的了解仍然有限，預言未來世代更能和古龍的後設風格共鳴。

昨天這場研討會，也凸顯武俠小說作爲一項文學研究門類，仍有待開發學習空間。多位與會者都指出，武俠小說的發表、出版方式和管道具考證難度，學術理論與論文格式的建立待加強。而武俠名家的版權之爭、市場競爭力，也增加出版推廣困難，古龍武俠小說的版權糾紛、司馬翎作品的版權官司也成爲研討會的場外話題。

與

武俠小說

第九屆文學與美

古龍兄為人慷慨豪邁、跌蕩自如，變化多端，文如其人，且復多奇氣。惜英年早逝。余與古兄當年交好，且喜讀其書，今既不見其人，又無新作可讀，深自嘆惜。

金庸

一九九六、十、十一、香港

古龍

古龍

真品絕版復刻 10

殘金缺玉

全

附《劍客行》古龍殘稿真本

古龍 著

古龍真品絕版復刻說明

由於版權限制之故，本專輯「古龍真品絕版復刻」所集六種古龍最早期武俠作品，在台灣已絕版很多年，而本版推出後也不會再印行問世，故稱「絕版復刻」。此版本限量發行，只以饗有緣人。

殘金缺玉，碎鑽散翠，卻可由此透視後來光芒萬丈、膾炙人口的古龍武俠諸名著，其最根柢處的靈氣之源和俠情之始。凡對古龍作品有真正興趣、愛好的讀友，必會收存這個專輯，並可由此看出：當古龍將這些金玉鑽翠串綴起來時，是何等的璀燦奪目？

目錄

目錄

《劍客行》

【導讀推薦】

《殘金缺玉》的神秘魅力（附：《劍客行》）

著名文化評論家 秦懷冰

《殘金缺玉》最初問世，是在香港「南洋日報」上連載，以發表時日計，這是古龍第一部在報紙上連載的作品。可見迄那時為止他雖然正式發表的作品才只寥寥二、三部，卻已受到許多讀者的歡迎，也引起當時海外媒體的關注，古龍的天才光芒已然開始閃耀在武俠文壇的一角。

顯然，即使在出道的極早期，古龍已敏銳地要求自己，創作時絕不重複以往的作品，更不願建立或遵循某種「模式」；而且，每寫一部新作，必定要展現一些「新意」。《殘金缺玉》

的新意，是自始至終都有一股神秘的氣氛、一種神秘的魅力，在牽引著整個故事的進行。

一開始，從幾位著名鏢師和武林高手那些風聲鶴唳的陳述中，某種驚恐而惶悚的感覺便已瀰漫於他們的心中。在他們看來，業已消失了數十年的武林巨魔「殘金毒掌」竟又出現，而且已有多位成名俠客豪傑已死於他掌下，實在是山雨欲來，浩劫將臨！

然後，貌似文弱書生、人畜無害的相國公子古濁飄忽然悠然出現，刻意結交各路以殘金掌為強仇大敵的武林名家，談笑風生，若無其事。但從一些不受注意的細節看來，這古濁飄分明與殘金掌重現江湖一事有關，甚至他就是「這一代」的殘金毒掌！

原來殘金掌在七十年前鋒芒畢露、橫掃武林的時候，本是使劍，卻敗於江南瀟湘堡主人「玉劍」蕭旭手下，依賭約自斷兩指，終身不能再用劍，後又遭東海三仙之一的悟真子折斷一臂，眼見武林各門派紛紛對他落井下石，故憤而苦練殘金毒掌。但在一陣大肆報復殺戮之後，其人卻又消失不見，被認為已不復存在於世。

而江湖風傳，數百年來殘金掌一直神出鬼沒，被玉劍蕭旭以口頭論劍擊敗的殘金掌，只是最近一代的代表而已。如今，殘金掌重出江湖，眾人寄以厚望可與殘金掌抗衡的瀟湘堡傳人玉女蕭凌亦適時現身。蕭凌是位天真嬌憨的美貌少女，一遇古濁飄便被其翩翩風度所迷，將殘金缺玉的往事和盤托出。原來在與殘金掌交鋒時，玉劍已被斫缺，她也根本不具有剋制殘金掌的能耐。

古龍在本書中，充分展現他操作矛盾心理、弔詭情境的寫作技巧。一方面，古濁飄情挑蕭凌，手到擒來，似顯示他是花叢老手；但另一方面，他又偶爾會自省自問，甚至自責自咎，反思向武林各派報復當年師門尋辱敗之仇，究竟有無必要？有無正當性？

詭異的是，當各派高手推敲出古濁飄似即是這一代的殘金掌時，相府居然先後跳出三個殘金毒掌，以致撲朔迷離，莫衷一是。

故事至此戛然而止。其實，所有的神秘傳聞和詭異情節，都已演繹為「殘金缺玉」的氣氛和魅力，古龍實也不需再指明殘金掌究竟有否再出手報復，或報復的結果如何了。畢竟，「缺玉」已經和「殘金」兩情悅慕，繾綣難分了！

至於《劍客行》，古龍起首寫得舒卷自如，文采動人，寫到約十萬字時卻因突遭變故，被迫中止，後來也因種種原由，未克續寫，乃被當時的出版社找了一位尋常的作家代筆續貂，實在是一大憾事。故而，此書前面部分的佈局、情節、文字，均是靈氣盎然，到了續筆部分，則是循規蹈矩，無法令人激賞，所以，如今出版「真品復刻」，便只保留古龍親筆所撰，把所有續筆的內容一起刪除了。

古龍對此書原有完整的構想，主角展白分別與當時名震江湖的四大世家發生愛恨、情仇、恩怨、利益交相糾結的遇合，而「四大公子」，即以所謂「安樂風流，飄零端方，凌風無情，祥麟熱腸」為外號的四位年輕一代頂尖高手，則是各有特色與風格。但在古龍的原構想中，四大公子的上一代與展白之父義結金蘭，但他們正是背信負義，集體謀害展父的兇手，故而展白和四大世家終究站在對立的地位。這樣的佈局和伏筆，若依古龍的原始構想順利展開，勢將是一部大武俠書的格局。

古龍在武俠作品中引入四大公子的構想，顯然啟發了溫瑞安一部別出心裁的著作《殺楚》中，有關洛陽四大公子及其家族：蘭亭池家、小碧湖游家、妙手堂回家，及千葉山莊葛家的型塑。於是，武俠創作的傳衍與觸發，其實也頗有進一步研討的價值。

第一章　驚聞殘金掌

還沒到戌時，天已經完全黑了，北京城裡，大雪紛飛，家家戶戶的房頂，都堆著厚厚的一層雪，放眼望去，只見天地相連，迷迷濛濛的一片灰色。

風很大，刮得枯枝上的積雪片片飛落，寒蟄驚起，群鴉亂飛，大地寂然。

西皇城根沿著紫禁城的一條碎石子路上，此刻也靜靜的沒有一條人影，惟有紫禁城上巡弋的衛士，甲聲鏘然，點綴著這寒夜的靜寂。

可是你越往回步，天就彷彿越早，西城大街上，燈火依舊通明，街上冒著風雨來往的人們也有不少，此時正值滿清初葉，國勢方殷，北京城裡，天子腳下，更顯得那麼國泰民安，一派富足之氣，沿街的幾家大菜館裡，酒香四溢，正是生意最忙的時候。

街的盡頭，就是最負時譽的西來順涮羊肉館，朝街的大門，掛著一層又厚又重的門簾子，一掀簾子，就是一股熱氣。

門裡是一間大廳，密密放著十來張圓桌面，上面擱著火燒得正旺的大火盆，這是吃烤肉的，不管三教九流，認不認識，大夥兒圍著圓桌面一站，右腿往長板凳上一擱，三杯燒刀子下肚，天南地北一聊，誰跟誰都成了好朋友，儘管一出門，又是誰也不認識誰了。

從外屋往裡走，經過一個小小的院子，裡面是分成一間間的雅座，屋裡當然也都升著旺旺的火，那才是算真正吃涮羊肉的地方。

這天西來順裡裡外外，顯得格外的忙碌，院子靠左邊的一間屋裡，不時傳出粗放的笑聲，夥計們進出這間屋子，也特別殷勤。

原來北京城最大的鏢局，鎮遠鏢局的總鏢頭金剛掌司徒項城正在此屋宴客，司徒項城領袖著大河南北的武林英雄，有二十年之久，真可說得上聲名顯赫，店裡的夥計誰不想巴結巴結這樣的主兒？

忽地，西來順大門外，飛快地駛來一輛大車，車旁左右護伴著兩匹健馬，馬上的彪形大漢，濃眉重鎖，都像是心裡擔著很大的心事。

他們矯健地翻身下了馬，拉開車門，從車裡扶出一位面色淡黃的頎長漢子，那漢子雙目微合，氣若遊絲，連路都走不動了。

兩個彪形大漢半扶半抱著他，急遽地走進西來順門裡，掌櫃葉胖子連忙迎上來，問道：「郭二爺，敢情這是怎麼啦？病成這樣，要不要叫人到捲簾子胡同替您找施大夫來？」

彪形大漢們沒理他，粗著聲音問道：「我們總鏢頭在哪間屋？勞你駕快帶我們去。」

葉胖子察言辨色，知道準又是有事發生了，再也不多廢話，領著他們穿過院子。

兩個彪形大漢一推門，事情的嚴重，使得他們不再顧到禮貌，嘶啞著喉嚨喊了一聲：「總鏢頭。」

金剛掌司徒項城正在歡飲著，座上的俱是兩河武林中成名露面的豪士，忽然看到有人不待通報就闖了進來，正待變色，目光一掃，掃在那面色淡黃的漢子臉上，倏地面容慘變，驚得站了起來，急切地問道：「二弟，你怎麼啦？」

座上諸人都驚異地看著他，那兩個彪形大漢搶上兩步，齊聲道：「小的們該死。」

司徒項城急得臉上已微微是汗，頓著腳道：「這到底是怎麼回事？這到底是怎麼回事？」拉過一把凳子，扶著那病漢坐了下來，希望他能回答自己的話，但那漢子此刻正是命在須臾，根本無法說話了。

司徒項城是經過大風大浪的人物，不真是特別嚴重的事，怎會露出這種著急的樣子？皆因這垂死的病漢，是他生死與共的患難弟兄，鎮遠鏢局的二鏢頭，北方武林使劍的名家青萍劍郭鑄，何況在這郭鑄身上，還關係著八十萬兩官銀呢。

兩個彪形大漢惶恐地跪了下去，道：「小的們該死，無能替總鏢頭盡力，二鏢頭受了重傷，保的鏢也全丟了。」

司徒項城更是急得不住頓足，連聲道：「這真是想不到，這真是想不到，鏢是在哪裡丟的？劫鏢的是些什麼人？二鏢頭受了什麼傷？」

兩個彪形大漢其中一人搶著說道：「鏢才走了一天，大家全都沒想到會出事，過了張家口，有個樹林子，樹林也不大，就在那裡，出來了一個獨臂怪客，全不講江湖過節，郭二鏢頭三言兩語，就和他動上了手。哪知憑郭二爺那樣的武功，不出三招，就中了那人一掌，小的們跟著總鏢頭保鏢也有不少時候了，還沒有看見比那人手段更毒、武功更高的，就憑著一人一掌，將我們鏢局裡的連趟子手帶夥計一共二十多人，殺得一個不留，除了小的和王守成兩個之外，全死在樹林裡。」講到這裡，他聲音也啞了，眼睛裡滿布恐怖之色，像是那殘酷的一幕此刻仍在驚嚇著他。

座上群豪也一齊動容，金剛掌司徒項城更是慘然變色道：「快講下去！」

那漢子喘了一口氣，接著說：「那人留下小的們兩人，叫小的們回來告訴總鏢頭，就是要叫北京城裡的三家鏢局子三個月裡一齊關門，不然無論哪家鏢局保的鏢，不出河北省就要被劫，而且絕對不留一個活口。說完身形一動，就失了蹤影。」

金剛掌司徒項城猛地一拍桌子，怒道：「好大的口氣！」

那漢子一驚，不敢再往下說，司徒項城卻又道：「說下去。」

那漢子望了坐在椅上，仍在掙命的青萍劍郭鑄一眼，說道：「小的們一看那人走了，鏢車卻全在那兒，正說這真是不幸中的大幸，哪知樹林外又馳來十幾匹馬，馬上全是一色黑衣的大漢，一人抵著一輛鏢車走了，小的們人單勢孤，不敢和他們動手，不是小的們怕死，實因小的們還要留下這條命來傳這個消息。」

司徒項城哼了一聲，那漢子低下頭去，又說道：「小的們一看鏢局裡的弟兄全斷了氣，只有郭二爺胸口還熱，小的們這才將郭二爺護送到北京城裡，到了鏢局一看，說是總鏢頭在這裡宴客，小的們不敢做主，才跑到這裡來。」

司徒項城聽完了，沉著臉沒有說話，座上群豪中正有北京另兩家鏢局的總鏢頭，鐵指金丸韋守儒、劈掛掌馬占元，以及保定雙傑，和方自南遊歸來的武林健者龍舌劍林佩奇。

龍舌劍林佩奇本在凝神靜聽，此刻突然問道：「郭二爺所中之掌，是傷在哪裡？」

那漢子想了一會兒，說道：「那人身手太快，小的們也沒有看清，像是在胸腹之間。」

龍舌劍林佩奇哦了一聲，轉臉對司徒項城道：「可否讓小弟看看郭兄的傷勢？」

司徒項城歎了口氣，說道：「郭二弟傷勢不輕，唉，這可真教我如何是好？」

龍舌劍林佩奇走到郭鑄椅前，輕輕解開他的衣襟，突地驚喚道：「果然是他。」

諸豪俱皆一驚，齊聲問道：「是誰？」語氣中不禁帶出驚懼之音。

龍舌劍林佩奇轉過身來，仰天長歎道：「想不到絕跡武林已有十七年的殘金毒掌今日重現，看來我輩不免又要遭一次劫數了。」

這「殘金毒掌」四字一出，方近中年的劈掛掌馬占元，及保定雙傑孫氏兄弟還不過僅是微微色變而已，年紀略長的鐵指金丸韋守儒及金剛掌司徒項城這一驚，卻是非同小可。

兩人齊都猛一長身，果見青萍劍郭鑄左乳下赫然印著一個金色掌印，直透肌膚，最怪的是此掌只剩下三個手指：拇、中兩指似已被刀劍極整齊地齊根截去，金剛掌司徒項城見此掌印，面色更是立刻變得煞白，頹然又倒在椅上。

龍舌劍林佩奇搖頭歎道：「這殘金毒掌隱現江湖將近百年，每一出現，武林中便要遭一次劫難，怪就怪在百年來，江湖傳言此人已死過四次，但每隔十餘年，此人必又重現，遠的不談，就拿十七年前那一次，小弟與司徒兄都是在場目擊的，眼看此人身受十三處創傷，又中了四川唐門兄弟姐妹五人的絕毒暗器，絕對再難活命，哪知此刻卻又重見了。」

金剛掌司徒項城也愁容滿臉地說道：「十七年前，家父怒傳英雄帖，柬邀天下武林同道同殲此人，華山絕壁一役，中原豪傑五十餘人被此人連傷了三十二個，但他也眼看不能活命，尤其是終南大俠郁達夫一劍直刺入左胸，唐家的毒藥暗器，天下亦是無人能解，方道武林從此少了一個禍害，哪知……唉，難道此人真成了不死之身嗎？」

他又看了看青萍劍郭鑄，見他呼吸更形沉重，目中不禁汩汩流下淚來，悲切地說道：「二弟的命，眼看是不行了，這殘金毒掌手下，的確是從未留過活口，二弟這一死，唉！」

群豪亦是相對唏噓，保定雙傑的老大孫燦突然說道：「難道天下之大，就沒有人能制住此人嗎？」

龍舌劍林佩奇搖頭道：「當今武林，不是小弟長他人志氣，滅自己威風，的確沒有此人的對手，只有瀟湘劍客的後代，與此人不知有什麼淵源，只要有蕭門中人在場，天大的事，此人也絕不出現。」

孫燦接口說道：「此人既是天下無敵，怎麼又會四肢殘缺呢？」

龍舌劍林佩奇說道：「孫兄到底在江湖的時日還短，連這武林中盛傳的事都不知道。七十年前，殘金毒掌與當年使劍第一名手瀟湘劍客蕭明比試劍術，瀟湘劍客以『四十九手迴風舞柳劍』贏得他半招，但也沒能傷得了他，哪知此人卻一怒，自行斷去右手的拇、中二指，聲言從此不再使劍，至於此人左臂之缺，據說是被東海三仙中的悟真子所斷，但其中真相，卻無人知道。東海三仙，近五十年來，已不履人世，存亡俱在未可知之數，唉，除了東海三仙之外，又有誰能制得住他呢！」

始終沉默著未發一言的鐵指金丸韋守儒突說道：「若是瀟湘劍客的後人能改變五十年來不管世事的作風，此次也許能稍挽江湖的劫運，但蕭門中人一向固步自封，恩仇了了，除非有當年瀟湘劍客手刻的竹木令，才能請得動他們。」

他轉首向龍舌劍問道：「林兄俠蹤遍及宇內，可知道今日武林中人有誰還持有竹木令的，或可設法一借？」

林佩奇沉吟了半晌，說道：「當年瀟湘劍客的竹木令，一共才刻了七面，百年來流傳至今，就是還有剩下，也必為數不多了。何況這種武林異寶，所持之人，必是嚴密保藏著，不待自身事急，誰肯拿出來借與別人？」

大家又沉默了半晌，金剛掌司徒項城站起身來，說道：「小弟此時實是心亂得很，郭二弟眼看就要喪命，八十萬兩官銀也無望復得，想不到鎮遠鏢局數十年來辛苦創立的基業，從此毀於一旦，就是小弟，唉！怕也要毀在這件事上，小弟心中無主，真不知該怎麼應付此事才好，諸位與小弟都是過命的交情，想必能瞭解小弟的苦衷，小弟此刻得先回家去料理此事，還得設法賠這八十萬兩銀子。」

他慘然一笑，又道：「小弟就是鬻妻典子，也得賠出這八十萬兩銀子，然後小弟豁出性命，也要與這殘金毒掌周旋一下。」

他話說至此，諸人心中也俱都慘然，尤其是鐵指金丸韋守儒與劈掛掌馬占元，看著鎮遠鏢局的前車之鑒，自己的鏢局又何嘗再能維持多久，更是心事百結，無法化解得開。

諸人正自唏噓無言，門外突有咳嗽聲，司徒項城厲聲問道：「是誰？」

門外答道：「是我。」一個夥計推門走了進來，手中持著一張紙柬，躬身說道：「隔壁有位公子，叫小的將這張字條交給司徒大爺。」

司徒項城眉心一皺，接了過來，紙上只有寥寥數字，司徒項城一眼看完，臉上突現異色，對店夥說道：「快去回覆那位公子，說是司徒項城立刻便去拜望，請那位公子稍候。」

店夥應聲去了，司徒項城轉臉對諸人說道：「真是天無絕人之路，想不到我等自思無望得到之物，無意中卻得到了。」

他將紙柬交給林佩奇，又道：「這豈不是『踏破鐵鞋無覓處，得來全不費功夫』嗎？」

林佩奇接過一看，見上面寫得好一筆趙字，看了一遍，笑著念道：「小弟偶聞君言，知君欲得竹木令一用，此物小弟卻是無意中得之，不嫌冒昧，欲以此獻與諸君。」他目光一抬，說道：「這真是太巧了。」欣喜之情，溢於言表。

此時，那店夥又進來說道：「鄰室公子此刻就在門外，問司徒大爺可容他進來拜見。」

司徒項城忙道：「快請進來。」

他正待出門迎接，門外已走入一個身著華麗衣裳的少年，當頭一揖，笑道：「小弟無狀，作了隔牆之耳，還請諸君恕罪。」

諸人忙都站了起來，司徒項城拱手道：「兄台休說這等話，兄台如此高義，弟等正是感激莫名，兄台如此說，豈非令弟等無地自容了嗎？」

那少年一抬頭，只見他雙眉斜飛入鬢，鼻垂如膽，的確是一表人材，惟有臉上淡淡的帶著一種奇異的金色，而且雙目帶煞，嘴唇稍薄，望之略有冷削之氣，但談笑之間，卻又令人覺得他和氣可親。

那少年又朗聲笑道：「閣下想必就是名聞武林的金剛掌司徒大俠，小弟久聞大名，常恨無緣拜識，今日一見，果然是人中之龍，小弟雖是個無用書生，平日最欽佩的卻是笑傲江湖，快意恩仇的武林豪士，今日得以見到諸位，真是平生一大快事。」

司徒項城謙謝了幾句，客氣地招呼著他坐了下來，將座上諸人一一為他引見了。

那少年自稱姓古，名濁飄，是個遊學士子。古濁飄口若懸河，胸中更是包羅萬象，天南地北，三教九流，彷彿都知之甚詳，而且口角生風，令人聽之不覺忘倦。

但司徒項城心中卻急得很，只望他提到那竹木令。古濁飄眼角一轉，已知他心意，笑道：「小弟日前偶遊江南，無意之中幫了一個落魄世家的大忙，那人卻送了小弟一塊木牌，說是小弟浪跡天涯，此物大是有用，小弟問他那是何物，那人才告訴小弟此木牌便是他家世代相傳下來的竹木令，其先祖得自瀟湘劍客，對小弟之舉無以為報，就將它送與小弟。」

他笑了一笑，又道：「但小弟只是個遊學的書生，與武林中素無恩怨，而且小弟孤身飄泊，身無長物，綠林中的好漢，也不會來打小弟的主意，得此至寶，卻苦無用處，想不到今日卻憑著此牌，結交到如許多素所仰慕的俠士，真教小弟太高興了。」

說罷，他仰首一聲長笑，笑聲清越，但卻帶著一種難以描繪的冷削之氣，坐在椅上的青萍劍郭鑄，聽了這笑聲，突然面現驚慌之色，雙手一按椅背，想掙扎著坐起來，但他身中當世掌法中至毒至狠的殘金掌，全仗著數十年來從未間斷的修為，才掙扎到現在，此時微一用力，但覺內腑一陣劇痛，肝腸都像已全斷，狂叫一聲，倒在地上氣絕死去。

諸人俱都又是大驚，司徒項城與他數十年生死與共，自然是最傷心，撲上去撫著他的屍身，顧不得一切，竟失聲哭了起來。

諸豪亦是神傷不已，那古濁飄望著這一切，臉上突然泛起一種無法形容的表情，其中所包含的情感，複雜得連他自己也解釋不出。

但是這表情在他臉上，只是一閃而過，在場諸人絕不會注意到他這一閃而沒的表情，何況就是注意到了，也無法瞭解其中的意義。

龍舌劍林佩奇以手拭目，黯然說道：「人死不能復生，司徒兄請別太難過，這當前的危機，還待司徒兄為大家解決，若是您不能振作起來，那大家更是不堪設想了。」

龍舌劍林佩奇與司徒項城亦是友情深厚，是以他才這麼說，司徒項城雖是悲傷非常，但他究竟闖蕩江湖多年，那種特有的鎮靜和果斷，都不是常人所能比擬的，聞言忙收斂了情感，站起來向古濁飄一揖到地，說道：「兄台仗義援手，將武林中視為異寶的竹木令慷慨借與小弟，因此兄台不僅是小弟一人的恩人，就是天下武林同道，也會感激兄台的。」

古濁飄忙也還著禮，一面伸手入懷，取出一塊木牌，想是因年代久遠，已泛出烏黑之色，說道：「兄台的話，小弟萬萬不敢當，這竹木令，就請兄台取去，小弟雖然無能，但若有用得著小弟之處，在所不辭，只是兄台千萬要節哀。」

司徒項城謹慎地接了過去，仔細望了一眼，只見那木牌上細緻地刻著一個背插長劍的長衫文士，負手而立，果然是昔年瀟湘劍客威鎮天下的竹木令，遂說道：「兄台既是如此，小弟也不再說感激的話了。」

他轉首又向龍舌劍林佩奇說道：「如今事已如此，一刻也耽誤不得，林兄趕快拿著此令，往江蘇虎丘去求見瀟湘劍客的後人飛英神劍蕭旭，求他看在同是武林一脈，出手相助，共挽此武林浩劫。」

龍舌劍應聲接了，司徒項城又道：「路上若遇到江湖同道，也將此事說出，請他們到京師來共同商量一個辦法，須知殘金毒掌一出，便是武林中滔天大禍，單憑蕭門中人，怕也未見得能消弭此禍，此事關係天下武林，絕不是一個小小鎮遠鏢局的事，林兄千萬要小心。」

龍舌劍林佩奇說道：「事不宜遲，小弟此刻便動身了。」說著他向眾人告辭，又向古濁飄道：「古兄若無事，千萬留在京師，小弟回來，我要同古兄多親近。」說罷便匆匆去了。

司徒項城又向保定雙傑道：「兩位能否將令叔的俠駕請來，昔年華山之會，令叔與先父俱是為首之人，若能請得他老人家來，那是再好沒有了，只是聞得令叔亦久已不聞世事，不知道他老人家……」

孫燦搶口說道：「家叔雖已歸隱，但若聞知此事，絕不會袖手的。」

司徒項城道：「那是最好的了，此間若有天靈星來主持一切，小弟就更放心了。」

古濁飄一聽「天靈星」三字，眼中突然現出奪人的神采，望了保定雙傑一眼，孫燦只覺他目光銳利如刀，暗忖道：「此人一介文弱書生，眼神怎的如此之足？看來此人大有來歷，必定還隱藏著些什麼事，但他既然仗義援手，隱藏著的又是什麼事？」

司徒項城扶起青萍劍的屍身，替他整好衣冠，目中不禁又流下淚來。

古濁飄面上又閃過一絲奇異的表情，暗忖道：「別人殺了你的兄弟，你就如此難受，但你殺別人時，心中又在想著什麼呢？」

但是這念頭不過是隱在心底而已，別人又怎能知道呢？事既已了，大家就都散去，司徒項城雖然心亂如麻，但仍未忘卻再三地感激著古濁飄，並且請他無論如何要常到鎮遠鏢局去。

夜色更濃，金剛掌司徒項城伴著青萍劍的屍身，感懷自己的去處，不禁唏噓不已。

但正如古濁飄所想的，當他殺著別人時，心中又在想著什麼呢？武林中恩仇互結，彼此都是在刀口上舐血吃的朋友，是非曲直，又有誰能下一公論呢？

孫燦濛濛地躺在床上，晚上他所聽到的和見到的一切，此刻仍在他心裡纏繞著。

夜靜如水，離天亮不過還有一個時辰了，他聽到鄰室的弟弟孫琪，已沉重地發出鼾聲，但是他睜著眼，仍沒有睡意。

他的叔叔天靈星孫清羽，昔年以心思之靈敏，機智之深沉，聞名於天下，他自幼隨著叔叔，心靈遠慮，大有乃叔的作風，而且先天也賦有一種奸狡的稟性，遠不及他弟弟的忠厚。

此刻，他心中反覆地在思量著一切，現在武林中浩劫將臨，正是他揚名立身的機會，他甚至帶著一絲幸災樂禍的意味來期待著事情的來臨。

窗子關得嚴嚴的，窗外的風雪更大，但一絲也透不進來，他想道：「武林縱有滔天大禍，我只要明哲保身，不聞不問，又與我何干？這不正如窗外風雪雖大，我卻仍然安適地眠在被窩裡一樣？」

於是他笑了，但是他的笑並未能持續多久，突然，窗子無聲地開了，風雪呼的吹了進來，他正在埋怨著窗子未關好，一條淡黃色的人影，比風雪還急，飄落在他的床前。

那種速度，簡直是人們無法想像的，孫燦陡然一驚，厲聲問道：「是誰？」

那人並沒有回答，但是孫燦已感覺到他是誰了，雖然他不願相信他就是殘金毒掌，但那人淡金色沒有左袖的衣衫，沒有一絲表情，若不是兩隻眼睛仍流動著奪人的神采，直令人覺得絕非活人的面容，孫燦已確切地證實了他自己的感覺。

那人望著孫燦所顯露的驚懼，冷冷地笑了起來，但是他的面容，並未因他的笑而生出一絲變化，這更令孫燦覺得難以形容的恐怖。

孫燦多年來闖蕩江湖，出生入死的勾當，他也幹過不少，這種恐懼的感覺，卻是他第一次感覺到的，但是他並未忘卻自衛的本能，即時猛一用力，人從床上竄了起來，腳化雙飛，左腳直踢那人的小腹，右腳猛踹那人期門重穴。

這正是北派譚腿裡的煞招「連環雙飛腳」，他原以為這一招縱不能傷得了此人，但總可使他退後幾步，那時他或可乘機逃走。

那人又是一聲冷笑，腳步一錯，極巧妙地躲開了此招，右掌斜斜飛出，去勢雖不甚急，但孫燦只覺得躲無可躲，勉強收腿回挫，但是那掌已來到近前，在他胸腹之間輕輕一按。

他只覺得渾身彷彿得到了一種無上的解脫，然後便不再能感覺到任何事了。

望著他的屍身，那人的眼睛裡流露出一種像是「有些歉意」的神情，身形微動，便消失在窗外的風雪裡。

這是第二個喪在殘金掌下的成名英雄。

這更加深了群豪對殘金毒掌的恐懼和憤恨，也加速了天靈星孫清羽的到來。

不到幾天，北京城裡群豪雲集，光是在江湖上已成名立萬的英雄，就有二十餘人，其中最享盛名的有天靈星孫清羽、八步趕蟬程垓、金刀無敵黃公紹和江湖後起之秀中最傑出的高手入雲神龍聶方標。

金剛掌司徒項城打著精神來應付著這些武林豪客，但是龍舌劍林佩奇仍毫無消息，卻令他著急，直到第一天南來的武林中人告訴他，江南武林已傳出江蘇虎丘瀟湘堡已有蕭門中第四代弟子裡，最出類拔萃的玉劍蕭凌北上，司徒項城才稍稍放下心來。

數十年來從來不曾參與武林恩仇的蕭門中人，此次居然破例，司徒項城這才將巧得竹木令的事說出。

於是古濁飄也成了群豪們極願一見的人物，但自從西來順一別，古濁飄便如石沉大海，沒有了消息，司徒項城奇怪著，他究竟是什麼人？到哪裡去了，會不會再現蹤跡呢？這問題自然除了古濁飄之外，誰也無法解答。

這天黃昏，風雪稍住，金刀無敵黃公紹拉了鐵指金丸韋守儒和八步趕蟬程垓，起到城北的鹿鳴春去吃烤鴨，三人喝得醉醺醺地出來，也不坐車，也不騎馬，冒著寒在街上蹓躂。

三人年紀雖大，豪興仍存，三杯燒刀子下了肚，更彷彿回到少年時嘯傲江湖，馳騁江河的勁兒，高談闊論著當年的恩仇快事和風流事蹟。

風雪雖住，但僻靜的路上一入夜便絕少人行，此時遠處卻有馬蹄踏在冰雪的聲音傳來，那馬越來越近，馬上是個穿著鮮紅風氅的少女，東張西望地像是在尋找著途徑。

黑夜中雖看不清這少女的面目，但卻彷彿甚美，金刀無敵少年時本是走馬章台的風流人物，此時見了這少女便笑道：「若是小弟再年輕個十歲，定要上去搭訕，管保手到擒來。」

那少女見有人說話，柳眉一豎，看了他們一眼，見是三個已有五十多歲的老頭子，心想講的未必有關自己，便未在意。

哪知程垓見了，卻哈哈笑道：「怎麼，老哥哥，咱們年紀雖大，但是無論說賣相也好，說標勁兒也好，比起年輕小夥子，可絕不含糊。你看人家大姑娘不是向咱們飛眼兒了嗎？」

金刀無敵也笑個不住，鐵指金丸平日雖很沉穩，但此時多喝了兩杯，也胡言亂語了起來，湊趣說道：「這就叫做『薑是老的辣』，真正識貨的小妞兒，才會找著咱們呢！」

那少女忍著氣，聽了半天，才確定他們在說自己，微勒韁繩，停住了馬，嬌嗔著問：「喂，你們在說誰呀？」

金刀無敵禍到臨頭，還不知道：「大姑娘，我們在說你呀！」

那少女平日養尊處優，哪曾聽到過這種輕薄話？隨手一馬鞭，抽到黃公紹頭上。

黃公紹隨便一躲，笑道：「大姑娘怎麼能隨便打人。」

哪知那馬鞭竟會拐彎，鞭稍隨著他的去勢一轉，著著實實抽在金刀無敵的頭上。

黃公紹這才大怒，叱道：「好潑婦，真打呀！」

那少女叭的又是一鞭，嬌叱道：「非打你不可。」

金刀無敵亦非泛泛之輩，這鞭怎會再讓她打中？往前欺身，要去抄鞭子，口中說道：「今天老爺要教訓教訓你這個小娘兒們。」

哪知那馬鞭眼看勢竭，卻又呼的回掄過來，鞭稍直點黃公紹肩下的「玄關」穴，黑夜之中，認穴之準，使得黃公紹這才知道遇見了武林好手。

八步趕蟬程垓也驚道：「這小妞居然還會打穴。」

黃公紹一側身，躲過這一鞭，喊道：「你是哪派門下？可認得我金刀無敵黃公紹？」

他想憑著自己的名頭震住這少女，哪知人家才不買帳，反手又是一馬鞭，喝道：「你是什麼東西，也配問姑娘的來歷！」

黃公紹可沒有想到人家憑什麼說出此話，反而更怒，錯步躲開了馬鞭，卻疾出一掌，拍在那馬的後股上，金刀無敵武功不弱，這一掌少說也有二三百斤力道，那馬怎受得住？痛極一聲長嘶，前腿人立了起來。

那少女嬌叱道：「你是找死！」

隨著說話，身形飄然落在地上，手中所持的馬鞭，竟抖直了當做劍使，一招「柳絮如雪」化做漫天鞭影，分點黃公紹鼻邊「沉香」、肩下「肩井」、左脈「乳泉」三處要穴。

黃公紹再也沒有想到，此少女竟能使出內家劍術裡的上乘手法，一聲驚呼，身形後仰，嗖的倒竄出去，雖然躲過此招，但卻躲得狼狽已極。

那少女嬌叱一聲，如影附形，漫天鞭影又跟了上去，黃公紹左推右擋，極為勉強地招架著，但眼看又是不敵。

八步趕蟬和鐵指金丸韋守儒，見金刀無敵堂堂一個成名英雄，竟連一個少女都敵不過，酒意上湧又是敵愾同仇，竟不顧自己的身分，齊一縱身搶了上去，出拳如風，居然圍毆了。

那少女冷笑一聲，說道：「想不到兩河武林裡，全是這麼不要臉的東西！」

手中馬鞭，忽而鞭招，忽而劍法，饒是八步趕蟬等三人俱是坐鎮一方的豪傑，卻絲毫奈何她不得。

忽然，街的盡頭，有人踏馬高歌而來，歌聲清朗，歌道：

「斫魚作鮓，酒面打開香可酢，相喚同來，草草杯盤飲幾杯。人生虛假，昨日梅花今日謝，不醉何為，從古英雄總是癡。」

歌聲歇處，馬也來到近前。

此時那少女雖然武功絕佳，但到底內功稍差，被三個武林好手圍攻，氣力已然不濟，但手中馬鞭招式精絕，出手更不留情。

馬上的人驚歎了一聲，也勒住了馬，卻正是一別多日的古濁飄。

古濁飄坐在馬上，極為留意看著那少女所使的招式，突然喊道：「住手，大家都是自己人，怎麼打了起來？」

但四人仍然打得難解難分，古濁飄急道：「小弟古濁飄，韋大俠快請住手，這位姑娘是小弟的朋友。」

鐵指金丸一聽是古濁飄，才猛一收勢退了出來，他一使力出汗，人也清醒了，想自己堂堂三個在武林中已具聲名的人物，為著個見不得人的理由竟圍攻一個少女，日後江湖傳出，豈非成了笑話？何況這少女武功頗高，招式尤其精妙，必定大有來頭，心中正自有些後悔。

古濁飄這一來，正好替他做了下台之階，他拱手向古濁飄道：「古兄怎的一別多日，也不見面，此女既是古兄的朋友，便是天大的事也應抹過。」他轉身喝道：「黃兄、程兄，快請住手，我替你們二位引見一位好朋友。」

黃公紹、程垓忙應聲住了手，那少女正感氣力不濟，也樂得休息，但卻仍然杏眼圓睜，顯然並不想就此善罷甘休。

她心中奇怪著這少年和自己素不相識，怎會口口聲聲說是自己的朋友？她武功雖高卻是初出江湖，前幾天有個江湖閱歷極為豐富的人陪著她還好一些，這兩天那人因著另一極重要的事又折回江南，她才感到江湖之大，無奇不有，有些事的確是她無法理解、無法應付的。

她初次動手，滿以為憑著自己的武功，定可得勝，不料苦戰不下，還險些落敗，心裡更是難受，她卻不知對手三人俱是武林中一等一的高手，她戰敗一人，已可揚名江湖，此刻三人若不是因她年紀尚輕，交手經驗太少，怕早已落敗，心裡的難受，更不知比她勝過多少倍，她心中越想越不是滋味，竟愣在那裡了。

這邊鐵指金丸韋守儒早已替古濁飄引見了程垓和黃公紹兩人，兩人此刻酒意已消，臉上也有些掛不住。古濁飄聰明絕頂，早已看出那少女的來歷，心中暗笑道：「你們這真叫自己打自己的嘴巴，日後你們清楚了這少女的來歷，怕不急得要跳河。」

但他臉上卻絲毫不露，韋守儒以為他真和那少女是朋友，便向他問那少女的師承門派，他也隨口支吾了過去。三人應了幾句又再三請古濁飄一定要到鏢局來，便沒趣的走了。

第二章　含羞胭脂透

古濁飄此時早下了馬，見那少女站在那裡發愣，睜著兩隻大眼睛，不知在想些什麼，微微一笑，臉上閃過一絲奇異的光彩，緩步走了過去，見那少女的風氅，動手時早已落在地上，鮮紅的衣服落在雪地上，形成了一種美妙的配合。

他俯身拾起了風氅，抖去了上面沾著的雪，走到那少女身前，一揖到地，笑道：「姑娘千萬別生氣，也不要和那種人一般見識。」

那少女正自滿腹心事，她被那三人的輕薄言語所激怒，此刻氣尚未消，看見那三人已走了，氣不禁出在古濁飄身上，忽然一馬鞭，竟向古濁飄掄出。

古濁飄似乎根本不懂武功，看見馬鞭抽來，急忙去躲，但腳下一個踉蹌，馬鞭雖未抽著，人卻跌倒在地上，發急道：「姑娘千萬可別動武，小生手無縛雞之力，怎擋得住姑娘的一鞭子！」

那少女一鞭將古濁飄抽到地上，心中不禁生出些許歉意，暗忖道：「此人與我無冤無仇，也不曾得罪過我，而且好歹還解過我的圍，我何苦抽他一鞭子？唉，為什麼這兩天我的脾氣變得這麼暴躁？」

她看著他仍倒在雪地上，北京城連日大雪，地上的雪已積得很厚，有些地方還結成冰，很滑，他想爬起來，但掙扎了兩次，都又跌在地上，那少女心裡更覺得歉然，忖道：「看來此人真是個文弱書生，這一下不知跌傷了沒有？」

她一念至此，不禁伸出手來想扶他一把，但瞬即又發覺不妥，將手中的馬鞭伸了過去，意思也是想幫他站起來。

古濁飄連忙喜道：「多謝姑娘。」伸手接過那馬鞭，那少女不知怎的，像是腳下也是一滑，竟覺得站不穩。古濁飄一用力想爬起來，那少女竟也隨著這力量摔倒了，這一下兩人倒作一團，古濁飄手腳亂動，竟將那少女壓在地上。

冰雪滿地，那少女卻覺得一股男性的熱力使她渾身發熱，不禁又羞又氣，猛的將古濁飄遠遠推到旁邊，翻身躍了起來，想發怒，又是無從發起，回頭去找自己的馬，卻四處找不到，原來那馬已在他們動手時跑了，她毫無辦法，拾起風氅，便走了。

哪知古濁飄這一下爬起來倒快，騎著馬趕了上來，高聲呼道：「姑娘慢走。」晃眼便追到少女身側，涎臉笑道：「姑娘可是剛到北京城來？」

那少女對他又是好氣，又是好笑，也不理他，他卻自語道：「天這麼黑了，　個姑娘家人地生疏真不方便，去投店吧，客棧裡的那些人又都不是好東西……」

那少女這兩天在路上果真吃盡了苦頭，晚上連覺都睡不安穩，聞言不禁覺得這句話真是說中了自己的心意，古濁飄搖著頭，又說道：「我倒知道城裡有個地方，既乾淨，又安靜，而且主人是個正人君子，姑娘家住在那裡，真是再好沒有了。」

那少女忍不住問道：「在哪裡呀？」

古濁飄一笑說道：「不瞞姑娘說，那裡便是小生的窩居，姑娘若不嫌簡陋，勉強倒可歇息一晚。」

那少女實是不願投店，聞言忖道：「這少年書呆子模樣，諒也不敢把我怎樣，現在天這麼晚了，我又無處可去，不如就到他那裡去吧！」

古濁飄見她不答話，便問道：「姑娘可是願意了？」

那少女點點頭，他連忙爬下馬背，喜道：「那麼姑娘就請坐上馬，小生領著姑娘去。」

那少女忖道：「這書呆子真是呆得可以，我若騎上馬，他怎跟得上我？」側臉望了他一眼，但覺他俊目垂鼻，嘴角帶著一絲笑意，英俊得很，心裡不禁微微生出好感，說道：「你那裡遠不遠？」

古濁飄忙道：「不遠，不遠，就在前面。」

那少女道：「那麼我們就走一會好了。」

說完又覺得「我們」這兩字用得太親熱，突的臉泛桃紅，羞得低下了頭，幸好古濁飄卻像沒有注意到，只管興沖沖地走著。

三轉兩轉，到了一個大宅子的門口，古濁飄道：「就在這裡。」

那少女見這房子氣派甚大，占地頗廣，不禁懷疑地望了他一眼，問道：「這屋子裡沒有別人嗎？」

古濁飄又是一笑，道：「除了下人之外，就只小生一人，姑娘請放心好了。」

那少女臉上又是一熱，古濁飄拍開了門，領著她走進屋裡。那少女見房裡佈置得富麗堂皇，僕人亦多，竟像是高官富商所居，心中奇怪道：「這少年究竟是什麼來路？看樣子不像是個書呆子，卻又呆得可以，看樣子只是個書生，怎的所住的地方又是這樣華麗？」她雖然奇怪，但也並未十分在意。

古濁飄殷勤周到，張羅茶水，添煤生火，大廳頓時溫暖如春，瞬又擺上夜點，也都是女孩子家素日愛吃的東西。那少女連日旅途奔波，第一次得到這麼好的享受，心裡不覺對他又添十分好感，居然也有說有笑起來，不似方才愛理不理的樣子。

她風氅早已脫下，此時索性連背上的劍也撤了下來，那劍似乎比普通的劍短了兩寸，劍鞘非金非鐵，通體純白，竟似上好的玉所製，古濁飄看了一眼，嘴角又泛起笑容。

此時夜已很深，大廳裡點著十數支盤龍巨燭，爐火生得正旺，甫自風雪中歸來的人，得此住所，真不知置身何處。

那少女淺淺喝了兩口上好的竹葉青，燭光下穿著一套粉綠色的緊身衣褲，更顯得丰神如玉，綽約多姿，何況她笑語間眼波四轉，豔光照人，古濁飄望著她，不覺癡了。

那少女見他呆呆的望著自己，臉一紅，站了起來，說道：「我要睡了。」

古濁飄一驚，忙道：「房間已經收拾好了，我這就帶姑娘去。」

那少女掇起風氅，她隨身並沒帶什麼東西，只有小小的包袱和那柄劍，她對那柄劍看得似乎很珍重，小心地拿著，跟著古濁飄穿出大廳，經過走廊，到了一間房間。她推門一看，那房間佈置得宛如女子閨閣，竟似特為她準備的，古濁飄到了門口，便止住了腳步，說：「姑娘早點安歇吧。」

那少女點頭嫣然一笑，走進房裡，帶上門，心裡暗自思忖著：「這人倒真是個正人君子，連我的房他都不踏進一步。」轉念又想著：「他叫什麼名字，我都還不知道，他也不問我的姓名，這人可真怪。」

她心中反覆思索著，想來想去都是古濁飄的影子，想起方才雪地的一幕，又不禁獨自羞得臉紅紅的。

哪知門外突然又有敲門的聲音，她問道：「是誰呀？」

門外卻是古濁飄的聲音說道：「是我，我有幾句話想對你說。」

那少女芳心一動，漫應道：「你進來嘛！」

門被推了開，古濁飄帶著奇異的光彩走了進來，那少女正斜倚在床邊，古濁飄筆直地走了進來，說道：「我有幾句話想說，又害怕，不敢說，可是非說不可。」

他說著走著，腳似無意中踩在那少女腳邊，忙著道歉：「對不起，對不起。」

那少女被他這麼一踩，無巧不巧地正被踩在她足側的「碧泉」穴，渾身頓時一軟，全然失去了氣力，連話都說不出來了，心中一急，哪知古濁飄像是一點兒也不知道，又接著說：「我一看見你，心裡就覺得說不出來的喜歡你，就想和你接近。」

他遲疑地住了口，鼓著勇氣又說道：「你要是不讓我說，那我就不說了。」

那少女身不能動，口不能言，聽了又羞，又急，卻又有一種說不出來的喜悅。她從未聽人對她說過這樣的話，也從未有人敢向她說過這樣的話，現在居然當著她面，赤裸裸地說出來，她焉能不羞，不急？但此人卻又是她暗暗在喜歡著的，雖然她自己尚未能確立這分情感，但心中又不禁摻合了一絲喜悅。

她嬌腮如花，古濁飄越看越愛，說道：「你要是讓我親親你，叫我怎麼我都甘心，你要是不願意，你也告訴我，我馬上就走。」

那少女更羞，更急，臉也更紅，心中怦然跳動著，付道：「他要是真來親怎麼辦？怎麼這樣巧，他一腳正踏在我的穴道上，難道他是裝著不會武功，來欺負我？那我真要……」

古濁飄已緩緩走到她身前，緩緩俯下頭來要親她，她不能躲，心中也隱隱有一份「不願躲」的情感，悄悄垂下眼瞼，只覺得一個火熱的嘴唇，吻在自己的頰上、額上，微一停，又輕輕吻在自己唇上。

這時她的感覺，就是用盡世間所有的詞彙，也無法形容其萬一。她只覺得身體像是溶化了，昇華了，是愛？是憎？是羞？是怒？她自己也分辨不出來，只覺縱然海枯石爛，這一剎那卻是她永生無法忘情的。

古濁飄吻著她，看著她嬌羞的臉，心中的思潮，也正如海濤般洶湧著。

他的手遲緩而生澀地在那少女成熟的身體上移動著，他的心卻在想著：「我真無法瞭解我自己，我渴望得到崇敬，得到愛，但是當人們崇敬著我的時候，我卻有一種更強烈的願望，想去得到他們的驚懼和憎恨，唉，我心情的矛盾，又有誰能為我解釋呢？」

他讓他的臉，溫柔地停留在那少女的臉上，膝蓋一曲，重重地撞在那少女的膝蓋上。

那少女自然不知道他的心事，只覺得心頭有一股溫馨，在溫馨中又有一分羞急，但她被他的膝蓋一撞，卻恰好解開了穴道，失去的力量像是山澗的水，澎湃著，洶湧著，急遽的又回到她身上。

隨著回覆的力量而生出的一種潛在的本能，使得她猛然推開了那俯在她身上的身軀。

他瞪著驚異的眼睛望著她，像是根本不知道這其中的一切，在這一瞬間，她也不知道該怎麼做，她想著：「我又怎能怪他？罷了！」

想到天意，她的臉更紅了，她不知道在這微妙的一刻裡，她對他，已經生出了一種難言的情意。

那是一個矜持而驕傲的少女，在第一次被人撞開心扉，所生的揉合著喜悅和愛、憎恨和怒的情感，但是她已原諒他了。

千百種念頭，在她心中閃過，千百句話，在她舌尖翻轉，但她只輕輕地說：「你坐下。」

古濁飄的眼睛閃爍了，這次他閃爍出的，是真正喜悅的光彩，他望著她，坐在她的身邊，她微微歎了口氣，問道：「你姓什麼？」

古濁飄小心地撫著她的纖手，說道：「我叫古濁飄。」

那少女的手被他撫弄著，也不掙扎，過了一會，她低聲說道：「你怎麼不問我叫什麼？」

古濁飄笑了，道：「因為我不問，已經知道了，你姓蕭，叫蕭凌，對不對？」

她一驚，奇怪地問道：「你怎麼知道的？」

古濁飄笑道：「我雖然笨，但是看你的武功，看你的那柄玉劍，誰還不知道你就是玉劍蕭凌呢！」

她更驚，掙脫了他的手，急問道：「你也會武功？」

古濁飄笑道：「你猜猜我會不會？」

她猛然站了起來，羞急和憤怒，在這一剎那，遠勝過了喜悅和愛，她右手並指如劍，極快地點向古濁飄喉下的「鎖喉穴」。

要知鎖喉穴乃是人身的死穴之一，若是有武功的人，必然會躲開，但是古濁飄仍然未動，目光中又一次露出奇異的光芒，像是全然不知道一切，又像是即使死在這雙纖纖玉指下，也是甘願的，更像是早就知道，而且相信她這指根本不會真的點。

她出指如風，堪堪已點在穴上，忽又手一軟，輕輕滑開。

古濁飄乘勢又捉住她的手，她眼圈一紅，低聲說：「你不要騙我。」

一個揮劍縱橫，江湖側目的劍客，在愛的魔力，似水柔情中，變得柔順而脆弱了。她順從地倚在古濁飄的懷裡，一個少女的心境，往往是最奇妙而不可思議的，當她感覺到「愛」時，她的矜持和驕傲，便很快地消失了。

這份「愛與被愛」的感覺，也深深感動了古濁飄，但是你若是智慧的，你從他那喜悅而幸福的目光裡，就會發現有另一種光芒，似乎還藏著一分隱秘，縱然是對他所愛著的人。

第二天，蕭凌斜倚在古濁飄肩上，望著面前的熊熊爐火，幾乎忘了她來的目的。

他們似乎有永遠說不完的話，縱然有時只是些片斷的碎語，但聽在他們的心裡，卻有如清簫瑤琴般的悅耳。她訴說著她的身世，他靜聽著，雖然那些都是他早已知道了的事。

江南的暮春深秋，春花秋葉，斜陽古道，小橋流水，她娓娓說來，都彷彿變成了圖畫。

她說到她的家、她父親，飛英神劍在她嘴裡更成了神話中的英雄。

她又拿起她的玉劍，驕傲而高興地對古濁飄說：「這就是我們家傳的玉劍。」

她抽出劍來，也是通體純白，她笑著說：「喏，你看，真的全是玉做的，天下武林，玉做的劍，再沒有第二柄了。」

古濁飄接了過來，仔細看了看，那絕非一個書生對劍的看法。

然後他指著劍上一個錢眼大的缺口，問道：「你這把劍怎麼缺了一塊？」

蕭凌想了一會兒，道：「這個缺口是一個秘密，天下人除了我家自己人外，再沒有別人知道，不過，我現在可以告訴你。」

古濁飄含有深意地望著她一笑，她臉紅了，不依道：「你這人壞死了！」

古濁飄幸福地說：「好，好，我不敢再笑了，你說給我聽好不好？」

蕭凌用手理了理鬢角，說道：「江湖中有個最厲害的人，叫『殘金毒掌』，你聽過沒有？」

古濁飄點了點頭。

蕭凌又說道：「七十年前，我曾祖父瀟湘劍客名震天下，那時候武林中每隔十年，有一個較技大會，天下武林中的劍客俠士，都去那裡一較身手。」她高興地說：「你看，那該多好玩呀，可惜現在這較技大會再也不開了。」

她像是惋惜著不能在較技大會上一試身手，古濁飄望著她的表情又笑了。

她瞪了他一眼，又說道：「我曾祖父一連兩次在那會上取得了『武功天下第一』的名頭，真可以說是四海揚名，那時候，我們家瀟湘堡成了武林中的聖地，武林中人，在瀟湘堡附近一里的地面上，連馬都不准騎，劍也不許掛在身上，你看，他們對我曾祖父多尊敬。」

她眼中的光彩，是那麼得意而喜悅，古濁飄用手拍了拍她的手，她又說道：「可是有一天，瀟湘堡門前，居然來了一個騎著馬的人，全身穿著金黃色的衣服，掛著劍，那人就是殘金毒掌，我曾祖父的弟子看見他又騎馬，又掛劍，顯然是對我曾祖父太不尊敬，氣得不得了，上去就要和他動手。」

她略為想了一想，像是在回憶其中的細節，才又說道：「那時殘金毒掌手臂也沒斷，手指也是全的，還不叫殘金毒掌，叫金劍孤獨飄。」她說到這裡，望了古濁飄一眼，說：「他的名字倒和你差不多呢！」

古濁飄用手拭了拭眼角，笑了笑。

她又說：「金劍孤獨飄武功也高得很，我曾祖父的幾個弟子全不是他的對手，後來我曾祖父出來了，就問他幹什麼，他說他看不慣我曾祖父，要和我曾祖父比劍，假如他勝了，就要我曾祖父廢去『武功天下第一』的名頭，他還說天下武林中武功比我曾祖父高的人不知道有多少個，我曾祖父就問他，假如他敗了呢？他就說從此不再使劍，而且還要自行割掉四個手指，這樣以後就再也不能使劍了。」

古濁飄毫無表情地靜聽著。

她又說：「於是我曾祖父就在瀟湘堡裡的練武場上和他比劍，兩人都是一百年也找不出一個的武林好手，這一場劍比得自然是精彩絕倫，在旁邊看的人只看見漫天劍飛縱橫，連人影都看不見。」

她口如懸河，說得好像她當時也在場目睹似的，她用鐵筷撥了撥爐中的炭，又說道：「兩人劍法全差不多，我曾祖父的劍法雖然是冠絕天下，但那人的劍法奇詭，竟不是任何一家的劍法所可比擬的，兩人由白天比到晚上，也沒有分出勝負，但是他們兩人全是內家絕頂高手，誰也不肯休息。」

她又喘了口氣，說道：「就這樣，兩人比了兩天一晚，一點兒也沒有休息過，到後來，兩人的手也軟了，連劍都幾乎舉不動了，但兩人都是一樣的倔強脾氣，誰也不肯放手。」

「到後來，還是我曾祖父提議，兩人以口代劍，來較量劍術。」她望了古濁飄一眼，說道：「你明白嗎？這就是說兩人將招式用嘴說出來，一人說一招，假如有一人無法化解對方說出的招式，就算輸了。」

她說：「兩人都是劍術大家，誰也不怕對方會騙自己，於是兩人就坐在地上，你一句，我一句，講了起來，先還講得很快，到後來越講越慢，這樣又講了整整一天，還是沒有分出勝負。」

她笑了笑又道：「可是講話的時候可以吃東西，所以兩人都還支持得下去，忽然金劍孤獨飄高興得一拍大腿，說道：『殘陽青樹』，我曾祖父想了想，輕易地說『柳絲如鏡』，我曾祖父正在奇怪，他怎會因這一招『殘陽青樹』，就高興成這個樣子。」

她又望著古濁飄笑道：「你不懂武功，當然不知道這『殘陽青樹』不過是一招並不見得十分厲害的招式，普通武林中人雖然已經很難抵敵，但是像我曾祖父那樣的內家劍手，要化解這招很容易。」

她眨了眨眼，又說道：「可是我曾祖父卻知道『殘陽青樹』這一招，化解雖然容易，卻不能反攻敵招，因此他說了招『柳絲如鏡』，那就是將劍光在自己面前結成一片光幕，雖然不能攻敵，但自保卻綽綽有餘，因此我曾祖父並不以為意。」

「哪知金劍孤獨飄馬上連喊出『凝金圈土』，這一招招式奇詭，那就是封劍不動，也不進擊，我曾祖父又想了半天，說出『千條萬緒』，這一招就是將劍以內力振動，化做千百條劍骸去攻擊對方，本是極為厲害的煞著，哪知他又毫不思索地喊出『五行輪迴』，這一招也是以內力振動著劍，抖起一個極大的光圈，然後光圈越圈越小，我曾祖父這一招『千條萬緒』被他這光圈一迫，勢非要撤劍不可。」

「我曾祖父這才一驚，名家比劍，劍要是撒手自然算輸了，我曾祖父這才知道他這幾招都是做好的圈套，引得我曾祖父必定使出『千條萬緒』這一招，他再以『五行輪迴』這一招來破。」

她將頭倚在古濁飄肩上，又說道：「我曾祖父足足想了一個時辰，還沒有想出破解的方法，他老人家看到金劍孤獨飄得意地坐在地上大吃大喝，而自己苦思破法，卻一點東西也吃不下，心裡又氣又急，突然大喊『迴風舞柳』，孤獨飄一聽這一招，急得連手裡拿著吃的雞腿都掉到地上了。」

古濁飄眼神一動，問道：「你看到的呀？」

蕭凌笑道：「你真壞，我那時還不知在哪裡呢！怎麼看得到？這是我祖父告訴我父親，我父親再告訴我的。」

古濁飄微嗯了一聲。

蕭凌接著又道：「這『迴風舞柳』一招，是我們家傳『七七四十九式迴風舞柳劍』的最後一招，也是最厲害的一招，這招就是手腕一旋，以內力將劍乘勢擲去，那劍卻借著內力的旋轉，由後面又轉了回來，卻刺敵人後背。我曾祖父這一招可真厲害，劍雖然撤了手，但卻不是落敗，而是攻敵，而且對方這時候前有強敵，後面又有劍刺來，身上的真氣又全聚在腕上，連躲都無法躲。」

她興高采烈地說：「這一下，可輪到金劍孤獨飄著急了，他坐在那裡整整想了四個時辰，我曾祖父都休息夠了，他才突然站了起來，一言未發，拿起劍就將自己右手的拇指和中指削掉，且掉頭就走，我曾祖父此時不禁也深深地佩服了他，皆因我曾祖父一生之中，只遇見這一個真正的對手。」

說到這裡，古濁飄的臉上又發光了，像是對武林前輩的那種雄風壯舉，緬懷不已。

蕭凌也微微歎了口氣，說道：「我曾祖父見他走了，面色也難看得很，突然拿起手中的劍，就是現在我身上這柄玉劍，又拿起金劍孤獨飄遺留下的那柄金劍，將金劍朝玉劍猛然一砍，哪知道我曾祖父那樣的功力，也只把這玉劍砍了個缺口，並沒有砍斷，這就是這柄玉劍缺口的原因。」

古濁飄接口問道：「那柄金劍呢？」

蕭凌道：「那柄金劍卻被砍壞，劍口也損了。」

兩人靜了一會兒，蕭凌又道：「後來我曾祖父告訴我祖父，他為什麼要這樣，他老人家說，假如真的動手，他老人家絕不會想到用『迴風舞柳』這一招，因為他老人家那時候還不能將這招練到攻敵傷人的地步，所以他老人家覺得雖然勝了也不大舒服，就是使出這招，也不能傷得了孤獨飄。過了兩年，我曾祖父突然定下一條規約，那就是我們蕭家的人，從此不許過問江湖中的事，也不可到江湖中去爭名頭，誰要是違背了，就不是蕭姓子孫。」

「到後來我祖父才知道，這時候金劍孤獨飄已經被『東海三仙』裡的悟真子將左臂斬斷了，我曾祖父告訴我祖父，金劍孤獨飄那時掌力尚未練成，假若不是因為不能使劍，悟真子也未必能傷得了他，所以我曾祖父很難過，才不准自己的子弟過問武林裡的事情。」

古濁飄微歎一聲，忖道：「這瀟湘劍客果然不愧為一代宗主，比起現在那些武林中人來，真不知要強勝多少倍了。」

蕭凌又道：「後來，這金劍孤獨飄改名叫『殘金掌』，行事越來越怪異，而且他練的掌力之毒，更是天下無雙，江湖中人都稱為『殘金毒掌』，給他加上了個『毒』字。幾次想置他於死地，可是我們蕭家的人卻從來沒有參與過，奇怪的是殘金毒掌也再沒到我們瀟湘堡來尋仇，就是我曾祖父死了，他對我們蕭家人仍然不同，無論什麼事，只要有蕭家的人參與，他都絕對不管，我們蕭家的人，對他也尊敬得很。」

她回頭看了古濁飄一眼，笑道：「你別以為我們尊敬這殺人不眨眼的魔頭不對，其實他一諾千金，正是丈夫的本色，比起昨天晚上那三個自命俠客的老頭子，不知要強上了多少倍。喂，你說我的話對還是不對？」

古濁飄道：「對極了，對極了。」他說這話時，像是沒有一絲情感。

蕭凌卻歎道：「現在我曾祖父早死了，連我祖父都死了，可是殘金毒掌卻仍然活在世上，看來這個人真的是不可思議了。」

說到這裡，她微斂黛眉，道：「可是前些日子，北京城裡一個什麼鎮遠鏢局派了個人來，拿著我曾祖父手刻的竹木令，說是要我們幫他們一齊對付那又重現江湖的殘金毒掌，我父親雖然不願意，但也沒有辦法，那竹木令是我曾祖父當年手刻的，一共只刻了七個，他老人家刻這竹木令的用意，是因為他老人家覺得平生之中，只對七個人或是有著很深的歉意，或是欠著人家的情，而他老人家雖然自己訂下規約，不得過問武林中事，但是這七個人卻例外，所以才刻了七面木牌，無論任何人，只要手持這竹木令，隨便叫我們蕭家的人做什麼事都可以。」

「可是我曾祖父刻好木牌之後，想了想，只送出去了四塊，其餘那三塊仍然存在我們家裡，他老人家送出去的四塊竹木令，誰也不知道送給了些什麼人，這麼多年來，這竹木令只出現過兩次，連這次才是第三次，我父親因為曾祖父留有遺命，所以不得不管這事，但是我父親又不願親自出手，就派了我出來。」

她笑了笑，說道：「可是我呀，我也不願意，別說我一家打不過那殘金毒掌，就是打得過，我也不願意打。」

她吱吱喳喳說個不休，古濁飄雖然面上一無表情，但從他的眼睛裡，卻可以看出他的情感在急遽地變化著，起伏著。

往事如煙如夢，齊都回到他的心頭，但他除了自己之外，誰也不能訴說。

他伸手輕輕攬過蕭凌的腰肢，說道：「那麼你為什麼又要來呢？」

蕭凌道：「我非來不可呀，何況我也想見識見識這殘金毒掌到底是怎麼樣一個人。」

她笑了笑，又說：「我從小到大，都悶在家裡，現在有機會出來玩玩，正是求之不得。」

古濁飄哦了一聲，目光遠遠投在窗外。

下午，他準備了輛車，將蕭凌送到鎮遠鏢局的門口。他從車窗內望見鎮遠鏢局門口匆忙地進出著一些挺胸凹腹的剽悍漢子，那金刀無敵黃公紹想是剛用過飯，正悠閒地站在門口剔牙，還有一個頎長而瘦削的年輕人也站在他身側，指點談笑著。

他回過頭來，對蕭凌說道：「這裡就是鎮遠鏢局了。」

蕭凌也探首到車窗邊，望了望，突然驚道：「你看，昨天晚上那個老頭子也站在那裡，神氣揚揚的樣子，哼，我非要他好看不可。」

古濁飄笑了笑，對這些事，他像是一點也不關心，其實他對任何事都像是那麼冷漠，彷彿天下的人和事，就沒有一件是他屑於一顧的，又彷彿是連他本身的存在，都抱著一種可有可無的看法。

蕭凌陡然也發覺了他的冷漠，她開始覺得他是那麼飄忽而難以捉摸，有時熱情如火，有時又冷漠似冰，像是百無一用的書呆子，又像是世上任何事都不能瞞過他的智者。

但是她少女無邪的心，已完全屬於了他，她想：「無論他是什麼人，我都會一樣地愛他。」

於是她溫柔地望著他，問道：「你陪不陪我進去？」

他搖了搖頭。

當然，他也發覺了她眼中流露出的失望之色，無論如何，他不願傷她的心，雖然，他已感到自己對她的情感，僅僅就只這麼短短的一天，已冷淡了許多，遠不如初發生時那麼熱烈了。

他暗暗在責備著自己：「為什麼我對已得到的東西，總覺得不再珍貴了呢？為什麼我的內心，總好像有一種更強烈的力量來反抗我自己的思慮呢？我真不懂這是什麼原因！」

他將眼光極力地收了回去，溫柔地滲合到蕭凌的目光裡，笑道：「我是個書生，我跟你們這些俠客在一起，總覺得不大自然，你還是一個人去吧，無論什麼時候你想見我，就來找我好了。」

蕭凌勉強笑著點了點頭。

於是古濁飄為她推開車門，她悄然下了車，聽見古濁飄在她耳邊說：「我在家裡等你。」她心中又升起一絲喜悅的甜蜜，微側了側頭，讓自己的耳朵觸著古濁飄溫暖的嘴唇。

然後車門被關上，車駛去了。

驟然，她覺得像是自己所得到的一切忽然失去，又像是自己失去的一切重又得到，她不禁暗笑自己的癡，她想：「我們又不是永遠不能相見，為什麼我會有這種感覺呢？」

她邁開步子，向鏢局門口走去。

金刀無敵黃公紹正為著他身旁少年的一句話得意地大笑著，忽然看到蕭凌由對街走來，臉色一變，他不知道蕭凌是何身分，當然更不知道蕭凌的來意，還以為她是來找自己的。

他又不願意昨晚所發生的那些事，讓鏢局裡的群豪知道，但他也無法阻止她。

可是他覺得這少女竟似全然沒有看見自己的存在，人類都有一種安慰自己的根性，他忖道：「昨天晚上黑夜之間，也許她根本沒有看清我……可是她此來又是為著什麼事呢？」

在他的念頭裡，根本沒有一絲會想到，這少女竟是他們終日期待的玉劍蕭凌，鏢局中每一個人都有一種根深蒂固的錯覺，認為那玉劍蕭凌一定是個男子，玉劍蕭凌足跡沒有出過江蘇虎丘，自是也難怪鏢局群豪會生出這種錯覺來。

蕭凌走到門口，她鮮紅的風氅，驚人的豔麗，使得鏢局門口的那些大漢目眩了。

那本是站在金刀無敵黃公紹身側的瘦長少年，此時迎了上來。蕭凌一看黃公紹已不知走到哪裡去了，心中又是好氣，又是好笑，忖道：「你以為你悄悄一溜，就可以解決問題了嗎？」

那瘦長少年走了過來，問道：「姑娘想是要找什麼人嗎？」

蕭凌打量了那少年一眼，見他鼻直口方，目光如鷹，顯得精明已極，倒也像是條漢子，遂說道：「請問這裡有位金剛掌司徒項城嗎？」

那瘦長少年一聽她竟找的是司徒項城，而且連名帶姓一齊叫了出來，顯見得對這位在武林中地位頗高，聲名赫赫的金剛掌，並不十分尊敬。

他驚訝地望了這少女幾眼，見她身段婀娜，美豔如花，忖道：「近年武林中並沒有聽說出了個這樣的人物呀？」

但是他做事素來謹慎，絕不會將心中的驚訝絲毫露出，仍客氣地說：「原來姑娘是找司徒大俠的，請問姑娘貴姓，有何貴幹，我這就替姑娘回覆去。」

蕭凌道：「你就告訴他，說是蘇州虎丘瀟湘堡有人來訪便是了！」

那瘦長少年更驚，問道：「姑娘就是玉……」

蕭凌不耐煩地搶著道：「對了，我就是蕭凌，特來求見！」

那瘦長少年不覺肅然，躬身一揖，道：「原來是蕭大俠。」

瘦長少年也是武林中一等一的角色，他對蕭凌這麼尊敬，倒不是為了玉劍蕭凌的名頭，須知光是「玉劍蕭凌」這四字，在武林中還是個陌生的名字，如果加上「江南瀟湘堡的玉劍蕭凌」幾字，那在人們心目中，就完全造成另外一個印象了。

皆因瀟湘堡在武林中，地位極高，是以瘦長少年一聽，便肅然生敬。

金剛掌司徒項城遲遲沒有任何舉動，也是在等著瀟湘堡來人，他此次邀集武林豪傑，話雖講得冠冕堂皇，是為了挽救武林之劫，其實他私心自用，卻是為了挽救鎮遠鏢局的危機。

他根本沒有任何計畫來對付殘金毒掌，也無法有任何計畫。殘金毒掌形蹤飄忽，來去無蹤，試問他如何找呢？他心中的打算是將玉劍蕭凌留在鎮遠鏢局，他想有了瀟湘堡的人在，那殘金毒掌便不會對自己有何舉動，他卻不知道殘金毒掌這次重現江湖，目標根本不是在他一個小小的鎮遠鏢局身上。

他沾沾自喜，以為自己的打算很聰明，他哪裡知道這其中事情的複雜，人的變化，卻是他所萬萬沒有料想得到的呢！

「玉劍蕭凌」這幾個字，像是一陣風，使得鎮遠鏢局忙亂了。

金剛掌司徒項城並不以玉劍蕭凌是個女子而失望，他想即使玉劍蕭凌只是個小孩子，只要是瀟湘堡的人，對他來說並沒有一絲區別。

他老於世故，精於談吐，雖然心事重重，但卻仍然是那麼從容的樣子。

他招待著蕭凌坐在客廳上，看見她只是一人來到，龍舌劍卻仍未回來，他忍不住要問，但忽又想到龍舌劍林佩奇遊俠江湖多年，絕對不會生出意外，想是另有他事，所以沒有回來，何況只要玉劍蕭凌來了，龍舌劍回不回來，已沒有什麼太大的關係。

玉劍蕭凌初出江湖，雖然有些地方顯得很不老練，但是她本極聰明，又擅言詞，也應付得頭頭是道，自有另一種風範。

她自幼嬌縱，從未吃過虧，昨夜雪地那一幕她仍未忘懷，總想讓那三人吃個苦頭，便說道：「老鏢頭，這些日子江湖豪傑來得很多，可不可以為我引見一下，也好讓我瞻仰風采。」

司徒項城忙道：「這個自然是應當的，其實他們也早已聞知蕭姑娘的人名，亟欲一見了。」

他轉首向立在身後的鏢夥囑咐了幾句，叫他將人請來，又指著坐在下面的那個瘦長少年說：「我先給姑娘引見一人，這位就是近年傳名的入雲神龍聶少俠，你們兩位都是少年英雄，倒可以多親近親近。」說完一陣大笑。

蕭凌只淡淡地看了他一眼，入雲神龍聶方標卻像是臉紅了紅，她情已有所寄，自然不會再注意到別人，可是聶方標突然見到了這年紀相若的俠女，自然難免會生出好逑之念。

過了一會，廳外走進一個面色赤紅的矮胖老人，一進來就高聲笑著說：「聽說江南瀟湘堡有人來，快給我引見引見。」

金剛掌司徒項城似乎對此人甚為尊敬，站了起來笑道：「孫老前輩來了，這位就是飛英神劍的女公子，玉劍蕭凌蕭姑娘。」

那老者哈哈又笑道：「好得很，好得很，果然是超群脫俗，清麗不凡，故人有後，我老頭子真是太高興了，真是太高興了。」

司徒項城忙道：「這位就是江湖人稱天靈星的孫老前輩，昔年與令尊也是素識。」

蕭凌一聽如此說，忙也站了起來，她雖對這些鏢局裡的人物不太看得起，但此人既是她父親的故友，自然是另當別論了。

她卻未想到飛英神劍根本不在江湖走動，朋友極少，這天靈星孫清羽不過僅僅和他見過一面而已，怎能稱是素識？如今只是在拉關係罷了，她人世尚淺，當然不知道這些處世的手腕。

此時，又有些人走進大廳，蕭凌一看，昨晚那三個老頭其中的兩個正在裡面，遂裝作若無其事的樣子，心裡卻在暗暗盤算，怎樣來使這兩個曾經對自己不敬的人，大大出一次醜。

金刀無敵黃公紹及八步趕蟬程垓，此時當然也發覺江湖側目的瀟湘堡傳人玉劍蕭凌，就是自己昨夜雪地中遇見的紅衣少女，心中頓起了惶恐和羞愧，但他們估計著自己的身分，在這種情況下，又勢必要碰面，臉上不禁變得異樣難看。

但他們和蕭凌三人間心裡的念頭，金剛掌司徒項城自是不會知道，所以他仍興致沖沖地要為他們引見。

就在這頗為尷尬的一刻裡，玉劍蕭凌心中的另一個念頭，使得她的心軟了下來，她想起自己說要對付金刀無敵時，古濁飄臉上的那種冷漠表情。

她想：「他一定不喜歡我對人那麼尖刻，我又何必為了這些不必要的事，去使他不快呢？何況這兩人雖然出言不遜，但我也抽了他一鞭子，總可以算扯平了，若然我客客氣氣地對他們，不再提那件事，他知道了，也一定高興得很。」

她想著想著，臉上露出春花般的微笑，一種奇妙的感情，使得她除了古濁飄之外，對其他任何人的愛憎，都變得不再那麼強烈，而且彷彿只要是古濁飄不喜歡的事，她就都能忍著不做。

這就是人類，對於人來說，本身內在情感的力量，遠比任何力量都大得多，尤其是這種愛的感覺，其力量更像是奔騰的洪水，無堅不摧的。

所以當金剛掌司徒項城將黃公紹、程垓兩人引見給她時，她只微笑著，這因為她心裡正有一種幸福的憧憬，而這感覺，遠比其他任何感覺都強，使得她對別的事也不再關心了。

八步趕蟬程垓和黃公紹兩人，當然不知道她心中所想的，只是在暗暗的感激著她替他們兩人保住了臉面。

所以這場合裡，雖然其中每個人心裡都在打著不同的念頭，然而大家卻都是愉快的。這因為他們所冀求的，都已得到了滿足。

幸福著的蕭凌，容光更豔麗，她像是群星中的月亮，受到大家的稱頌和豔羨，然而她卻覺得這些千萬句美言，怎比得上古濁飄輕輕的一瞥。

晚上，她再也按捺不住對古濁飄的懷念，於是她叫司徒項城為她準備了輛車，說是要去拜訪一個久居京城的父執，金剛掌自是滿口答應。

第三章　掌發鏢客亡

乘著車，蕭凌叫車夫駛到古濁飄所居住的地方，遠遠地就停了下來，因為她不願意讓別人知道她的去處。

雖然她對京城是那麼生疏，然而到古濁飄家的道路，她卻早就留意地記住了，人們對有關自己所愛的人的一些事物的關心，往往都是那麼強烈的。

很晚了，但是她毫不顧忌地去拍門，她似乎覺得凡是屬於古濁飄的東西，也是屬於她的。

門開了，開門的仍然是昨夜的那個老頭子，她被那種馬上就能見到自己心裡所愛的人的喜悅深深地淹沒了，笑問道：「古少爺在嗎？」

當然，她認為自己的這句問話，得到的答覆，幾乎必然是肯定的，古濁飄不是說在家裡等著自己的嗎？那老頭子茫然看了她一眼，問道：「古少爺？」隨即似乎記起了她的面孔，接著道：「噢，古少爺嗎，他不在，天還沒黑就走了。」

她一急，忙又問道：「他是不是說很快就回來？」她希望著得到滿意的答覆。

那老頭子謹慎地說：「古少爺沒有講，他根本不常回到這裡，有時一個月都不來一次，姑娘找他有什麼事，我替姑娘回稟就是了。」

一種陡然被欺騙了的失望，使得這身懷絕技的玉劍蕭凌幾乎癱軟了。

她努力在支持著自己，搖了搖頭，含著淚說：「沒有事，沒有事。」

那老頭子又茫然看了她一眼，彎著腰走進去，將門關上。

被摒除在門外的蕭凌，此刻心中甚至連憤怒都沒有，只有一種沉切的悲哀。

她躑躅在深夜的雪地裡，頓覺天地雖大，而她卻茫然沒有個著落。

她付出去的那麼多，但得到的卻是欺騙，倔強的她，開始流淚了。

她恨她自己，她恨她自己身上每一分、每一寸被古濁飄觸摸過的地方。

她寂寞而無助的，忘去了一切，時間、寒冷、家人，這一切，在她已覺得完全不重要了。

愛得越深的人們，恨得是更深的，縱然是件小小的過失，也會引起嫉恨，她開始懷疑一切，古濁飄本身不就是個難解的謎麼？他到底是什麼人？他到底為什麼對她如此？他是存心欺騙她，抑或是因著更重要的事而走了？突然，她想去追尋這一切問題的答案，於是她折回古濁飄的居所。

街的盡頭，走來兩個更夫，手裡還拿著刀，看見蕭凌，大聲喝道：「是誰？」

蕭凌一驚，沒有回答，但是那兩個更夫看見她只是個女子，就說道：「大姑娘這麼晚了怎麼還沒有回家？這兩天北京城發覺巨盜，達官巨賈的家已被劫了好多次了，姑娘要小心呢，快回家吧！」

蕭凌點首謝了謝，那兩個更夫又敲著更走了，蕭凌一聽，此刻竟已三更。

她辨了辨方向，看見古濁飄的房子就在前面，一咬嘴唇，弓鞋一點，人像燕子般輕靈地飛了起來。瀟湘堡武學世家，劍法的運用，亦以輕功為主，玉劍蕭凌的輕功，在江湖上已可算得上是頭等的了。

她略一起伏，便竄過兩三個屋面，她準備到古濁飄所住之處，查看個究竟。

雖然她心思昏亂，但是多年來的訓練，使得她的身手和反應，絲毫未因此而遲鈍。

她略一盤旋，看見那屋子裡竟似還有光亮，她身形頓了頓，盤算著該怎麼樣去探查。

就在這時候，屋裡的燈光驟滅，她連忙伏下了身，接著，一條淡黃色的人影，自院中電射而出，那種驚人的速度，使得即使像蕭凌那麼銳利的目光，都無法看得出他的身形。

蕭凌毫不遲疑地一長身，極快地跟蹤而去，但是她只看見遠處人影一閃，便沒有了蹤影，她驚忖道：「這人的身法好快呀，就連父親，都像是比不上他，他是誰呢？難道就是古濁飄嗎？」

這念頭更使她驚慌，若然此人真是古濁飄，那麼他以前所說的話，全是假的了，他裝著不會武功，來欺負自己，而自己卻相信了他。

她更迷亂了，因為古濁飄看來，是真的不會武功呀，那種身懷武功的人，所必有的種種特徵和反應，古濁飄不是全然沒有嗎？然而此人若不是古濁飄，又是誰呢？怎又從他的屋子裡出來呢？她初出江湖，閱歷本淺，卻偏偏讓她遇見這麼奇的事，她自是無法揣測其中的真相。

忽然，遠處又有幾條人影奔來，而且還是在動著手的，其中還夾雜著厲叱的聲音。

她略一考慮，又隱身在屋脊之後。那幾條人影身法亦不弱，瞬間便來到近前，蕭凌一看，是個渾身黑衣，連面孔都蒙在黑布後的漢子，在和三個穿著公門衣裳的人動著手。

那黑衣人身後背著一個大包袱，但身手絲毫未受影響，空著一雙手，掌影如飛，抵敵住三件兵刃，一點也未落下風。

另外三人似是公差，其中一個年紀較長，手使一條練子槍，身手頗高，另兩個手持著鋼刀，武功平平，但口中卻在大聲叱喝著：「相好的，留下命來吧，五天裡連劫十一家，你也未免太狠了吧！」

那黑衣人一言不發，掌掌狠辣，似乎非要將那三個公差置於死地，忽然口中厲叱道：「下去！」立掌一揚，將一個使刀的公差硬生生地劈到屋下，慘呼一聲，看樣子是活不成了。

那手使練子槍的，驀然一驚，脫口叫道：「你……金剛掌！」

黑衣人冷哼一聲，掌橫切那持著練子槍的手腕，右掌微閃，那使刀的砍去，刀已落空，砰的一聲，胸口也著了一掌，哇的噴出一口鮮血，晃了兩晃，倒在屋上死了。

那手使練子槍的忙收攝心神，手裡練子槍翻飛撥打，勉強抵敵掌風，口中喝道：「相好的，你真夠交情，我金眼雕算是瞎了眼，招子不亮，竟沒看出堂堂一個鏢頭竟會當強盜，不過栽在你金剛掌司徒項城手裡，我田豐總算不冤枉，今天沒別的說的，兄弟這條命就賣給相好的了。」

他邊說著，手裡可也沒有閑著，掌中練子槍招招致命，顯然得過名家傳授，但此刻抵敵著黑衣人的凌厲掌風已居下風了。

玉劍蕭凌躲在屋脊後，將這一切都看在眼裡，心裡更是驚訝，她猜不透，若是這黑衣人果真是金剛掌司徒項城，為什麼一個領袖兩河武林的鏢局之首，會做起強盜來呢？這時動著手的兩人，眼看便可分出生死存亡了，蕭凌面臨著一個抉擇，那就是她始終隱身不動？還是出手相助，將那黑衣大盜制住？她久久委決不下，須知她到底是金剛掌以竹木令請出相助的，若此黑衣人真是司徒項城，她豈非對竹木令沒有了交代？何況她心中揣測，這裡面必定還有什麼隱情。

金眼雕田豐手下已漸不支了，額上也現出汗珠，但仍在苦撐著。黑衣人身形左轉，躲開了他一招「玉女投梭」，右掌橫掃，「白鶴亮翅」。

金眼雕勉力一躲，卻被指尖掃著左肩，立時覺得痛徹心腑，但他知道這黑衣人被他揭破底細絕不會留下活口，忍著痛，掌中練子槍「潑風八打」，掙扎著使出餘力，拚命周旋。

金眼雕田豐混跡公門三十餘年，自問兩眼不盲，已經絕對斷定了此人必是金剛掌司徒項城，但金剛掌為何連劫鉅款，卻仍使他猜不透。

黑衣人冷笑喝道：「好朋友認命了吧！」

口音蒼老，中氣甚足，玉劍蕭凌一聽，倒抽一口冷氣，此人不是金剛掌是誰？她俠骨天生，不忍看到金眼雕因公喪命，伸手入懷，取出三粒鐵蓮子，準備助金眼雕一臂之力。

她掌中暗扣著鐵蓮子，拐手正發出，卻突然聽到陰森森一聲冷笑。

遠處人影一閃，先前被她追失了的那條絕快人影，又隨著笑聲而來。她一驚住手，寒夜雪光裡，只見這人影穿一套淡金色的衣裳，左臂空空，連衣袖都沒有，面色亦是金黃，望之簡直不是人的臉容，她險些驚呼了起來。她知道此人必定就是縱橫武林百年，當今天下第一魔頭殘金毒掌了。

就在這一剎那，她心裡又生出一個難解的念頭，首先，她想到方才她猜疑這人影可能是古濁飄，已經證實是錯了，但殘金毒掌卻又怎會從古濁飄的屋子裡現身呢？她這裡心中驚疑不已，那邊的兩人卻已是亡魂喪膽了。

書中交代的雖慢，然而這卻是一瞬間事，動著手的兩人，聽得冷笑之聲，已是一愣，看到隨著笑聲而來的人影後，兩人都是久走江湖的人物，哪裡還有不認得此人的道理？黑衣人頓時覺得一股冷氣直入心田，再也顧不得金眼雕田豐，嗖的拔身而起，他自知絕非殘金毒掌的對手，一咬牙，拚著數十年辛苦創立的身家不要，想先逃得性命再說。

金眼雕到底眼光銳利，此黑衣人果真就是金剛掌司徒項城。

他重鏢被劫，八十萬兩官銀卻是非賠不可，他雖然歷年所積，家財不少，但是要叫他賠上八十萬兩銀子來，卻又怎辦得到？但是官銀不賠，眼看就是抄家之禍，他苦無別法，又不忍眼見自己身敗名裂，苦慮之下，就走了下策。

武林之中，是非最難公論，他雖然行為卑鄙，但卻是被逼如此，然而他若不種下惡因，又焉會得此惡果？是以武林中每每恩仇纏擾，牽連數代，若有一個絕大智慧，絕高武功的人，能將這些恩仇了卻，縱然手段不正，也是無可厚非的。

金剛掌司徒項城情急逃命，他卻未想到在殘金毒掌面前，他又怎能逃得走呢？他身方躍起，已自覺得掌風襲來，他浸淫掌力數十年，各家各派的掌力，心裡都有個譜，然此刻他覺到的掌風，卻是他前所未見的。

那種掌力是那麼柔和，卻又有一種奇異的吸引之力，像是叫你情願地死在這種掌力之下。

他久經大敵，雖然不瞭解這種掌力的奧妙，卻知道厲害，猛撤真氣，將本是上竄的身形，疾疾落了下來，此時他已知道，逃走是不可能的了。

他落在瓦面上，看見殘金毒掌根本動也未動，敢情方才的掌風，只是他遠遠劈來，隔著這麼遠，已使人覺得有此威力，金剛掌心中更是駭然。

那驚懼得立在旁邊的金眼雕田豐，和屋脊後的玉劍蕭凌，也被他這種匪夷所思的掌力驚得目定口呆，蕭凌更是在驚慌中還有另一分奇怪的感覺。

原來方才殘金毒掌右掌微揚，正是面對著蕭凌的方向，蕭凌目力本佳，她見殘金毒掌的右掌被雪光一映，燦然發出金光，在這霎時之間，她極力把持著自己的視覺，發覺殘金毒掌掌現金光的原因，是因為手上戴著一個似是金鏤的手套。

但是她卻看見金光閃爍中，殘金毒掌五指皆俱在，她自是大駭，忖道：「我父親明明說殘金毒掌七十年前，就在曾祖父面前自行斷去了兩指，而且日後武林中人見過他的，都說他右手只有三指，怎麼現在卻五指俱全呢？他就是武功再高，但也不可能將已斷的手指重新生出呀？」

但隨即她又替自己解釋著：「噢，對了，這一定是因為這手套是五指俱全的，但是他在手套裡面的手，卻只有三根手指，這樣他所留下的掌印，也是只有三根手指的。」

事實上，除了這種想法之外，也像是絕沒有其他的想法可以解釋了。

蕭凌躲在屋脊裡，大氣也不敢喘，她一個年輕少女，雖然武功不弱，但見著這樣似人非人，神而玄之的人物，當然既驚且懼。

但她又好奇，不肯錯過這種機會不看，微微自屋脊後露出一隻眼角，屏息偷看著。

殘金毒掌一言不發，像是尊石像似的，屹然卓立。

但是他那兩道銳利而冷峻的目光，卻帶著些許嘲弄的意味在望著金剛掌司徒項城，像是在看著他在臨死時的掙扎。

在殘金毒掌面前，生命像是突然變成了那麼輕蔑，生與死之間相隔的距離，也變得只有一線，而這線界，卻又是那麼脆弱而短遽的。

這種難堪的沉默，的確是令人窒息的。

人們在面臨死亡的時候，有的接受著，根本不希冀反抗。

而另一些卻是在企圖逃避著，不成的時候，便奮然而去反抗。

當然，這反抗的結果不是逃卻了死亡，便是加速了死亡，而其中往往絕大多數都屬於後者。

在這時候，金剛掌面前的，也只有這兩個抉擇，他英雄自居，叱吒江湖多年，當然不堪就此等死，雖然明知無望，但也要一試的。

寂靜中，金剛掌突然一聲暴喝，雙掌齊出，掌風排山倒海，直取殘金毒掌。

這一掌自是金剛掌畢生功力所聚，掌風呼呼，司徒項城浸淫半生的「金剛掌力」，此時全部發揮了威力，倒也不容忽視。

殘金毒掌卓立未移，對這漫天而來的掌風，像是根本未曾放在心上。

金剛掌司徒項城勢發難收，雙掌閃電般拍向殘金毒掌前胸，這一掌若是拍實了，便是鐵人也經受不住。

金眼雕眼看此掌已堪堪擊到殘金毒掌的身上，心裡不覺捏了一把冷汗，須知殘金毒掌一來，金眼雕雖知他是個殺人不眨眼的魔頭，但卻對自己有利，此刻他見殘金毒掌不避不閃，心想：「你就是武功再深，也抵不住這石破天驚的一掌，你自恃太甚，若然抵受不住，那不但害了你，也害了我。」

那金剛掌覺得自己的掌指，似已碰著了殘金毒掌的淡金衣衫，心中大喜，吐氣開聲，掌心外放，竟是內家「小天星」的掌力。

哪知殘金毒掌身形未動，身軀卻隨著掌力後移，金剛掌司徒項城的掌力，雖然能開山裂石，卻像是永遠夠不上部位，發不出力量。

司徒項城此掌全力而施，滿想一擊奏功，此刻驟然覺得掌上仍是虛飃飃的沒有著力之處，不禁大驚，但收勢已自不及。

他心膽俱碎，殘金毒掌已徐徐一掌擊來，司徒項城明知身軀稍傾便可避開此掌，但己身一如離弦之矢，已由不得自己做主了。

他又感覺到那種溫和而奇異的掌力徐徐向他發來，彷彿是攝魂之鈴，讓你死在甜蜜的迷惘裡。

在這一剎那間，他突然瞭解了殘金毒掌掌力的奧妙之處，但是他卻永遠無法對人說起了。叱吒江湖數十年的金剛掌司徒項城，就在這徐緩而曼妙的一掌下，喪失了性命。

躲在屋脊後的玉劍蕭凌，全然被這瞬息間所發生的一切驚嚇住了。

她本是武學世家，自幼練武，瀟湘堡劍術名傳天下，玉劍蕭凌又是蕭門第四代弟子中的佼佼者，武功自是不弱，可是她卻絲毫沒有看出這一掌究竟有什麼奧妙的地方。

皆因別人看起來，就像是司徒項城自願將身軀退到掌下一樣。

在旁邊站著的金眼雕田豐，望著這一切，正自慶幸著殘金毒掌為他解決了一件他所不能解決的事，北京城裡連續的無頭巨案，此時不但有了著落，而且主犯伏命，贓物也眼看可以起出，自己多日來的憂慮懸心，頓時鬆落了。

屋面上變得異樣的靜寂，方才的打鬥、吆喝、掌風、刃擊之聲，現在都像冰一樣地凝結了，然而，卻讓人感到這靜寂並不是安詳的，在靜寂中，彷彿覺得有一種難言的悚慄。

尤其當殘金毒掌冷削而銳利的目光，自遠處收回移到他的臉上時，這悚慄的感覺愈發濃厚了，他極為勉強地將臉上擠出一些笑容。

殘金毒掌的面容，仍然木然沒有一絲表情，夜色裡，金眼雕田豐只覺得這面容簡直像方自墳墓中走出的幽靈。

殘金毒掌鼻孔裡冷冷哼了一聲，道：「你還用我動手嗎？」

他此話一出，不但金眼雕田豐立刻面無人色，便是屋脊後的玉劍蕭凌，也覺得渾身起了一陣戰慄。在她來說，人們的性命，全都是珍貴的，她完全不能想像對一個與自己毫無仇怨的人，怎麼能下得了毒手去傷害他人的性命。

金眼雕田豐混跡公門這麼多年，正是已成了所謂「眼裡不揉一顆沙子」的光棍，眼前的形勢他早已打好了算盤，他知道今日自己若想好好地一走，那是絕對辦不到的。

皆因金剛掌司徒項城的武功，他已知道絕非敵手，然而就連司徒項城，在人家掌下只走了一招便喪了命，自己怎會是人家的敵手？金眼雕田豐乃是九城名捕，在他手下喪生的綠林巨盜，已不知凡幾，今日到了自身的生死關頭，倒也提得起，放得下，心想自己的這條命若是喪在司徒項城手裡，非但連日的巨案還是不能破，自己也不明不白賠上一條性命，這樣一來，總算是對公事有了個交代，自己也就算死得不冤枉了。

須知人都有一個相同的心理，那就是在可以逃生的時候，自然是設法逃生，在自知已無活路的情況下，也就只得認命了。

金眼雕腦海裡思潮翻騰，過了一刻，慘然笑道：「前輩既如此說，晚輩自應遵命，只是晚輩還有些身後之事待了，但望前輩給晚輩一天的時間，了卻後事，晚輩一定引頸自決，不勞前輩動手。」

殘金毒掌冷笑道：「好，好。」

金眼雕大喜，躬身道：「多謝前輩的成全，晚輩永不敢忘。」

說著，走前兩步，將金剛掌司徒項城的屍身搭在肩上，他此時有了一線生機，又不想死了，打算著如何逃卻毒手。

殘金毒掌冷然在旁，忽然伸手一掌，拍在金眼雕田豐的頸後，道：「念你還是條漢子，三天之內，快準備好後事吧。」

金眼雕全身一麻，而且這種麻痹的感覺，留在他身裡久久不散，他又淒然一笑，知道自己逃生的希望又化歸泡影，一言不發，背著金剛掌司徒項城的屍身，縱身而去。

屏息隱身在屋脊之後的蕭凌，將這一切都看在眼裡，她對殘金毒掌的「毒」，感到說不出的難受，這難受中包括著恐懼和不平。

現在，屋面上恢復了平靜，像是什麼事都沒有發生過，但是殘金毒掌仍停留在屋面上，不知在思索著什麼，玉劍蕭凌只盼望著他快些離去。

此刻她的心情很矛盾，既想拔劍而起，和這江湖中聞名喪膽的殘金毒掌一較身手，並且要問問他為什麼這麼殘忍，但是一種人性本能中潛伏著的驚恐，又使得她希望自己能脫身事外。

她靜靜歎了口氣，舒展了一下四肢，俯身整理了一下那已被頂上的積雪浸透了的衣服，等她抬起頭來的時候，她赫然發現殘金毒掌不知什麼時候已來到她的身側。

第四章　疑雲佈滿天

龍舌劍林佩奇，急友之難，連日奔波，趕到瀟湘堡，取出昔年瀟湘劍客手刻的竹木令。瀟湘堡主飛英神劍蕭旭一見此令，雖然自己未曾出馬，卻派了愛女玉劍蕭凌隨同北上，這在龍舌劍林佩奇來說，已覺甚為滿意了。

林佩奇心急如火，兼程北上，但一路上為了照應這位初出江湖的玉劍蕭凌，行程稍緩。剛過河北邊境，林佩奇遇著飛騎北回的關外大豪紅旗四俠，林佩奇與之本是素識，相談下，竟然聽到昔年江湖上聞名的蒙面劍客，巨創殘金毒掌，自稱是「終南郁達夫」的又在江南現了俠蹤。

昔年江湖群豪圍剿殘金毒掌一役中，若非此人以一劍「笑指天南」重創殘金毒掌，然後再中了唐氏兄妹的毒藥暗器，勝負仍在未可知之數，但郁達夫在此役之後，突然銷聲滅跡，多年未現江湖。

是以林佩奇一聽此人重現，不禁大喜，暗忖此次若有此人相助，再加上武林中久稱「劍術無雙」的「蕭門」中人，或可將這一巨禍消弭無形。

於是他又匆匆南返，他相信玉劍蕭凌必可安抵北京。

在石門橋東，他便與玉劍蕭凌分手，再三說明他南返的用意，並且請玉劍蕭凌不要見怪。

蕭凌本無所謂，那林佩奇馬不停蹄，折回江南，他遍歷中州，與江南俠蹤極為熟悉，但是他卻始終未再聽到有關這位「蒙面劍客，終南大俠」的消息。

龍舌劍林佩奇是血性男兒，此時真可謂是憂心如焚，他一面急於尋得終南大俠郁達夫對他說明殘金毒掌又重返江湖的消息，一面又擔心著北京城裡鎮遠鏢局的安危。

他心懸兩地，最後又匹馬北返，但無論遇到任何一個武林同道，他都將此事宣揚，目的就是希望郁達夫聽到此事後，也能北上。

他僕僕風塵，趕回北京城裡，方是正午，看到自己的坐騎嘴角的白沫子已經濃得像痰了，知這些日子來，這匹馬確是太累了，他揉了揉眼睛，暗歎道：「其實我又何嘗不累呢？」

他一心望著回到鎮遠鏢局，見到金剛掌司徒項城，能聽到個較好的消息。

緩緩騎著馬，他滿懷希望地來到鎮遠鏢局，遠遠就看到鏢局門前渺無人蹤，心中有些著慌，微勒了勒韁繩，趕到門前，卻見鎮遠鏢局油漆得亮亮的大門前，已貼上了兩張封條。

龍舌劍林佩奇這一驚，真是非同小可，他想來想去，想不透名垂兩河的鎮遠鏢局竟會被官府查封。

牽著馬站在門口，他一時愣住了，忖道：「這真是太奇怪了，金剛掌司徒項城從不違法，即使他失了八十萬兩官銀，官家也只能限期追查，絕無封門的道理……難道那殘金毒掌會借著官家的勢力，來使鏢局關門嗎？但這也是萬萬不可能的事呀！」

他自是不會想到金剛掌司徒項城會做了獨行盜，非但他想不到，就是北京城的任何一個人，聽了這消息後，誰又能不大出意外呢？這兩天北京城裡，正是鬧得沸沸騰騰，首先就是北京城裡最有名的「鏢局子」的總鏢頭金剛掌司徒項城竟是獨行盜，在鏢局後院中起出連日來巨宅中所失的珍奇財寶，達數十萬之巨，鏢局封門，金剛掌的家小，也因此吃了官司。

接著，獨力破此巨案，受到了上級特加獎賞的兩河名捕金眼雕田豐突然身死，在他屍體的頸後發現一個殘缺的金色掌印，但這金色掌印的由來，除了幾個人之外，亦無人知道。

最奇怪的是，北京城裡另兩家鏢局的鏢頭，劈掛掌馬占元、鐵指金丸韋守儒，也一齊宣佈退休，浩大的北京城，竟成了沒有鏢局的地方。

這些北京城裡，街頭巷尾、酒樓茶館中談話的資料，龍舌劍林佩奇自是一點也不知道。

他牽著馬，佇立了一會兒，又緩緩地走著，縱然他江湖閱歷再豐富，此時，也全然沒有了主意。

突然，有人在他身後輕輕拍了他肩頭一下，林佩奇驀然一驚，須知龍舌劍林佩奇在武林中頗有盛名，武功不弱，居然有人能不動聲息地走到他身後，拍了一掌他才知道，若然此人有心暗算他，他有十個腦袋也搬了家，他如何不驚？他身形前縱，回頭一看，卻原來是古濁飄正笑嘻嘻地站在那裡。

他心中奇怪：「這古濁飄是個遊學士子，怎的掩到我身後我都不知道？」

但他隨即替自己解釋道：「想必是我正在沉思，所以沒有注意到的緣故。」

此時古濁飄已笑嘻嘻地走了過來，道：「林大俠久違了。」

林佩奇見了古濁飄，此時、此地，真像是見了親人一樣，一把拉著他的臂膀：「古兄，這究竟是怎麼回事？小弟去了江南一趟，離開此地不過才只月餘，怎的這裡竟有這麼多變故？」

古濁飄一笑，說道：「說來話長，林兄且莫著急，請隨同小弟回到舍下詳談，一切就都明白了。」

說完，不由分說，拉著林佩奇就走，龍舌劍林佩奇心裡納悶，但一想這悶葫蘆反正馬上就要打破，也就不再多問。

他隨著古濁飄七轉八轉，來到一處，古濁飄笑道：「到了，到了！」

林佩奇抬頭一望，只見巨宅連雲，屋宇櫛比，朱紅的大門前立著一個石牌，赫然竟是「辛相府」。

古濁飄看到他臉上的表情，暗暗好笑，說道：「這裡就是小弟的寒舍，林兄且請進去！」

龍舌劍林佩奇越來越奇，望著他面前莫測高深的年輕人一揖到地，恭敬地道：「小人不知道您竟是辛相公子，還望公子恕罪。」

古濁飄笑道：「林兄切莫這等稱呼，這樣一來，小弟倒難以為情了。」

此刻早有幾個家丁跑了過來，朝古濁飄躬身說道：「公子回來了。」

又有一個家丁，接過林佩奇的馬。

林佩奇悶葫蘆越來越深，見了這等陣仗，又不敢問，暗忖道：「這簡直太奇怪了，原來這年輕的士子，竟是當朝宰相的公子，想來他這『古濁飄』三字，也是化名了，只是這位公子為何要化了名，出來結交我等這種江湖中的莽漢呢？」

他覺得奇怪的事越來越多，悶得他心裡發慌，跟著古濁飄走進門裡。

只見府裡庭院之深，簡直是他難以想像到的，他暗忖：「侯門果真深似海，我一入此門，凶吉實是不可預料了。」

穿過走廊，又穿過院子，裡面的人見了古濁飄，老遠地就恭身行禮，龍舌劍雖然稱得上是見多識廣，但見了這等陣仗，心中亦是發虛。

又走了一會兒，來到一個院子，走進院門，迎面便是一座假山，上面積雪未溶，假山旁的荷池，此刻也結著些冰，園中的花木多半是光禿的，全謝了，只有十幾株老梅，孤零零地在發散著清香。

青碧碧的一片竹林後面，掩映著一座側軒，畫棟迴廊，欄杆上也存著些積雪。古濁飄笑指著那幾間側軒說：「到了裡面，我給你看幾位朋友。」

林佩奇心裡嘀咕著，隨著他跨上走廊。古濁飄一推門，林佩奇望見坐在當門的桌子旁下著棋的，卻正是天靈星孫清羽。

他搶進門去，屋子裡的人都低低叫出聲來，他四周一望，看見八步趕蟬程垓、金刀無敵黃公紹正圍著房子打轉，孫琪在拭著刀，和天靈星孫清羽下棋的是入雲神龍聶方標。

他看到這些人，心裡悄悄定了一些，笑道：「原來你們全在這裡，倒叫——」

他猛然一驚，原來他發現這屋中少了幾人，而這幾人卻是他所最關心的。

他目光再四下一轉，看到屋中的每一個人，全是面如凝霜，顯見得事情不妙，在這麼冷的天氣裡，他居然連連擦汗，一疊聲問道：「司徒大哥呢？瀟湘堡的蕭姑娘呢？鏢局子裡到底出了什麼事？」

古濁飄拉了一張椅子，笑道：「林兄先請坐下來說話。」

龍舌劍林佩奇心亂如麻，看見八步趕蟬一張口，又頓住了，急得跺腳道：「你們快說呀！」

天靈星悄然放下一顆棋子，神色仍極從容地說道：「林老三還是這樣火燒眉毛的脾氣，事情到了這種地步，你急有什麼用？」

林佩奇更急，道：「事情究竟到了怎樣的地步？」

金刀無敵黃公紹忍不住，一五一十將事情全說了。

龍舌劍林佩奇一面聽，一面歎氣，道：「唉！司徒大哥怎麼會這麼做，怎麼會這麼做！」又道：「那蕭姑娘又跑到什麼地方去了？唉！這真是……」

拭著刀的孫琪突然站了起來，將手中的刀一揚，恨聲道：「我不管那個殘金毒掌武功再好、再厲害、再毒，我若遇到了他，拚命也得和他幹一下。」

天靈星孫清羽叱道：「琪兒，當著公子的面，你怎麼能這樣無理！」

古濁飄笑道：「沒關係，沒關係，各位就拿我當古濁飄好了，不要當做別人。」說著，他又是一笑，笑容甚是古怪。

天靈星孫清羽望著他，目光一轉，說道：「公子莫怪他，自從他哥哥死後，他整個人就好像變了。」

龍舌劍林佩奇驚道：「怎麼，難道……」

孫琪頹然倒在椅上，眼中不禁流下淚來，說道：「大哥也是中了那廝一掌，已經故去一個月了。」

林佩奇額上又沁出汗珠來，房中霎時變得異樣的沉默。

孫清羽乾笑了一聲，赤紅的面膛上發著油光，突然說道：「你不要以為瞞得過我，看，這一下你跑到哪裡去。」得意地笑著。

古濁飄微退了一步。

孫清羽將手中的棋子放了下去，哈哈笑道：「輸了吧？」

入雲神龍也笑道：「老爺子果然高明，我這盤棋又輸了。」

古濁飄朗聲一笑，舉手拂亂了棋局，道：「棋局本如人生，一著之錯，滿盤皆輸，聶兄若小心些，或也不至輸得這麼快。」他目光帶著銳利的奇異四掃了一眼，又道：「但是該輸棋的，遲早總得輸！」

天靈星哈哈笑道：「公子卓論，果然不同凡響，棋局確如人生，一步也走錯不得呢。」

眾人只覺他二人話帶機鋒，卻誰也沒有去深究話中之意。

尤其是龍舌劍林佩奇，此刻他腹中早已被陣陣疑雲所佈滿，哪裡還有心思去推究別人話中的含意？須知玉劍蕭凌乃是他由瀟湘堡中請出，而且飛英神劍亦有言托他照顧，現在這玉劍蕭凌竟然不知去向，他如何去向瀟湘堡主交代？何況北京三家鏢局雖已關門，但又有誰知道殘金毒掌的下一步驟是什麼，過去百十年來，殘金毒掌每一出現，江湖中便要生出無窮事故，此次自也是難免，武林中人個個俱是惴惴自危，生怕那殘金毒掌的掌印會印到自己身上。

尤其是龍舌劍林佩奇，他也是上一次參加圍殲殘金毒掌中的一人，此刻更是惶然若有巨禍臨身。

他雖是血性男兒，但自身的種種憂患，卻使他忘記了金剛掌司徒項城的慘禍，他甚至沒有去問一下司徒項城的後事和家人的下落。

古濁飄望著他，微微歎了口氣，忖道：「看來世人果真都是些自私自利之徒，都將自身的一切，看得遠比別人的重要。」

他拂了拂衣袖，展顏笑道：「各位不妨就在此安住，靜待事情的變化好了，如有所需，只管告訴小弟，千萬不要見外。」

林佩奇訥訥地說道：「公子太客氣了！」

「各位俱是江湖好漢，小弟傾心已久，平日想請都請不到，今日適逢此事，小弟自應稍盡綿薄之力的。」古濁飄答道，窗外竹林空隙間透進來的光線，將他臉上的那種淡淡的金色，幻化成奇異的光彩。

天靈星一抬頭，和古濁飄那銳利的目光撞個正著，他心中一動，升起一個念頭，猛的走前兩步，一把拍向古濁飄的肩頭，笑道：「一擲千金無吝色，神州誰是真豪傑，公子的確是快人。」

古濁飄眼神一動，已覺一股極強的力道壓了下來，暗忖道：「這老兒倒是個內家高手。」隨即微微一笑，在這力道尚未使滿之際，伸出手去，像是去拉天靈星的膀子，口中卻笑道：「孫老英雄過獎了。」

孫清羽掌中之力，方自引滿待發，忽見古濁飄的右手像似拍向自己肘膀的「軟麻重穴」，看來勢極緩，但時間卻掌握得那麼奇妙，又像無意，又像有意，使自己不得不撤回掌上的力道來避開他這一拍。

這原是一剎那間的事，別人甚至還沒有看出是怎麼回事，古濁飄已朗聲一笑，走出去了。天靈星孫清羽長歎一聲，倒在椅上，臉色難看已極，道：「我活了這麼多年，遇到的高人也不算少，見的世面也很多，可是我卻真正看不出此人的來路，唉，若說他身懷絕技，可也不像，若說他全無武功，唉，這又怎麼可能呢？」

天靈星連連歎氣，金刀無敵黃公紹懷疑地問道：「你是說……」

孫清羽道：「我就是說他，我老眼若不花，此人的武功，只怕遠在你我之上，只是他是相國公子，又跑到何處去學得這一身的武功呢？當今江湖之上，又有誰能教得出他這一身武功呢？除了……」

他話聲一頓，面容又是慘變。

龍舌劍林佩奇接著說道：「我倒沒有看出此人有什麼絕深武功。」

孫清羽又歎道：「但願如此。」

這時各人腹中，都不免將古濁飄這個人推測了許久，龍舌劍道：「無論如何，此人對我總算是仁至義盡，他是相國公子，又與我們素無仇怨，既不會有意害我們，也不會冀求我們的幫助，管他會不會武功，又和我們有什麼關係。」

天靈星微搖了搖頭，也是一臉茫然之色。

「倒是那殘金毒掌的來蹤去向，還有什麼企圖？那玉劍蕭姑娘，究竟怎麼樣了？都是我們應該去想想的。」林佩奇又道。

天靈星孫清羽哼了一聲，道：「這個自然，難道我還不知道？」

天靈星孫清羽在今日武林中地位極高，聽了林佩奇並不禮貌的話，怫然不悅。

龍舌劍也自覺察，忙道：「我們大家都聽老爺子的安排。」

孫清羽緩緩說道：「我們老待在這裡，也不是路道，據我看，那殘金毒掌此刻絕對已離開了北京，這裡的三家鏢局子都已關門，他還有什麼好停留的，至於那玉劍蕭凌嘛……」

他頓了頓，又道：「唉，我倒也弄不清她到底跑到什麼地方去了，也許去找什麼朋友，被留住了。」

龍舌劍忙道：「絕對不會，那玉劍蕭凌初出瀟湘堡，是個剛剛離開閨門的大姑娘，在北京城會有什麼朋友呢？」

入雲神龍聶方標始終未發一言，此刻忽然道：「可是那天她出鏢局的時候，我卻明明聽得她說去找個父執朋友呀？」

金刀無敵黃公紹忍不住插口道：「據我所知，這個古濁飄和她就是認得的。」

天靈星雙目一張，道：「你怎麼知道？」

黃公紹臉一紅，支吾著道：「程兄也知道，我們……」

八步趕蟬程垓忙接口道：「我們親自看到他們走在一起說話的。」

林佩奇雙眉緊皺，喃喃說道：「但這……這是不可能的呀！」

這時，每個人心裡，都覺得有無數疑團升起，就連江湖上素以機智見長的天靈星孫清羽，也覺得滿頭霧水，每一件事都是一個謎。

但這些謎何時能揭穿呢？

再說那晚蕭凌屏息在屋脊之後，眼見金剛掌司徒項城喪生殘金毒掌之手，金眼雕負傷而去，正振衣準備離去之際，猛一抬頭見那殘金毒掌已不知何時來到她的身旁。

她和殘金毒掌的目光一接觸，不禁猛的打了個寒噤，她不知道該怎麼樣來應付這一突來的變化。

但是殘金毒掌卻像是對她並沒有什麼惡意，雖然他的面容仍是冷酷的。

他只是冷冷地站在那裡，望著蕭凌，任何人都不知道在那張冷酷的面容後面，隱藏著什麼秘密。

終於，他喝道：「還不快走！」

蕭凌只覺得他的聲音裡，有一種令她難以抗拒的力量，她想不起她何時也曾感覺遇到過這種力量。

雖然萬分不願意，但是她仍猛一展身，血紅的風氅微一飄舞，帶著一陣風，掠向遠方。

她的身形的確是驚人的，也許她是想告訴殘金毒掌，她並不是像別人一樣的無用。

但她仍然在恨自己，為什麼居然會那麼聽他的話，叫自己走便走了。

「難道我是在怕他嗎？哼，瀟湘堡裡出來的人，怕過誰來？我一定要他嘗嘗『四十九式迴風舞柳劍』的滋味！」她暗忖著。

於是她猛一旋身，又向來路撲去，回到她方才停留的屋脊，但是四野空靜，夜深如水，漫天雪花又起，哪裡還有殘金毒掌的人影？她覺得她自己深深地受了委屈，每一件事都令她想哭，古濁飄那種似笑非笑的表情，像是一朵朵的雪花，在她面前飛舞著。

她猛一咬牙，覺得北京城裡已沒有任何再可使她留戀的地方，她只想回到家裡，躺在床上放聲一哭。

「殘金毒掌是個賊，司徒項城是個賊，古濁飄也是個賊，都是賊，都是賊！」她哀怨地痛恨著，雪花溶合著她的眼淚，流在臉上，使她有冰冷的感覺，她用鮮紅的風氅角拭去了。

一跺腳，她急速地奔向北京城外。

但隨即，望著黑暗籠罩的天地，她茫然了。她想起由這裡回到「家」的那一段遙遠的路途，現實的種種問題使她停留在那裡，愣住了。

她當然不會發現她身後始終跟著一條人影，她停住，那人影也停住。

突然，那人影飛掠到她的背後，沒有一絲聲響，甚至連夜行人那種衣袂帶風的聲音都沒有，若然她此時一回頭，她便可以看到殘金毒掌正站在她身後，帶著那麼多猶疑，也許她回了頭，便可以改變許多事。

可是她並沒有回頭。

終於，殘金毒掌又以他來時的速度走了。

黑夜裡，又只剩下她佇立在屋頂上，天有些亮了，她也沒有發覺，那麼多事情在她心裡打著轉，最後凝結成一個古濁飄的影子。

另一條人影，正以極快的速度掠過，忽然停了下來，顯然，那人影也在奇怪著為何會有個人影佇立屋頂上。

那人影微一轉折，飄然掠到玉劍蕭凌佇立的地方，等他發覺佇立在屋上的人影，竟是玉劍蕭凌時，他奇怪的「咦」了一聲。

蕭凌一驚，飛快地轉過身去，看到一個以黑巾蒙著臉的黑衣人站在那裡，臉一沉，叱道：「你是誰，想幹什麼？」

那黑衣人以一種古怪的聲音說：「天快亮了，你站在屋頂上不怕被別人看到嗎？」

蕭凌一抬頭，東方已微微現出魚肚般的乳白色。

黑衣人又道：「快回去吧，站在這裡幹什麼？」竟像對她關懷得很。

蕭凌覺得黑衣人的聲音雖然那麼古怪，但卻極熟，像是以前常常聽到過的，「但是我以前何曾聽到過這麼古怪的聲音呀？」

她同時又發覺這黑衣人對她絲毫沒有惡意，但是這黑衣的蒙面人又是誰呢？他為什麼要對自己這樣關懷？蕭凌更迷惘了。

「他會不會是古濁飄？」忽然這念頭自她心裡升起，使她全身都麻了。

於是她不答話，手掌一穿，竄了過去，想揭開這黑衣蒙面人的面巾。

她出手如風，右手疾伸，去抓那黑衣人的面巾。

黑衣人腳步一錯，她反掌又是一抓，左手等在那人的面旁，只要黑衣人一側頭，她左手便可將面巾抓下，這正是蕭門絕招「平分春色」。

黑衣人微微一笑，笑聲自他那面巾後透出，像是在她沒有出手以前，已經知道了她的招式，稍稍一昂首，身形倒穿，腳尖點處，三起三落，便已到了十數丈開外。

玉劍蕭凌心頭一凜，她自忖輕功已極佳妙，可是和此人一比，又不知差了多少。可是她此刻已有了種「非揭開這人的面巾看一看不可」的心理，縱使此人輕功再高，她也想一試，於是毫不遲疑地跟了過去。

這皆因在她心底的深處，對於古濁飄的不遵諾言的薄情，感到憤恨和委屈之外，古濁飄的一切，對她來說也是一個謎。

為著許多種原因，她希望能揭破這些謎。

雖然她也在希望著，她對古濁飄的揣測，只是她的幻想罷了，而古濁飄實在僅僅是個深深愛著她的世家公子而已。

那黑衣人的輕功，顯然高出蕭凌很多，這種輕功若被任何一個武林中人看到，都會驚駭得說不出話來，但是蕭凌除了埋怨著自己的輕功太差之外，並沒有想到那黑衣人的輕功已到了驚世駭俗的地步。這原因當然是因為她對武林中人的功夫瞭解得太少，而事實上，蕭凌本身的輕功，也到了絕大部分的人所無法企及的地步。

時已清晨，一個擔著蔬菜的菜販，睡眼惺忪地走在積雪的路上，低低地埋怨著清晨刺骨的寒冷，陡然看到了兩團黑糊糊的人影，以一種難以令人置信的速度飛掠而過，駭得拋掉了肩上的擔子，狂叫著跪倒地上，以為是見到了狐仙。

玉劍蕭凌盡了她最大的功力，去追逐在她身前的黑衣人。

而奇怪的是，那黑衣人似乎也並不想將她拋開，因為若他有這意思，他早就可以做到了。

片刻，蕭凌覺得已離開了城鎮，來到較為僻靜的郊外，那黑衣人早已下了屋頂，在路面上飛馳著，縱然她使盡全力，卻始終只能和那人保持著一段距離，無法再縮短一些。

她暗暗著急，因為此刻天色已亮，當然路上有了行人，她怎能再施展輕身之術？突然，那黑衣人身形驟快，蕭凌連這種距離都無法保持了。嗖嗖，黑衣人以極為高絕的速度和身形，三五個起落，便消失了。

蕭凌的身形雖追不上他，但眼睛卻始終緊緊盯著那人的後影，她看見那黑衣人幾個縱身，閃入前面路旁的一座孤零零的小屋去，似乎還回頭向她微招了招手，她又急又怒。

此刻，她完全沒有考慮到那黑衣人的武功高出她不少，若然貿貿然地追入，會有什麼後果發生，突然，她飛身上了牆，將身上的風氅掛在牆上，略一遲疑，拔出身後的劍，飄然落在地上。

院子裡甚是荒涼，敗葉枯枝，像久未經人打掃過，散亂地鋪在地上，枯枝上的雪，也積得很厚，一眼望去，便可以想見這棟房屋必已荒廢了很久，連屋角都結上蛛網了。

蕭凌探目一望，見大廳裡非但渺無人蹤，而且連傢俱都沒有，空洞洞的，有一種潮濕而發黴的味道，令人欲嘔。

蕭凌到底是初生之犢，她被一個行蹤詭異、武功高絕的夜行人，引入這一棟古老而陰森的荒屋裡，居然一點也沒有多作推敲，持劍當胸，便一步步向屋裡走去。

忽然院中嗖地一響，她立刻把劍一揮，揚起一個大的劍花，銀星點點，身形隨著劍勢向後一轉，卻見只是一段枯枝落在地上，不禁暗笑自己太過緊張。

她一步步向內走，發現每間房都是空洞而荒寂的，蛛網灰塵遍佈在房間的每一個角落。

忽然一陣風吹來，將灰塵吹得蕭凌一身一臉，她厭惡地拭著，暗忖道：「那黑衣人怎麼一走進這房子就失蹤了呢？」

「呀，莫非他又從後面走了？」她驀然想起這個念頭，卻未想到人家武功遠勝於她，若要對她不利，早可動手，根本沒有逃避她的理由。

但是這黑衣人將她引入此間，又突然失去蹤跡，為的是什麼呢？她方待離開這陰森森的屋子，突然有個紅色的影子在她眼前一晃，她腳跟點地，身若驚鴻，飛撲過去，卻見她方才脫下放在牆頭的紅色風氅，此刻卻掛在一間房子的門楣上。

到此刻，她方自覺得有些恐懼，這黑衣人的神出鬼沒，已極為強烈地使她害怕了。

她腳跟猛旋，頓住身形，仗劍四望，這廢宅裡仍然是渺無人跡，除了她那鮮紅的風氅在清晨的寒風裡飄然飛舞著。

她劍式一引，以劍尖挑下掛在那裡的風氅，眼光過處，發現門裡的一間房間竟是桌椅俱全。

她劍微迴旋，將風氅交到左手，劍式又一吞吐，發出一道青白的冷輝，身軀隨著走進那間房裡，腳步一錯，將劍在自己身前排成一陣劍影。

但是房間裡一個人都沒有，她這預防敵人暗算的措施，顯然是白費了。

這間房間卻遠不同這宅子裡任何一間廢屋，非但桌椅俱全，而且靠牆還放著一張床，床上被褥整潔，是經常有人居住的樣子。

在這樣一棟陰森、荒涼的廢宅裡，居然有這樣一間房間，蕭凌更覺得奇怪了。

她將手裡的劍抓得更緊了，眼睛滴溜溜地四周打轉，看到這房間雖小，卻佈置得井井有條，想是這房間的主人必甚愛乾淨。

「但是這房間的主人是誰呢？會不會就是那個黑衣人？那個黑衣人又是誰呢？會不會就是古濁飄？……唉，古濁飄又是誰呢？」這兩天來，她腦子裡有無數個問號，卻是一個也沒有得到解答。

這許多問號在她心中翻騰打滾，再加上她本身的失意，一時間，覺得全身軟軟的，長歎了口氣，倒坐在椅上。

但她突然又站了起來，伸手一抄，將她面前桌子上平放著的一張字條抄在手上，一看之下，心頭不禁突突亂跳，更驚更疑。

原來那字條上寫的是：「**凌兒知悉：此間已無事，不可多作停留，速返江南勿誤，屋後有馬，枕下有銀，汝可自取，回堡後切不可將吾之行蹤洩漏，切記切記。**」

下面寫的是「父字」。

蕭凌從頭至尾又仔細看了一遍，認明的確是父親的親筆，但是父親不是明明留在堡中沒有出來嗎？她心裡悶得要發瘋，忖道：「爹爹足跡向不出堡門，絕不可能會一下跑到河北來，但是這字條上寫的明明是爹爹的親筆字跡呀！」

「但是爹爹跑到這裡來幹什麼呢？難道剛才的黑衣人就是爹爹嗎？難道爹爹就住在這間房子裡嗎？」

「他為什麼叫我早些回去，又叫我不要將他的蹤跡洩漏呢？」她越想越悶，越得不到解答，急得在房中團團亂轉，怎麼樣也拿不定主意。

最後她只得放棄了尋求這一切答案的念頭，暗忖道：「爹爹叫我回去。我就回去吧，反正我也早就想離開這鬼地方了。」

她緩緩伸手到床上的枕頭下面一摸，果然有一包硬硬的東西，她知道就是銀子了，長長歎了口氣，走出房間，到後院去找馬。她只覺全身懨懨的，一點也沒有精神，初出瀟湘堡時的那一分爭雄江湖的雄心壯志，此刻早就沒有了，她只想好好回到家裡去，像以前一樣地過著平凡而安詳的生活，忘記這些天來所發生的一切，但是她能嗎？她漫步走到後院，果然有一匹馬繫在一株樹下，此刻她心中不知是愁是喜，突然雙腿一軟，撲的倒在地上。

她一驚，掙扎著想爬起來，哪知渾身的力氣不知跑到哪裡去了，伸手一摸自己的臉，觸手滾燙，像是被火燒的一樣，腦海中也自天旋地轉，暈暈的，她暗暗叫苦，知道自己病了。

雖然這「病」之一字，在她說來是那麼生疏，從她有知識以來，就彷彿沒有病過，但是她卻能瞭解這「病」之一字的意義。

這些日子來，她受盡奔波之苦，情感上又遭受到那麼大的打擊，雪夜之中，又受到那麼多驚嚇，也難怪她會病了。

須知凡是練武之人，尤其是內功已有根基之人，絕難病倒，但只要一病，那病勢就如黃河決堤，澎湃而來，是以蕭凌在這片時之間，就被病魔劫取了全身的力氣，她無助地躺在地上，地上的雪是冰涼的，但她全身卻愈來愈燙。

她甚至沒有力氣站起來，但她也知道自己絕不能就這樣倒臥在地上，她掙扎著、緩慢地爬到房裡去，這一段路，若在她平日，真的霎眼之間便可到達，然而現在她看來，卻是那麼艱苦而漫長。

她勉強爬到床上，神智都已漸漸不清了，也不知過了多久，她才又迷迷糊糊地醒來，看到房間裡已黑暗成一片，知道已到了晚上，她只希望這房間的主人快些回來，無論房間的主人是誰都可以。

她渾身像是被火在烤著一樣，嘴唇也燒得裂了開來，此刻，她甚至情願犧牲一切去換取一滴水。

她無助地扯開衣襟，輾轉在床褥上，在這樣荒涼而陰森的廢宅裡，有誰會知道正躺著一個受著「病」的折磨的女孩子呢？時間，在昏暈中溜過，她得不到水，得不到藥，也得不到些許食物。

她只覺得她正向「死亡」的黑暗中沉淪，沒有任何一隻手來援救她，漸漸，她熱雖然退了，然而卻更虛弱，對於水和食物的需求也更強烈。

第五章　奇峰疊疊起

又是一個黑夜。

院中忽然落下兩條人影，靜寂中，只聽得有些輕微的喘息之聲，顯見是經過了一番劇烈的奔跑。

這兩個人影身法都極快，圍著這院子一轉，其中一人說道：「看來這是一棟廢宅呢。」另外一個長長喘了一口氣，這：「這最好也沒有了，我們在這裡躲一陣再說，再跑我可受不了啦。」又說道：「不知道孫家的叔侄兩人怎樣了，據我看，十成裡有九成是沒命了。」另一人道：「這魔頭真的名不虛傳，不說別的，單是身法之快，我簡直見都沒有見過，喂，你有火摺子沒有，點上看看再說。」

接著「啪」的一聲，黑暗中頓時有了光亮，卻正是八步趕蟬程垓和金刀無敵黃公紹兩人。此刻他兩人臉上，仍帶著驚嚇。

金刀無敵黃公紹手持著火摺子，走在前面，手裡執著一柄亮閃閃的金刀，八步趕蟬程垓亦步亦趨，掌著一對判官筆，緊緊跟在後面。

金刀無敵邊走邊說：「這裡真是一個人也沒有，只希望那魔頭不要找來。」

八步趕蟬程垓突然「咦」了一聲，驚慌地說道：「那邊好像有人的聲音。」

黃公紹連忙停下腳步，果然聽得有一陣陣呻吟的聲音傳來，此時此地，聽到這種聲音，黃公紹不禁頭皮發麻，倏然變色。

他將金背砍山刀一橫，厲聲叱道：「誰？」

但除了那呻吟之聲外，別無回答。

八步趕蟬程垓道：「聽來像是個女子的聲音，莫非是受了什麼傷？」

金刀無敵沒有答話，全神戒備著，向發著呻吟之處走去。

穿過一間房子，黃公紹突道：「你看，這裡居然還有人在，這女人的呻吟之聲，也是由那裡發出的。」

程垓借著微弱的光線一看，果然看見房中有桌有椅，兩人不約而同地將掌中的兵器一掄，防備著襲擊，一頓腳，竄入房中。

房中的正是玉劍蕭凌，她越來越覺不支，突然隱隱發覺有人走到床前，恍惚中聽得有人聲呼道：「這不是玉劍蕭凌嗎？」

原來金刀無敵走到床前，火折一閃，望見床上呻吟著的人正是玉劍蕭凌，不由驚呼了出來。

八步趕蟬也自一個箭步竄了過來，驚異地道：「蕭姑娘怎會跑到這裡來了？看樣子不是受了傷，就是病倒了。」

金刀無敵仍記著雪地被辱之仇，他卻不想那是自己自取其辱，看著奄奄一息的蕭凌，大有袖手旁觀之意，說道：「我們別再管人家的事了，眼看著我們自己也是自身難保呢！」

程垓一愕，隨即想到他的心意，正待開門，突然身後有人陰惻惻的一聲冷笑。

程垓與黃公紹兩人，一聽這笑聲，毛骨悚然。

金刀無敵一掄掌中刀，「八方風雲」，刀光將身軀緊緊地包圍住，猛一轉身。

程垓同時錯步，判官雙筆自脅下穿出，身軀一扭，也轉過身來。

兩人同時轉身，同時一聲驚呼。

在龍舌劍林佩奇暫時寄居於相府的當晚，在他等所住的側軒屋上，突然輕微一響，屋中人皆江湖老手，不約而同躍身而出，見一黑影向後園中逸去，天靈星當先追去，八步趕蟬程垓、金刀無敵黃公紹與孫琪等也忙跟隨追去，四人先後追至園中，已不見人影。

四人在園中一轉，看到東北角又有人影一閃，不約而同撲了過去。

他們這身形一露，卻忘了身在相府，警衛何等森嚴，一個衛士看到屋上有人影，一聲呼哨，牆下暗影處走出十名弩手，單腳半跪，手中弩匣一揚，箭如飛蝗，直向孫清羽等四人射去。

這種弩匣勁力極強，又能及遠，孫清羽一看驚動了相府的衛士，暗暗叫苦，手中兵刃撥打著利箭，低喝道：「退出去。」

四人齊一長身，幾個起落，掠出牆外，幸好相府衛士雖多，卻沒有一個武功高強的。

他們四人縱身出了相府，遠遠那人影又是一閃，八步趕蟬大怒，施展開身法追了上去，一邊怒喝道：「相好的，是好朋友留下來亮亮相，別藏頭露尾的。」

程垓闖蕩江湖，武林中名之八步趕蟬，輕功自是不弱，但饒他全力而施，那人影卻只一閃，便失去了蹤影。程垓略一張望，天靈星也飛身過來，問道：「追丟了嗎？」

八步趕蟬臉一紅，他本以輕功成名，現在卻將人追丟了，心下好生難受，低低嗯了一聲。

天靈星心思何等靈巧，瞬即發覺，道：「這人影不知是哪一路朋友，身法好快。」

孫琪和孫清羽也繞了過來，突然遠處又是一聲冷笑，人影又是一閃。

八步趕蟬方待追去，孫清羽一把拉住，說道：「別著急，我看那人是存心誘我們進去，我們不追也沒有關係，只是那人身手太高，我們四人千萬不能失散，最好能一致行動。」

程垓暗暗點頭，忖道：「天靈星果然臨事不亂，不愧武林中的第一號智囊。」

這次四人保持著同一速度，果然，前面又有人影一晃。

孫清羽低喝：「走。」

四人同一身形，飛撲過去，方自掠過一重屋脊，夜色朦朧中，看見對面佇立著一條人影，動也不動。

四人同時止步，只有孫琪功力稍弱，無法收住這前進的猛烈勢道，人又向前衝了兩步。腳步一停，他們才發現那人身穿淡金衣裳，雖然是在黑夜裡，但借著滿地積雪的反映，仍顯得異常刺眼，孫清羽一聲驚呼：「殘金毒掌。」

一聞此名，程垓、黃公紹、孫琪齊都一震，緊緊抓著兵刃，兩隻眼睛瞪得滾圓，瞬也不瞬地望著這名聞遐邇的人物。

殘金毒掌冷然一笑：「姓孫的，你也沒死呀。」語聲冷極、酷極。

天靈星素以應變之靈見稱武林，此刻心中雖在打鼓，臉上卻仍裝得一臉笑容，道：「一別二十年，閣下仍是如此，故人不老，真叫我孫清羽高興得很，只是閣下將在下等召來此處，有何見教？」

「要你的命。」殘金毒掌語音更冷、更酷，簡直不帶人味兒了。

四人只覺掌心淌汗，若有人見了這殘金毒掌的面孔而能不驚的，那真是不可思議的事，金刀無敵等人全身發毛，想不出人類真會有這樣的面孔。

孫清羽一聲長笑，但笑中已帶著顫抖，強笑道：「孤獨大俠二十年不見，依然還是老脾氣，故友重逢，俱都無恙，應當高興才是，就算是要區區在下的命，也不必忙在一時呀。」

殘金毒掌仍然一無表情，他臉上的肌肉，像是永遠都不會有一絲變動似的，但兩隻眼睛，卻散發著逼人的光芒，四下掃動著。

「你們三個人留下來，那個年輕的混蛋給我快滾。」他的聲音永遠是不變的，但天靈星一聽此話，不禁大為奇怪，忖道：「殘金毒掌手一向不留活口，怎的今日卻變了性？只要我們三個人的命，卻肯放琪兒逃走？」

金刀無敵及八步趕蟬卻面如死灰，他們雖未和他交手，但是卻覺得他有一種難以描述的攝人心魄的力量，這力量幾乎是難以抗拒的。

孫清羽側臉向孫琪道：「琪兒走吧。」

孫燦、孫琪兄弟兩人，自幼跟著孫清羽長大，名雖叔侄，實如父子。

孫清羽一聽殘金毒掌居然肯放孫琪一條生路，他深深瞭解，就算合自己四人之力，要想勝得了他，絕無可能，甚至連逃生都極為困難，二十年前，他眼看此人已然喪命，但如今又活生生站在眼前，而且相貌一絲未變，他更覺此人實是不可思議，知道自己今日絕難逃命，是以他叫孫琪快走，若是自己萬一有了逃生之機，也免得他成了自己的累贅。

孫琪牙齒咬得更響，雙目血也似的紅，他天性極厚，手足之情甚深，見了這殺兄的仇人，憤怒遠比他的恐懼濃厚。

怒火使他忘記了一切，一聲大吼：「還我哥哥的命來。」身形飛撲了過去，手中刀光一展，卻是五虎斷門刀裡的煞招「立地追魂」。

殘金毒掌冷哼一聲，腳步不動，微一側身，刀光自他面前劈下，距離鼻端最多只差一寸。

孫琪一刀落空，空門大露，天靈星暗暗叫糟。

哪知殘金毒掌並未乘隙進擊，孫琪沉肘揚刀，刀鋒一轉，刷的又是一刀，斜劈胸腹，殘金毒掌一聲怒喝「滾開」，身形滴溜溜一轉，轉到孫琪身後，卻仍不肯傷他的性命。

天靈星越看越覺奇怪，他實不知為何殘金毒掌對孫琪如此開恩？一個箭步竄了上去，舉刀一格，擋住孫琪的一招「巧看臥雲」。

須知天靈星孫清羽，亦以「五虎斷門刀」成名，孫琪武功為其所教，自無法和他相比，他舉刀一格，孫琪但覺手腕一麻，趕緊撤刀後退，卻想不出為何自己的叔叔來替敵人擋招。

他哪裡知道天靈星的心思，要知道孫清羽成算在胸，知道就憑孫琪的身法，無論如何也無法傷得了殘金毒掌，故此他才舉刀一格。

兩刀相交，發出「噹」的一聲巨響，在這寂靜的深夜裡，顯得分外刺耳。

殘金毒掌目光流動，彷彿在奇怪著世上居然還有毫不顧忌自己的性命，而為別人著想的人。

金刀無敵黃公紹，此時正處在殘金毒掌的背後，他自是識貨，看到殘金毒掌的身法，自己實非敵手，膽氣更餒，逃生之念頓萌，顧不了孫琪的生死，兩臂一張，倒竄出去，腳尖一點瓦面，身軀猛扭，如飛地逃走了。

八步趕蟬程垓微微一怔，卻見殘金毒掌並未回身，心念一動，也跟了下去。

殘金毒掌目光裡，殺機可見。天靈星孫清羽一轉身，和他這凜冽的目光碰個正著，頭一低，避開了他的目光，眼波瞬處，看到他垂著的右手，心中猛的一陣劇跳。

哪知出乎意料之外的，殘金毒掌的目光微微在他身上打了幾個轉，似乎隱隱透出一絲瞭解與同情的光芒，身形未見作勢，卻像壯燕般斜飛入雲，向八步趕蟬程垓及金刀無敵黃公紹逃遁的方向追去。

是以玉劍蕭凌廢宅臥病，金刀無敵黃公紹及八步趕蟬程垓無意闖入，他倆正自以為已經安全了，哪知一轉身，殘金毒掌卻冷冷地站在他們身後。

這一個突來的驚異，對他兩人來說，的確是無可比擬的。

蕭凌的呻吟，又自床上發出，殘金毒掌的目光，竟越過八步趕蟬等兩人，遠遠落在床上，臉上的表情雖然仍是木然，但在他那一雙仍然發著寒光的眼睛裡，彷彿已有些憐惜、關注的神色。

八步趕蟬程垓及金刀無敵黃公紹闖蕩江湖如許多年，遇事經驗之豐，不是常人可以比擬的，殘金毒掌目光旁落，他兩人微微一打眼色，肚中各自有數，知道這是千載難逢的機會。

這種精明強幹的武林好手，遇著這稍縱即逝的機會焉有放過之理？兩人再不遲疑，閃腰錯步間，掌風颼然，各個擊出一掌。

他們兩人武功雖不甚高，但終究是在江湖享有盛名的好漢，數十年的鑽研磨煉，功力豈同小可。

何況他們也明知此刻已是生死須臾的關頭，這一掌更是全力而為，全然沒有留下半分退步，只望一擊得中，僥倖成功。

殘金毒掌是何等人物，就在他們掌風方起的那一剎那，他收回了停留在玉劍蕭凌臥病床上的目光，但是身形卻仍未挪動半寸。

八步趕蟬程垓、金刀無敵黃公紹掌出如風，一取殘金毒掌的右胸，一取殘金毒掌的脅下，須知人身胸腹之間，面積最大，他兩人知道自家的武功絕不是殘金毒掌的敵手，心念動處，都選了這面積最大之處作為發掌之地，絲毫也不敢托大。

殘金毒掌微微冷笑，眼看他倆的掌緣已堪堪擊中自己的胸膛，猛一吸氣，身形如弓，胸腹之處暴縮了幾達尺許，這種深湛的內家真氣的運用，的確是令人懾服的。

八步趕蟬程垓、金刀無敵黃公紹一掌走空，心中大駭，知道自家招數已用老，懸崖勒馬，變化招式，卻已無此功力了。

殘金毒掌右臂驀然如遊魚般穿出，穿過金刀無敵的右掌，砰然一聲，擊在他的右脅上，黃公紹功力再高，此刻也絕無命在了。

八步趕蟬程垓大駭，努力收回擊出的右掌，左掌反揮，去削殘金毒掌的右臂，腳步倒轉，身形後退，卻是以進為退，但求保命。

但是他算盤打得雖精，卻嫌太遲了一些，他眼前一花，只覺得左右琵琶骨上被人輕輕點了一下，兩條手臂再也不聽使喚，虛軟地搭了下來，一隻金光燦然的手掌，赫然停留在自己面前五寸之處。

程垓名為「八步趕蟬」，輕功上自有獨到之處，但是他無論身形如何閃避，那隻金光燦然的手掌卻始終不即不離地停留在他鼻端前。

他心膽俱喪，在這險死之際，許多他許久不曾想過的事，忽然如錢塘之漲潮，湧入他心頭，他名負俠義，但一生中卻也幹了不少虧心之事，此刻想來，歷歷如在目前。

此時「死」對他說來，是罪有應得的，人之將死，非但其言也善，就連他的心情，也變得善良起來了。

他悄然閉上了眼睛，長歎一聲，暗暗追悔著自己的生平，黯然等待著死亡的來臨。

良久，他腦海中自混沌又回復到清明，微微有風吹過，一個念頭驀然衝起，「我還沒死！」生存之念，猛又活躍，愴然睜開眼睛，面前空空蕩蕩，殘金毒掌卻早已不知去向。

就在這一刻裡，他由生而死，自死又生，心情卻變得迥然不同了。

他踉蹌地走了兩步，環顧房間的四周，渺無人影，就連臥病在床，輾轉呻吟的玉劍蕭凌，此刻也是人去床空，芳蹤又渺。

他再次長歎著，胸中的雄心壯志早已消磨得乾乾淨淨，就連他方才心中所存的那一分愧怍，以及那一分因著愧怍而生的，想對他所抱歉的人們作一補償的心情，此刻也已消失了。

他暗自思索：「現在我唯一該走的路，就是隱姓埋名，抱頭一忍，唉，憑我這一點淺薄的武功，還有什麼資格在武林中爭勝？」

悄然走出房門，猛一抬頭，門邊屋角的蛛網，被風一吹，絲絲斷落。

他自憐地想著：「我和這蜘蛛又有什麼兩樣，經不起風雨的考驗。」一時竟愣住了。

須知八步趕蟬程垓一生甚少遇見敵人，他再也想不到一遇見真正強敵，自己竟然是那麼不濟事，舉手投足間就被人家制得服服貼貼了。

於是他開始想到自己以前的成功，並非由於自身的武功，而僅僅是因著他所遇到的人比自己更不濟事而已，心中不禁難過，自信、自傲之心頓失，代之而起的卻只有自卑、自棄的感覺了。

他出神地仰視著，心中感慨萬千，竟沒有向前再走一步。

眼角瞬處，被風吹斷蛛網的蜘蛛，卻絲毫未因這一挫折而喪失鬥志，腳爪爬動間，又蹣跚地在屋角再結著蛛網。

又有風吹過，剛結起的蛛網斷裂。

那蜘蛛依然無動於衷，辛苦地再結，辛苦地和自然惡鬥。

八步趕蟬心境豁然開朗：「蜘蛛都如此，難道我連這蜘蛛還不如嗎？」他暗忖，生力猛又活潑潑地在心中充塞著。

「這世上還有許多事，是我該做的呀！」他大踏步走出去，「我欠了人家的，我也該去一一補償，埋頭一走，豈是大丈夫行徑？」

他以拳擊掌，慷慨低語，覺得自己的兩條手臂仍然是真力充沛，突然想起方才兩臂無力的情景，心中卻又暗暗感激殘金毒掌的手下留情，不然自己的兩條手臂，怕早已廢了。

他暗暗念著：「當今之世，武林中真正感激殘金毒掌的，恐怕除了我之外，再也不會有第二個人了。」

他逃命而來，此刻走出去的時候卻是心安理得的，門前有兩道足跡，雪地中宛然分明，他幽然暗忖：「我一出此屋，真可算是兩世為人了。」突然想起和他一塊逃命的金刀無敵黃公紹，心中一陣歉然，原來他方才情感的激動過巨，竟將黃公紹忘了。

他猛一回頭，再往裡衝，房間裡的右側蜷伏著一個屍體，頭髮斑白，不是金刀無敵黃公紹是誰？望著這屍身，八步趕蟬程垓不覺油然而生兔死狐悲之感。

他正獨自出神之際，突然房外傳來一個清朗的口音：「可惜！可惜！這大好房間，卻被如此荒廢了。」聲音清越。

程垓暗道：「這人是誰？聲音好熟。」轉念又忖道：「此地荒僻，怎會有人來？」只聽那人又咦了一聲，說：「棋兒，你看這足跡像是新的，難道屋子裡還有人居住嗎？」另一孩童口音道：「我進去看看。」

八步趕蟬程垓暗叫要糟，在這荒屋之中，身邊還有個死屍，被人見了豈非非奸即盜，有理由也無法講清了？他忙俯身，想抱起金刀無敵黃公紹的屍身一走了之。

哪知屋門一響，已有一人走了進來，看到八步趕蟬，身體往後一縮，像是吃了一驚，但臉上卻又無吃驚的神色。

八步趕蟬回頭，看到進來的人只是個十三四歲的小孩子，生得眉清目秀，兩隻大眼睛一眨一眨的，正望著自己。

饒他是幾十年的老江湖，但此刻也不知道該如何應付這場面。

那幼童咳了一聲，回頭高聲叫道：「相公，快進來呀，屋子裡有個死人。」

八步趕蟬心中一動，暗忖：「這小孩倒奇怪得緊，看到死人，一點也不怕，還叫起來。」他經驗多豐，眼珠一轉，已覺得這事頗有蹊蹺。

門外又有腳步聲，仍是那清朗的口音說道：「真的嗎？」

隨著話聲，緩緩踱進一人來，華衣輕裘，丰神如玉，八步趕蟬程垓一聲驚呼，脫口而道：「原來是你！」

原來進來的這人，正是堂堂相國公子，行蹤詭秘的古濁飄。

古濁飄見了程垓，面上的神色也像是頗感驚奇，嘴中說道：「程大俠怎會跑到這裡來了？」腳下不停，走到金刀無敵黃公紹的屍體旁，驚訝的「呀」了一聲道：「這不是黃大俠嗎？」

程垓心中暗暗叫苦，看見古濁飄正以滿臉狐疑的眼光望著自己，像是在懷疑金刀無敵黃公紹是被自己所殺的。

在這種情況下，他能說什麼？呆呆地愣住了，這一天來的種種遭遇，真使這闖蕩武林數十年的老江湖有些啼笑皆非了。

古濁飄眼睛望著他，目光中帶著逼人的光芒，彷佛要看穿對方的心事似的，沉著臉說道：「程大俠，這到底是怎麼回事？」

八步趕蟬程垓暗忖：「事已到此，看樣子不說明白是不行了。」他原可拔足一走，但一想對方是相國公子，一走並不能了事。

於是他長歎一聲，原原本本地將經過說了出來，說到殘金毒掌的武功，以及那種神出鬼沒的行事手段，八步趕蟬的確衷心佩服，五體投地，他道：「無怪殘金毒掌縱橫百年，未遇敵手，人家那分絕世的武功呀，真叫人口服心服。」

古濁飄眼中微微現出一絲難解的光芒，像是有些得意，卻又像是豪興逸飛，對八步趕蟬的誇讚殘金毒掌甚為不滿。

但是他瞬即恢復了正常神態，瞪住八步趕蟬道：「真的如此嗎？」眼光落在地上的金刀無敵的屍身上，像是有些懷疑。

八步趕蟬鼻孔微微一動，想哼出來，但一想對方的身分，卻只得將那「哼」聲悶在腹中，但不滿的神色，仍未能完全掩飾住，道：「公子若是不信，在下也實無他話解釋……」

古濁飄一擺手，阻止了他再往下說，風度裡有一種自然的威嚴，讓人不得不聽從他的話，這種風度雖是與生俱來，但後天的培養，也是絕不可缺的。

八步趕蟬程垓一低頭，果然沒有再說下去。

沉默了一會兒，八步趕蟬心中覺得有一絲被冤屈的感覺。

他的眼光停留在黃公紹的屍身上，突然一拍前額，道：「公子如果還有不信的地方，在下倒有一個方法讓公子相信。」

古濁飄眼角帶笑，「噢」了一聲。

八步趕蟬程垓已俯下身去，一面解開黃公紹的衣襟，一面說：「黃大俠被殘金毒掌一掌擊中前胸，胸前定必有金色掌印，那不就……」

他的話聲突然凝結住了，再也說不出下一個字。

古濁飄道：「怎的？」眼角微微向下一掃，卻見黃公紹屍身的胸膛上僅是一片淤黑，哪有半隻金色的掌印？他那眼角的笑意越發明顯了。

八步趕蟬程垓此刻是真的愣住了，他親眼看到黃公紹被殘金毒掌擊中前胸，而數十年來凡被殘金毒掌擊中的，身上莫不留下掌印。

那麼黃公紹身上的只是一片淤黑，豈非是無法解釋了？「難道那人不是殘金毒掌而是別人偽冒的？但以那人的那種身手來說，武林中確實不作第二人想，此人又是誰呢？」

「難道武林中還有另一個獨臂奇人嗎？」

程垓百思不得其解，低著頭細細的道：「這是怎麼回事，這是怎麼回事？」

古濁飄笑了一聲，像是冷笑，面上卻又沒有冷笑的神情。

八步趕蟬程垓道：「我和黃公紹乃多年至交，公子若懷疑……」

古濁飄朗聲一笑，打斷了他的話，道：「程大俠以為我在懷疑閣下嗎？那就錯了，兄弟雖然不會武功，但是看總是還看得出一點。」

他指著黃公紹的屍身道：「以黃大俠致命的傷痕來看，擊斃黃大俠的非但是個高手，而且武功簡直深不可測，以程大俠的身手嘛……」

他含蓄地停住了話，八步趕蟬程垓臉一紅，他當然知道人家話中的含意，那就是說：「憑你程垓的身手，還不成呢！」

他再仔細一看，黃公紹屍身上的淤黑，聚而不散，再一摸他的衣服，卻完整如新，心中不禁更驚駭，暗忖：「此人內力果然驚人，似乎已經練到傳說中的『隔山打牛』那種境界了。」

轉念又忖道：「這位公子倒真識貨得很。」猛然想起古濁飄的行事，以及他那種炯然發著神光的眼神，心中一動。

須知一個武功深湛的練家子，他的眼神必然是迥異於常人的，世上許多事都可以隱瞞，只有人的眼睛所表示的，是絕無可能掩飾的，人們內心的善惡，也只有從眼睛中可以分辨得出來。

八步趕蟬暗忖：「我真傻，從這位公子言行舉止神態上，我還看不出人家有武功嗎？恐怕人家的武功要比我高明得多呢！」

越是深藏不露的，越容易給人一種高深莫測的感覺。

八步趕蟬試探著說：「公子也會武功嗎？」

旁立著的幼童噗哧一笑，道：「你現在才知道呀？」

古濁飄瞪了他一眼，回頭道：「幼從庭訓，讀書不忘學劍。」朗然一笑，又道：「只是這些粗淺的功夫，怎入得了方家的法眼。」

八步趕蟬程垓暗呼了一口氣，忖道：「原來如此。」

一望那幼童，卻見他正衝著自己做鬼臉，心中更有數，知道這文質彬彬的古濁飄不但是練家子，而且還是個大大的行家呢。

於是他更惶恐地道：「原來公子也是武林一派，小的倒真走了眼呢。」他受了挫折之後，把平日不可一世的傲氣消磨殆盡，知道世上比自家武功高的，大有人在，又客氣地接著說：「不知公子是何門何派，是否可使在下一開茅塞？」

古濁飄臉上又閃過那種令人捉摸不定的笑意，沉吟著沒有答話。

那幼童是古濁飄的貼身書僮，平日想必甚為得寵，此刻又嘻皮笑臉地搶著說：「這你教我們公子怎麼說呢？」他數著手指，接著道：「我們公子的老師有嵩山少林寺的玄空上人、武當山上的靈機道長、崑崙派的鍾先生，還有雲南點蒼的七手神劍謝老劍客呢！你說我們公子該算是哪一門哪一派的呀？」

那幼童如數家珍地一說，八步趕蟬程垓不禁倒吸了一口冷氣。

皆因這些人不但在江湖上大大有名，而且輩份極高，早已避世，他懷疑地望了古濁飄一眼，暗忖：「難道他真是這些人的弟子？」

古濁飄含笑卓立，既不承認，也不否認，那幼童又道：「嘿，你不相信是不是？」說著話，雙腿並立，往前一錯步，「踏洪門，走中宮」正是嵩山少林寺拳法的起手式，連環數拳，居然甚見功力。

驀地，他掌法一變，雙掌如抓如擒，閃展騰挪，竟由拳風虎虎的陽剛之拳，變為武當派的

「七十二路小擒拿手」。

突又以指作劍，身形如飛，在這斗室中施展出崑崙的無上劍法。

八步趕蟬心中凜然，哪裡還有一絲懷疑？那幼童連變四種身法，將少林、武當、崑崙、點蒼的武功全施展了出來。古濁飄含笑而視，並沒有阻止他，臉上卻仍帶著令人難解的神色。

「這一下你可相信了吧！」那幼童雙手一叉，笑嘻嘻地問道。

程垓站起身來，朝古濁飄深深一揖，道：「在下有眼無珠，竟然不知道公子是位高人。」他又朝那幼童一揖，道：「不但公子，就連這位小管家，也是位武林高手呢！」

那幼童嘴一撇，道：「真的嗎？」忽又笑道：「喂，我們兩人來比劃比劃好不好？」

八步趕蟬尷尬地一笑，不知怎麼回答，幸好古濁飄喝道：「棋兒，不要頑皮。」

三人在廢宅中待了許久，古濁飄似漸不耐，微一拂袖，道：「黃大俠屍骨暴露此處，總是不妥，不如先抬到寒舍再擇吉安葬。」

程垓道：「固所願也，不敢請耳。」

古濁飄微笑道：「程大俠倒是文武全材呢！」

八步趕蟬不禁臉又一紅。

那棋兒早跳了過去，一把抱起黃公紹屍身。程垓看到因為棋兒太矮，黃公紹的屍身軟軟地搭了下來，頭都快碰到地上了，想起自己以前和他並肩迎敵，叱吒江湖時的情況，心中不禁惻然，走過去輕輕托住了他的屍身。

走出門外，門口停著一輛裝飾甚為華麗的大車，車上還坐著個身材魁梧的車夫，穿著竟比普通人家的少爺還要闊氣，不禁暗歎：「人道宰相家奴七品官，看來此話真是不虛了！」

車子上還放著些食盒酒器，程垓恍然：「原來這位公子是來郊遊的。」

在車內，八步趕蟬思潮反覆，想到天靈星孫清羽叔侄，又不禁擔心他們的安危，他可沒想到，當時自己乘隙溜走時，又怎的不擔心別人呢？這就是人類的卑劣根性，當自己完全脫身事外時，才會考慮到別人。

車行甚急，片刻便來到相府，古濁飄輕車熟路，三轉兩轉，便又走進了園子，相府中人看到公子帶了個死屍回來，雖無不詫異，卻不敢問。

走進園子，來了幾個家奴，大約是古濁飄的近人，將黃公紹的屍體接了過去，古濁飄輕輕囑咐了幾聲，那幾個家奴唯唯去了。

古濁飄一轉身，朝程垓笑道：「程兄如無事，不妨再在寒舍將息幾日。」

八步趕蟬程垓方自沉吟間，忽然聽到古濁飄驚噫了一聲。

他也忙隨著古濁飄的眼光望去，卻見園中假山石邊斜臥著一人，不斷發出呻吟。

那人全身用棉被裹著，看不出身形，但從發出的呻吟之聲聽來，像是個女的。

他心中一動：「難道是玉劍蕭凌？」忙也隨著古濁飄跑過去。

走到近前，他才看清楚了，那人頭露在被外，雲鬢散亂，臉上燒得發紅，星眸微合，嬌喘不息，不是玉劍蕭凌是誰？八步趕蟬程垓更是疑竇叢生：「玉劍蕭凌怎會跑到這裡來，難道是被殘金毒掌送來的麼？」瞬即間已推翻了自己想法：「可是那殘金毒掌縱橫武林百十年，有名的不近人情，冷酷毒辣，又怎會來管這閒事，巴巴地將這臥病少女送來此間呢？」

他思潮互擊，不知道這事該如何解釋，忽然想到武林中傳說的殘金毒掌和瀟湘堡之間的恩怨關係，恍然而悟，暗忖：「這才是了。」

但立刻另一疑念又湧了上來：「即使殘金毒掌要伸手援救這重病著的玉劍蕭凌，他又為什麼將她送到這裡來呢？」

偷眼一望古濁飄，見他滿臉焦急之色在檢查蕭凌的病情，關懷之心，溢於言表。

八步趕蟬又替自己找到了一個解答：「想必是殘金毒掌知道這玉劍蕭凌和古濁飄是舊好，是以特地送來，做成好事的。」

他微笑著看了他倆人一眼，暗忖：「武林中人說殘金毒掌冷面無情，依我看來，卻倒也並不見得。」

心意翻轉間，突又想起一事：「可是依方才所見，這殘金毒掌卻非本人……」

他腦海開始一片紊亂，萬千頭緒中，找不到一絲線索。

他不禁暗暗埋怨自己太笨，其實他哪裡知道，這事的發展，完全不依常規，事實的真相當今之世除了一人之外，誰也沒有辦法瞭解這其中的道理。

而今，金刀無敵已經是黃土埋骨，只剩得他一個。古今英雄，並不是對死這個問題有畏縮之念，不過，一個從死裡逃生的人，卻會感覺到生存的重要。

八步趕蟬就有這個想法，他深自感激殘金毒掌能在死之關前放他逃生，使他知道生之可貴。

他在江湖上打翻的好漢難以勝數，這些死去的好漢，已經沒有機會復仇，八步趕蟬就算想補救，也沒有辦法，因此，他內心有著無可形容的難過，他感到歉然，暗忖道：「江湖上的恩怨是如此多，糾纏不清，究竟我應該怎樣做呢？是否我從此不在江湖上露面？」

突然，他又想起一件事，那就是關於殘金毒掌的問題，莫不是殘金毒掌也是為了恩怨而出現武林？八步趕蟬知道以他目前的武功造詣，就算隱身避世，再苦練十年，抑或是二十年，也沒有辦法克制得住殘金毒掌，想到此處，他突然從假石山旁站了起來，踱著步子，由假石山踱到庭院那邊，又由庭院踱回假石山，他內心是在盤算一個念頭，那就是如何應付今後的歲月，下半生他應該幹些什麼？他沉吟自語地道：「我下半生應該做些什麼呢？我還能夠做什麼？」

一個人的腦海被無數個問題纏著的時候，他便會對旁邊的事物毫無所覺，當他往來踱步時，卻不知有人在他身後亦步亦趨地跟隨著，他走快些，跟隨著他的人也快些，他走慢些，跟隨的人也慢些。

以八步趕蟬程垓在輕功上有著超凡的成就，對於跟隨著他的人，竟毫無所覺，倒也是一件奇事。

忽然，程垓聽得嘻嘻的笑聲，發自身後，這可使得程垓猛然一震，不期然一個回身，雙掌護胸。

不料看清楚時，卻使得程垓為之啼笑皆非，原來這人非誰，乃是小小年紀而具有上乘武功的幼童棋兒。

程垓見並非殘金毒掌，心內安定了許多，問道：「小哥兒，你笑什麼？」

那棋兒笑道：「程師傅，虧你自稱是什麼八步趕蟬，我以為你輕功一定是很好的，哪知我跟在你後面多時，你竟絲毫不曾發覺。」

程垓見這幼童天真可愛，不禁心念一動，低聲問說：「小哥兒，你的公子是不是時常傳授你武功？」

棋兒點頭道：「我家公子並不曾真正的傳授過我一套完整的拳法或劍法。」

程垓奇道：「那你怎會懂得武功？」

棋兒道：「我家公子練武的時候，我在旁觀看，不是就可以學得了嗎？程師傅，你的輕功是跟誰學的，怎會如此沒用，看來你的師父本領也是有限的了。」

程垓倒給他弄得啼笑皆非，面上一紅，道：「並不是我師父本領不好，而是我學不到，我的師父名叫赤成子，你一定沒有聽說過。」

和一個天真無邪的小孩子談話，是會啟發一個人的童心的，故此，程垓和那幼童越談越起勁了。

棋兒點頭說道：「赤成子，這名字很熟。」

棋兒忽然擺開門戶，笑著對程垓道：「程師傅，聽說你的『落葉追風掌』非常厲害，我倒想請教幾招！」

棋兒年方不過是十三四歲，而程垓乃是江湖上成名人物，提起八步趕蟬這別號，誰不謙讓三分，此時棋兒擺開門戶，要和八步趕蟬程垓較量，倒使得他為難起來，因為以一個武林成名人物，臨諸一個乳毛未脫的小孩，真是勝之不武，當下便笑道：「小哥兒，我並不是不想陪你走幾招，只是，較招這一層，如果有什麼錯失之處，那可是重則喪命，輕則受傷，我們不如談談吧！我說個故事給你聽。」

棋兒搖頭道：「不，我不想聽故事，我聽說『落葉追風掌』是虛有其名的掌法，練起來雖然很好看，但和敵人對起掌來，卻絲毫沒有什麼用處，因此，我便想和你走幾招，看看究竟有沒有用場？」

在這形勢下，叫程垓怎樣回答好？如果不和棋兒走幾招，一傳出去，武林人士便會說落葉追風掌不過是虛有其表，那不但影響他今後的名譽，更辱及他的師門，要知道，這套落葉追風掌，乃是程垓師尊赤成子因見秋風向楓樹吹拂，楓葉颯颯地隨風落下，跟著風的方向飄來飄去，在離地面四五尺之間上下飄揚，於是便悟出了這套落葉追風掌。

程垓隨師習藝，學習落葉追風掌時，倒也下過一番苦功，起先，走近楓樹下，等候秋風吹來，把楓樹葉吹下，由於楓樹乃是落葉樹，樹葉一到秋天，便差不多和樹枝脫離，給秋風一吹，便落個不停，程垓運用內家真力，發掌向落葉擊去，一掌擊落一片葉並不難，但赤成子卻能一掌擊落數片楓葉，因此，程垓只得埋頭苦練，風雨不停。

練了差不多三年，程玹發一掌，已經能把七片楓葉擊落，也就是說，程玹發一掌等於普通人七掌，倘若有七個敵人向他圍攻，他發一掌便能分打七個，要是單打獨鬥，那麼發一掌便能分擊敵人身體七個部位，快捷絕倫，由此可知這套落葉追風掌的厲害了，程玹師尊赤成子僅收得他一個徒兒，故此把一身的絕技都傳授給他，赤成子生平對輕功甚有造詣，因此就把輕功悉心向他教授。程玹出道以來，憑這輕功，配合落葉追風掌，在武林道上便闖出萬兒來，不過，自從在殘金毒掌的手下逃生之後，他對自己的武功造詣有了懷疑，更想到現今武林，人才紛出，劍藝各有不同，並且深感自己只是憑著師尊赤成子所傳的武功應世，並不曾有過什麼獨門技藝創悟出來，實在是有點慚愧。

想到此處，程玹面對著這個向他挑戰的幼童，不禁有點畏懼起來。

真的，雖然以他一個成名人物，勝了一個小孩固然是勝之不武，但是，程玹因對自己的武藝有所懷疑，能不能勝得棋兒，倒是未知數。

於是，他想把這場較量在拖延中結束，便道：「小哥兒，你說落葉追風掌虛有其表也可以，說落葉追風掌有實用也可以，我以為你還是靜下來，聽我說個故事。」

棋兒道：「程師傅，如果你不發招，那我便認定你的落葉追風掌是沒有用的了。」

這句話可能激發了程玹爭強之心，另一方面，他恐怕辱及師門，便毅然道：「好吧！我就和你走幾招，你先發招吧！」

別看小棋兒只不過這般小年紀，但說話卻甚有分寸，大眼睛一轉道：「程師傅，我是主你是客，照禮儀上我應該讓你先發招的。」

程玹見他小小年紀，竟如此古怪靈精，也不客氣，右手護胸，左手一圈一轉，使出一招「風葉交錯」向棋兒當胸打來，他因見棋兒是個小孩，不想傷他性命，僅是用了三成力道。

棋兒斜身一閃，便輕易將程玹的來掌避過，嘻嘻地笑道：「我猜得不錯，原來所謂聞名武林的落葉追風掌，也不過如是，怎能和殘金毒掌相比！」

程玹聽他說出「殘金毒掌」四字，心念一動，正想發問，但是形勢上不容他說話，棋兒五指如鉤向他下盤抓來，勁力甚足，這正是武當派的「七十二路小擒拿手法」，這一抓要是給抓中，定會半身殘廢無疑。

程玹心中一驚，立即雙足一點，全身躍起，使出落葉追風掌的「葉舞秋風」，配合起他仗以成名的輕功，身形極俊。

棋兒依舊是個小頑童的狀態，嘻嘻笑道：「這一招比剛才較為好一點，仍然看我的！」說著，左掌一伸，向他的右腕肘抓來，來勢極快，任是程玹走遍大江南北，也不曾遇見過這般武林罕見的身手。

雖然這次是較量過招，並非以性命相搏，可是，棋兒著著進逼，卻使得程玹無法退讓，只得將落葉追風掌的奇妙掌法儘量施展出來。只見得程玹兩掌上下翻騰，身形輕靈飄忽，繞著棋兒身軀團團地走圈子，真不愧是武林的絕技。

可是，別看輕棋兒只是十二三歲，他的本領卻非常了得，雖則八步趕蟬程玹的一套落葉追風掌稱霸武林，綿綿不絕地向他攻來，棋兒依然不懼，展開武當派的「七十二招小擒拿手法」應戰，抓、搏、點、扣，專向程垓的上、中、下三盤打來，儘管程垓是個武林成名人物，應付一個小孩卻相當吃力。

戰了一盞茶的功夫，程垓已是汗濕衣襟，應付艱辛。棋兒卻毫不在乎，紅紅的蘋果般小臉，呈現著笑容，得意地說道：「程師傅，我早說過你的這套落葉追風掌是沒有什麼用場的，現在事實擺在眼前，果真如此！」

這可把在江湖上闖了數十年的八步趕蟬程垓激得動了真怒，低吼一聲，叱道：「好小子，你竟敢對我這般侮辱！」說著掌法一緊，配合著仗以成名的輕功，只見掌風呼呼，一條人影在棋兒的身前身後竄來竄去，使出內家真力，向棋兒壓來。

好個棋兒，在此驚濤駭浪般的掌法籠罩下，毫無懼容，依舊是心平氣和，笑道：「啊！使得好！這才算有點勁味！不然就算不得是江湖上的成名人物了！」

拳法一變使出嵩山少林的洪拳，斂氣凝神，攻如猛虎出柙，守如毒蛇看洞，任憑程垓的掌法如何厲害，卻也奈何他不得，棋兒越戰越有勁，把程垓弄得又驚又怒。

程垓知道此仗如果不能戰勝，今後在武林的名聲便要隱沒。橫闖大江南北數十年，栽在一個小孩子的手上，那還能成話？但，形勢上棋兒已占了上風，程垓只有招架之功，而無還擊之力，這情形，程垓也有難處，除非是馬上認輸，否則終會落敗，不過，程垓哪裡肯在一個小孩面前認輸呢？只得咬緊牙關，施展出落葉追風掌最厲害的招式「風狂葉盡」，這一招是抱著與敵同歸於盡，本來程垓和棋兒不過是印證武功，不至使出這辣招，只是程垓認為對方太強，除此亦無他法了。

當下欺身搶步向前，貼近棋兒身軀，左右掌齊出，程垓的落葉追風掌，每發一掌便有七式，打人七處部位，兩掌齊發便是十四式，那即是向棋兒身體上十四處穴道打來，估計棋兒不死即傷。

棋兒處此危急之境，面容不改，笑嘻嘻道：「好掌法！」隨即頓足往地一點，小小身軀臨空而起，由程垓的頭頂越過，輕飄飄地落在程垓的背後，駢指向程垓背後一點，道：「這就是崑崙派的『驚鴻掠樹』了，你大概沒有見過吧！」

程垓做夢也想不到棋兒變招會有這麼快捷，雙掌打去已失了棋兒的所在，聽得背後有笑聲，正想回身時，後心穴已經給點中，一陣麻痹，這後心穴乃是死穴之一，如被重手點到，定會馬上喪命，現在僅是一陣麻痹，知道這是棋兒手下留情，禁不住面露慚愧之色，道：「棋兒，你本領勝過我，我認輸便是！」說罷，一縱身往圍牆躍去。

棋兒叫道：「喂，你為什麼走？我們還沒打完呢！」

程垓頭也不回，往前直走，轉眼之間，便失去他的蹤跡。這是他覺得栽在棋兒手上，一世英名從此喪失，故此不想在此逗留。

第六章　謎一樣的人

程玹走了半個時辰，來到一間茶館，覺得腹中雷鳴，進了茶館，見裡面客人疏落，僅有兩個人，東邊的一個是道家打扮的全真，面目清臒，長了三綹長鬚，西邊的一個是個滿身骯髒的乞丐，但雙眼威凜有光，一看便知並非普通的乞丐，委是有來頭的人物。

程玹也不理會，此時他經過和棋兒一戰之後，感到自己的武功實在不濟，枉負虛名，當初他出道時，認為江湖上除了他師尊赤成子之外，無人能和他打個平手，如今他知道自己的想法是錯了。

落座之後，酒保泡了一壺好茶前來，程玹自斟自飲，暗自盤算，想不到這半個月來，所經歷的竟有如許多的奇怪事情，使得他出乎意料之外。殘金毒掌的再度出現武林，使武林人士遭劫，金剛掌司徒項城因失去鏢銀而出做獨行盜，盜官府銀兩慘死，古濁飄的詭異行藏，這一切事情，都是使程玹感到驚異的。

正在此時，門外一條人影，直闖而入，來到程玹身旁坐下，程玹定神一看，來人非他，正是使他認栽的棋兒，不禁訝道：「棋兒，你來這裡幹麼？是公子叫你來找我的？」

棋兒睜大了眼睛，問道：「程師傅，這裡並不是你的地方，這間茶館又不是你開設的，你可以來，難道我不可以來嗎？」

程玹點頭道：「當然你可以來，我是問你是不是公子叫你來的？」

本來程玹給棋兒打敗，應該對他憎惡才是，但此刻他覺得自己的力量實在不濟，如此武功，怎能爭強，因此對於棋兒卻並無惡感。

棋兒搖頭道：「公子不會叫我來的。」頓了一頓又問道：「程師傅，你是不是很怕我們家公子？」

這可使得程玹難以回答，對古濁飄，程玹到今還摸不清他究竟是什麼人。

這古濁飄，端的是一個使人費解的人物，不過，提起古濁飄，卻是使任何人都感到興趣的，等於是一個謎，無論如何，也得要把這個謎揭開。

棋兒見他苦苦地在想，便問道：「程師傅，你在想什麼？是不是記起剛才我贏了你半招的情景？」

程玹搖頭道：「不，你的武功好，我輸是應該的。」程玹也想透了強勝劣敗的問題。

棋兒忽然把聲調壓低，道：「程師傅，你不要難過，剛才我和你不過是玩玩，並非有意和你為難，故此，我不會對任何人說出你曾輸給我的。」

程垓伸手向棋兒的肩膀輕輕一拍，點頭道：「棋兒，你智勇雙全，將來一定是武林的傑出人物，可惜……」

棋兒連忙問道：「可惜什麼？」

程垓道：「可惜你年紀太小，否則便可以多一個人來對付殘金毒掌了。」

棋兒恍然大悟道：「原來是這樣，不過，我勸你還是死了這條心吧！殘金毒掌的厲害，看來沒有人可以勝得過他的了。」

程垓心念一動，問道：「你怎知道？」

棋兒神秘一笑，這一笑甚是詭譎。

此時，奇事又發生了，坐在東邊的道士，捧著酒壺，朗聲吟道：「天地正氣，清濁有形，清者清，濁者濁，世人若知時，已是大夢醒。」

這幾句似詩非詩，似詞非詞的語句，在道士口中唱出來，卻非常動聽，而程垓的耳朵，卻有點轟然的感覺，程垓不禁暗忖：「好深湛的內功！」

原來練武的人，凡是內功到了深湛的境界，每一句說話，都可以直透入對方的神經腺，甚至可以把對方五臟毀掉，這看來平平無奇的道士，竟有如此功力，使程垓為之一愕，幸虧他也是練過武的人，道士的內勁雖能刺激起他，卻只不過是耳鼓裡嗡嗡作響。

可是，更奇的事情又出現，坐在西邊的一個叫化子，霍然站起，仰天長笑，連打幾個哈哈，笑個不停。

棋兒拉著程垓，低聲道：「你不要做聲，千萬不要介入這漩渦中。」

程垓點頭道：「這個我知道。」

那道士突然面色一轉，由紅變青，隨即呷了一口酒，向著叫化子噴過去，一陣酒花，當作暗器使用，只要給這酒花射中，身軀定會變為蜂巢。

程垓也是個內行的人，一見此情形，啊的一聲衝口而出，替那叫化子著急。

剎那之間，叫化子雙足往地一點，一個「旱地拔蔥」，身軀凌空跳起，把酒花避過，在半空中打了一個筋斗，然後落地，笑道：「好厲害的一招『漫天風雨』！」

驀地，蓬的一聲，叫化子和道士各自退開數尺，兩人都倒在地上，程垓禁不住搖頭道：「兩敗俱傷了！」

書中交代，與那叫化子動手的道士尹志清雖然是功力深厚，但叫化子的武功誠如棋兒所說的怪異非常，當時尹志清用崆峒派的「三真氣功」由丹田貫注於一雙筷子上，所以這雙筷子堅硬非常，把鐵拐壓下，但叫化子卻施出丐幫的「哭喪棒法」，鐵拐一沉，向尹志清胸膛打去，尹志清雖內勁高強，硬接一拐，卻不免倒地，而他在臨危的剎那間，一雙筷子卻脫手飛出，插向叫化子的期門穴，故此叫化子也倒下來。

程垓見這情形，惻隱之念油然而興，想上前察看兩人的傷勢，棋兒連忙拉住他，道：「程師傅，這些江湖上的恩恩怨怨，我看你還是不要介入為好。」

江湖上的恩怨？這句話可把程垓提醒了。

是的，江湖上的恩怨多著了，以他的力量，怎能排解？因此，他便想到殘金毒掌的再次出現武林，為何而來？棋兒道：「程師傅，不如回公子那裡去吧！」

程垓似乎對棋兒一切的話都非常服從似的，便和棋兒返回古濁飄的相府之中。

古濁飄沉鬱而冷峻的站在庭院中，程垓想起玉劍蕭凌的事，問道：「古公子，玉劍蕭凌的病勢怎樣？」

古濁飄依然是那麼淡然，道：「程兄，你少管些事吧！」

程垓默然，他想到玉劍蕭凌是武林人士邀來對付殘金毒掌的，如今不知她的病勢如何，不免心中思疑，便側臉再一看古濁飄，卻見他雖是滿面關切之容，但是卻沒有一絲驚疑的表示，心內不禁一動。

因為按理說來，在相府花園中突然發現玉劍蕭凌，這位風姿翩翩的相國公子無論如何也會覺得驚異和懷疑，除非——但此時此地，卻已容不得程垓多思索，他此刻雖然雄心未泯，但卻也不願意牽涉到此類事裡去，微微抬首，仰望白雲蒼穹，想起已經故世了的老友金刀無敵，心中不禁感慨萬千。

這故事千層百結，到此為止，才只打開了一結而已，那就是古濁飄不但會武，而且武功必不弱。

但古濁飄與殘金毒掌之間到底有無關連？若有，那麼有何關連？玉劍蕭凌之父飛英神劍蕭旭何事北來？又為何行蹤詭秘？殘金毒掌行事為何忽善忽惡？又為何在金刀無敵黃公紹屍身上找不到金色掌印？難道除了真的殘金毒掌外，還有一個是假冒的嗎？還有殘金毒掌百年來行蹤倏忽，幾次已被武林確定身亡，但事隔多年，又為何忽然出現？若說是他人假冒的，但又為何身法武功絲毫未變？而且還仍然是斷指斷臂，甚至連秉性也一成未改呢？這些疑團正如抽絲剝繭，真相究竟如何，要慢慢才解得開。

瞬息之間，八步趕蟬程垓心中疑雲叢生，思潮互擊，眼角轉瞬處，古濁飄已將蕭凌橫抱了起來，他不禁一笑忖道：「其實這些事，又與我何干？我何苦來苦苦琢磨。」

心中微覺舒坦，跟著古濁飄穿入那片竹林，眼光動處，心頭又是一凜。

原來那走在他身前的古濁飄，手裡雖然抱著一人，但走在這積雪淹脛的小徑上，腳下竟沒有留下半個腳印，八步趕蟬不禁暗暗倒吸一口涼氣，自家這也是以輕功成名的人物，此刻和人家一比，可的確是相差得太遠了。

他心中不禁閃電似的掠來另一個想法：「這古公子功力之深，真如汪洋大海，難以測度，怕比之縱橫武林的殘金毒掌也未遑多讓，當今之世，又有誰能將這不過方是弱冠之年的貴介公子調教得如此出色呢？」

他心中一動念，便又生生不息，又想到金刀無敵黃公紹的屍身：「他既中殘金毒掌，卻無金色掌印，難道除了真的殘金毒掌外，還有一人是假冒的？難道那假冒殘金毒掌之人，和這位相國公子有著什麼關連？」他微喟一聲，仍是茫然。

雖然他自己告訴自己，對這些不解之謎不要多作無謂的思索，但是這出於天性的好奇心，卻無法控制。亙古以來，人類變化雖大，但這種渴望揭穿謎底的心理卻一成未變，是以千百年來，世上也沒有一個謎是永遠不會揭穿的。

他悄然步上台階，腳下突然一響，他低頭一看，靴上沾著些污泥，而污泥上卻又沾著一張紙柬，他不經意用另一隻腳將它拂在地上，默默地隨著古濁飄走進了門，此刻，他突然感覺到自己竟是這麼渺小，渺小得不禁使他有些自卑。

古濁飄輕輕將蕭凌放到床上，回頭四顧一下，皺眉問道：「棋兒呢？」

程垓搖了搖頭，心中不禁又暗歎一聲，須知八步趕蟬程垓在武林中也是響噹噹的人物，此刻古濁飄卻以這樣的態度向他問這種話，他心中自然大大不是滋味。

這就是人類的通病，在他已覺自身渺小而生出自卑的時候，他的心情就會分外敏感，受不得一絲刺激，若他心中坦然，他就會知道人家這句話根本不是問他，更沒有瞧不起他的意思。

古濁飄像是也發覺他面色的不豫，笑了笑，緩緩說道：「小弟心亂，不曾招呼程大俠。」眼光動處，忽然看到棋兒跑了進來，一面卻低著頭在看一張字柬，便道：「棋兒，去倒些茶來。」

棋兒卻像是沒有聽到，猶獨自出神地看著那張字柬，古濁飄兩道劍眉方自微皺，心中忽然一動，棋兒卻抬起頭來一笑，將那張字柬遞到他面前，笑著說：「相公，這張紙條子是哪裡來的，怎會跑到外面的台階上？」

程玹一看，那字柬上滿沾污泥，正是先前沾在自己靴上的，不禁暗暗奇怪：「難道這張字柬上，又有什麼文章？」

古濁飄已將那字柬接了去，一目閃過，不禁微微笑道：「程大俠，看樣子飛英神劍也來至此間了。」

語氣淡淡的，程玹卻嚇了一跳，趕緊拿過來一看，卻見上面寫著：「**凌兒知悉：此間已無事，不可多作逗留，速返江南勿誤，屋後有馬，枕下有銀，汝可自取，回堡後切不可將吾之行蹤洩漏，切記切記。父字**」

卻正是玉劍蕭凌在那廢宅中得到的字柬，她隨手丟下後，無巧不巧，竟被程玹沾到腳上。

這張字柬卻使得本來已雜念百生的程玹，心中又加了一層疑惑：「瀟湘堡一向不涉足江湖，這飛英神劍卻怎的來了？而行蹤又是如此的詭秘，竟想連他家中的人都瞞著，竟都不和他女兒見面。」

他長歎一聲，抬起頭來，和古濁飄那雙銳利的眼神一觸，目光不禁一垂，卻又看到古濁飄的嘴角竟帶著一種冷削而殘酷的笑意。

他不禁打了個寒噤，忖道：「若是天靈星在這裡就好了，也許他可以解釋出一些事來。」

一念至此，他又想起了孫氏叔侄：「他們到底到哪裡去了呢？」再一動念：「龍舌劍林佩奇到哪裡去了呢？」

那天晚上他們在相府中發現人影，追出去時發現就是殘金毒掌時，龍舌劍就未曾露面，此刻卻又不在相府中，程垓心中不禁忐忑不已，突然又有種孤獨的感覺壓到他心上。因為他心中的所有疑念，只能藏於心底，而沒有一人可以傾訴。

抬目一望，古濁飄嘴角的笑容已消失了，也愣愣地在出神，彷彿他也是和自己一樣，心裡有著許多分解不開的心結似的。

「這真是個謎一樣的人物。」

程垓暗歎著，卻決定在這裡留下來，因為這神秘的相國公子，此刻已深深吸引住他了。

蕭凌的病，在細心的看護以及名貴的藥品下，很快地好了起來，只是這場折磨卻使得她的身體、心力都變得異樣的孱弱。

她是完全安靜的，因為在她臥病的房中，除了一個丫鬟侍候著她外，就絕無外人再來打擾她了。當然，她也不知道她所存身的地方是哪裡，因為自從她神智清楚後，古濁飄就沒有來看過她，當然，她也奇怪自己怎會從一個陰森淒涼的廢宅中，換到這種所在來，因為在她病著的時候，她是暈迷的，什麼事也感覺不到。

此刻，她只覺得身子仍是軟軟的，雖然她想知道自己究竟是在什麼地方，但沒有人告訴她，她也沒有力氣自己去查明。

程垓呢？他不時由棋兒所告訴他的後園中的小門跑出去，漫無目的地四下走著，他希望自己能碰到天靈星孫清羽、龍舌劍林佩奇，他更希望自己能碰到飛英神劍蕭旭。

但是他失望了，這些天來，他甚至連古濁飄都沒有看到。

日子，像是非常平靜，然而這些日子真是平靜的嗎？三天過去，三天後的晚上仍然像三天前一樣，黑暗而森寒，相府的後院，突然嗖的掠進一條黑影，身法輕靈巧快，曼妙無匹。

但是這人影一掠到地上，身子就向後一撲，一個踉蹌，跌倒在地上，他掙扎、喘氣的聲音粗重，像是受了極重的傷，神態卻又極為驚慌，像是那使他受傷的敵人此刻仍跟在他身後。

他掙扎著爬了起來，四顧一眼，園子裡是死寂的，他似乎稍稍放心，盡力又縱身一掠，掠到假山山石下的陰影中，似乎已經力竭，砰的，坐在地上。夜色微映，可以看到他臉上竟蒙著一塊黑色的方巾，只露出一對黑白分明的眼睛，只要眼睛一閉上，他的臉面就是一片漆黑了。

驀地，一陣衣袂所帶起的風聲掠來，他大驚，勉強忍住喘氣聲，但一條人影已颼然掠來，口中低沉的叱道：「誰？」

竟是程垓。

程垓闖蕩江湖數十年，可算是老江湖了，睡覺當然警覺得很，這夜行人在園中發出的聲音雖然低微，但他已覺察，趕了過來，果然看到有一團黑色的人影躲在山石的陰影下。

八步趕蟬心中一動：「難道是龍舌劍回來了？」

一個箭步，又竄了過來，卻見這夜行人一色黑衣，連面目都是黑的。

他不禁一驚，身形猛頓，突然，身後又有風聲嗖然，一個清朗的口音道：「何方朋友，深夜來此意欲何為？」

風聲一凜，從程垓身旁越了過去，右手疾伸，五指如鉤，疾向那夜行人右臂抓去。

那夜行人雖然身受重傷，但武功極高，臨危不亂，腳下微一錯步，左掌一圈、一吐，連削帶打，竟反削對方的腕肘。

程垓此刻已看出從他身側掠過的那人，正是古濁飄，想是聲音也驚動了他，他也趕了來。

古濁飄一招遞空，低叱道：「朋友好快的身手！」手掌突的一翻，反擒那夜行人的手腕，正是武當派名傾天下的「七十二路小擒拿手」。

那夜行人似乎也想不到他變招如此之速，右臂猛撤，左掌迴旋，嗖然一掌，切向古濁飄的脅下，這一招招式奇妙，竟是中原武林各派所無的妙著，只是他已受重傷，招式的運用，已稍覺遲緩，掌上所發出的力道，也顯得軟弱了。

程垓心中一凜：「怎的又出來個如此高手？」

卻見古濁飄輕輕一笑，身形一傾，腳下卻如生了根似的，那夜行人的一掌卻也堪堪遞空，但掌風下壓，古濁飄的雙掌已硬遞了過來。

這夜行人受了內傷，當然不敢硬接這招，而且此刻他喘氣的聲音更重，氣力愈發不支。

但古濁飄得理不讓人，嗖，嗖，又是連環兩掌拍來，那夜行人悶哼一聲，盡著全力，忽然使出一招。

他右臂忽然伸縮一下，並指作劍，帶著一絲輕微但卻曼妙的波動，嗖然點向古濁飄心下巨闕穴旁的左「幽門穴」。

這一招招式看卻平淡無奇，但妙就妙在他那一絲輕微的波動上，生像是認得人家招式中的空隙似的，倏然穿出。

古濁飄低笑一聲，腳跟一蹬，倏然後退五步，旁觀著的程垓卻驚呼道：「終南郁達夫！」原來這夜行人所使的一招，正是傳誦武林，昔年華山一役中，蒙面劍客終南郁達夫仗以重創殘金毒掌的「笑指天南」。

八步趕蟬程垓當時雖未見過此招，卻聽人說過，此刻見了那夜行人手中雖然無劍，但他以指作劍，使的卻是劍法，再看到他身上的全身黑衣，和面上所蒙的黑巾，心中一動之下，不禁驚呼出聲來。

那夜行人聽到這聲驚呼，舉止果然更驚慌，身形一動，竟盡著最後的餘力撲向圍牆，生像是怕別人看到他的真面目似的。

古濁飄嘴角微微冷笑，像是明知他跑不出去似的，是以站在那裡動也不動，八步趕蟬卻掠前一步，大聲叫著：「郁大俠。」

那夜行人頭也不回，已自掠到圍牆之下，哪知牆外「嗖」「嗖」又掠進三個人來，竟擋在他面前。一個瘦削的漢子朗聲道：「郁大俠，我們找得你好苦，郁大俠，你又何必隱掩行藏，難道是不屑與我們為伍嗎？」

站在他身側的一個矮胖之人卻哈哈大笑道：「華山會後，郁大俠神龍一現，至今匆匆已十餘年，郁大俠還認得我這老頭子嗎？」

八步趕蟬此刻也掠至他身後，一見那掠進牆來的三人，不禁狂喜，原來是天靈星孫清羽叔侄和龍舌劍林佩奇。

那夜行人前後被夾，而且重傷之下他仍能仗著深湛無比的內功支持到現在，已經是奇蹟了，此刻猛一鬆弛，便再也支持不住，長歎了一聲，頹然倒在地上，暈了過去。

天靈星孫清羽、龍舌劍林佩奇、八步趕蟬程垓大驚之下，都掠了過去。

林佩奇鐵臂一伸，將他橫抱起來，正自惶然，那古濁飄卻已緩緩走了過來，朗聲說道：「郁大俠像是受了傷，暫且還是將他送到軒中，先看傷勢如何再說。」

天靈星孫清羽趕緊一抱拳，輕笑一聲，說道：「小可等深夜又來驚吵公子，心中實是不安得很。」

古濁飄微微笑道：「孫老英雄若如此說，便是見外了。」右手做了個手勢：「就請各位跟我來吧！」

方一轉身，忽有紛亂的腳步聲傳來，山石後也現出火光，古濁飄兩道劍眉微皺一下，道：「程兄暫引各位前去，小可先過去一下，免得那些無用的家丁惹厭。」說著，便急步走了前去，肩頭不動，腳下卻如行雲流水。

孫清羽哼了一聲道：「果然好身手，我老眼還算未花。」灰白長眉一皺，「程老弟，你快引我們到軒中去，郁大俠的傷勢，恐怕延誤不得呢！」

程玹心中奇怪：「憑終南郁達夫的功夫，還有誰能傷得了他？孫清羽他們又怎會聚在一處？又恰好趕到這裡來？」一面轉著念頭，一面卻已沿著小徑，將他們引到側軒中去。

他仍從自己躍出來的窗中掠了進去，點上燈，才開了門讓龍舌劍等走了進來，將受傷的終南郁達夫放到他原先睡過的床上。天靈星走到床前，歎了口氣，緩緩說道：「直到今天，我老頭子猜了十幾年的事才能知道謎底。」

說著，他緩緩伸手去揭那在江湖上僅僅神龍一現，卻名噪四海的蒙面劍客終南郁達夫面上所蒙著的那一方黑巾。

程玹、林佩奇，甚至孫琪，此刻的心情也是緊張的，眼睛動也不動地注視著那塊黑巾，因為只要那黑巾一揭開，十幾年來被天下武林中人大費猜疑的一件秘密的謎底，便要揭穿了——所有的秘密都有揭穿的一天，只是時間問題罷了。

刷的，黑巾揭下，露出藏在那方黑巾後的臉，天靈星孫清羽和龍舌劍林佩奇不禁驚呼一聲，噔，噔，噔，後退了三步，腦中一陣暈眩，幾乎像是已站不住腳的樣子。

程玹、孫琪閃目望去，卻見那張臉瘦削、清秀、白皙，頷下微微留著短鬚，雖然面色比別人蒼白些，卻並無異處。

「為什麼天靈星、龍舌劍會如此驚異？」他們不禁奇怪。

靜默了許久，孫清羽、林佩奇才透出一口氣來，幾乎不約而同地道：「原來是他！」

「是誰？」程玹緊接著問。

天靈星孫清羽長歎一聲，道：「他就是江南瀟湘堡的堡主，當代的大劍客，從來未曾涉足江湖的飛英神劍蕭旭。」

須知龍舌劍林佩奇手持竹木令遠赴江南時，曾在瀟湘堡中見過這江湖雖然聞名，卻極少有人見到的飛英神劍一面，而天靈星孫清羽多年前也和他有一面之緣，是以他們一見巨創殘金毒掌的終南劍客郁達夫，竟是瀟湘堡主蕭旭，自然是大吃一驚。

程垓、孫琪雖然未曾見過此人之面，但聽孫清羽一說，也不由輕呼出聲，猛以拳擊掌，道：「這就對了。」

輕易不出江湖的飛英神劍為何北來？又為何行蹤詭秘？這在程垓心中百思不解的疑團之一，此刻也同時得到了解答，他疑念一解，心中大暢，竟叫了出聲。

但別人可不知道他叫的原因，孫清羽不禁問道：「什麼對了？」

八步趕蟬程垓這才將金刀無敵黃公紹的死，和自身所遭遇到的事，說了出來。

孫清羽一直凝神傾聽著，卻問道：「那古公子方才和蕭大俠動手時所用的招式，你可曾看清是哪一門派的？」

程垓沉吟了半晌，道：「他第一式用的是『武當擒拿手』中的『金絲剪腕』，第二式用的卻像是『崑崙雲龍八式』中的一招『雲龍三現』，但方位卻又似乎稍有變化。」

須知八步趕蟬久歷江湖，武功雖不甚高，但見識極廣，是以一眼便能認出古濁飄的招式。

天靈星孫清羽「哦」了一聲，長眉微皺，又陷入深思中。

林佩奇卻向程垓說出了他的遭遇：原來那天晚上程垓等所居的側軒屋頂上，發現了夜行人的蹤跡，程垓等跟蹤追去，龍舌劍卻因連日勞頓、奔波，睡得較沉，沒有驚覺。直到後來，相府衛士滿園搜查時所發出的嘈聲、沉重的腳步聲，才把他吵醒。

他驚醒之後，知道相府中出了事，起來一看，程垓、黃公紹、孫氏叔侄全已不在，他不禁暗叫：「慚愧。」

須知闖蕩江湖之人，睡覺若如此沉法，同屋之人走了都不知道，那的確是值得慚愧的。他不知道到底生出什麼事故，心裡著急，但外面搜得火刺刺的，他不能出去，但勢又不能不出去。

終於，他悄然推開窗子，聽得嘈亂的人聲已漸遠去，他才一掠出窗，嗖，嗖，幾個起落，極快地離開了相府。

四下一轉，寂無人影，這時殘金毒掌已追至廢宅，而孫氏叔侄驚魂初定，也離開了，是以他找了半天，也未找著。

自然，他非常奇怪他同伴們的去向，正發著愣，突然身後一個奇怪的聲音緩緩說道：「林佩奇——」

林佩奇悚然一驚，錯步回身，運腰微扭，金光一閃，在這一瞬間，他已將腰邊仗以成名的奇門兵刃龍舌劍撤到手裡，借著回身之勢，「立解殘雲」，向後揮去。

這種地方，就可看出這龍舌劍之成名確非倖致，就憑他這身手之速，反應之快，就不是普通武林同道能望其項背的。

哪知他這迅如閃電的一招，竟連人家衣袂都沒有沾上一點。

他一招落空，知道自己又遇著勁敵，不敢再輕易出招，手腕一抖，龍舌劍呼的反彎了回來，左手疾伸，捏住龍首，這龍舌劍名雖是劍，其實招式卻大部和蛟鞭相同。

他閃目而望，只見身前五尺開外，卓然站著一人，黑衣蒙面，帶著一種沙啞的奇怪口音，向自己微微發著笑聲道：「林老弟當年一別至今十餘年，功力精進得很呀！」

林佩奇凜然一驚：「莫非他就是終南郁達夫！」

仔細再打量了幾眼，忽然看到這黑衣人肩頭所露的劍柄，竟是用白色絲繸繫住的，心中閃電般倒退十七年，想到那時在華山絕壁前，那宛如天際神龍倏然而來的蒙面劍客終南郁達夫，正是這種打扮，掌中所使，也是這繫著白色絲繸的長劍。

一念至此，他心中再無疑念，脫口道：「郁大俠，你──」

那自稱「終南郁達夫」的黑衣人，朗聲一笑，接口道：「殘金毒掌再現江湖，郁達夫也靜極思動，來再會十七年前的故友，方才那殘金毒掌現身之際，我隱在屋脊後，因為另有原因，是以未曾現身，但經我十數天的奔走，對那殘金毒掌的落腳地，心裡已有個譜，等到時機成熟，郁達夫自然要聯絡各位──」

他微微一頓，又道：「據我所知，四川唐門也有人北來，似乎還另有一人隨同而行，卻是個武林中的生面孔，年紀雖不大，但一眼望去，卻像是內家高手。」

他長歎一聲：「自殘金毒掌再現江湖後，武林中似乎大半都已靜極生動，而且其中還有幾個新起高手，真是所謂長江後浪推前浪，一輩新人換舊人，林老弟，郁達夫今日所要言明的，就是在時機未熟之前，切切不可輕舉妄動，免得白白犧牲一些人的性命。」

這一席話講得龍舌劍林佩奇心中又驚又喜，卻又有些慚愧。

驚奇的是這武林中神秘劍客「終南郁達夫」怎的突然現身京畿，卻在人不知鬼不覺之間，已經打探出殘金毒掌的端倪。

喜的是，此人一現，再加上聞說已經北來，毒藥暗器天下無雙的唐門中人，或可將這殘金毒掌殲滅。

慚愧的卻是人家勸告自己的話，雖然都是金石之言，但因此可見，卻顯得自己能力太差，縱然拚命，也是白搭。

他心中這幾種思潮一齊翻湧，頓時愣了半晌，哪知那終南郁達夫朗聲一笑，道：「今日暫且別過，有事當再聯絡。」身形一動，快如飛燕地沒入黑暗。

龍舌劍林佩奇連忙喊道：「郁大俠暫留一步。」

但人家身形太快，他說出口時，人家已失去蹤影，林佩奇微喟了一下，暗忖這崟面劍客的行蹤，的確有如「見首而不見尾」的神龍，對人家的功夫，更是五體投地。

他出了一會兒神，信步在黑暗中的街道上走著，突然想起自己方才忘記問問終南郁大俠有沒有看到天靈星等人。

「現在他們都不知去向，我再回到相府，已無意義，但是，我該到哪裡去呢？」舉目四望，寒冷凛冽中，東方已現曙色。

龍舌劍林佩奇本是江湖間的遊俠一流人物，終歲漂泊江湖，四海為家，不知怎的，此刻他卻有了無處可去的寂寞感覺。

但轉瞬天光大亮，他精神又為之一振，方才在黑暗中所有的那種頹唐、陰鬱的感覺，此刻已一掃而空，他本是個沒遮擋的血性男兒，心中感懷雖多，但志氣卻未因此而消磨。

天雖已亮，但在這嚴寒的清晨，街上仍無人跡，林佩奇踱了幾步，看到前面一家小門面裡，正熱騰騰地冒著氣，林佩奇久走江湖，知道這是磨豆腐的磨坊，早上卻兼賣著剛出鍋的新鮮豆漿和一些燒餅、果子一類的吃食——此處所謂的「果子」，非水果也，而是北方人對「油條」的稱謂。

林佩奇覺得身上有些寒意，遂信步走了過去，想喝碗豆漿解解這饑寒之氣，哪知剛走到門口卻聽一人道：「好漢不吃眼前虧，識時務者，才是俊傑之士，琪兒，這道理你要記住，否則徒逞一時匹夫之勇，卻喪了性命，卻又何苦？」

林佩奇暗忖：「這口音好熟，好像是天靈星。」大步走了上去，一看果然是他。

兩人相見之下，各個將自己所遇說了，天靈星聽了龍舌劍林佩奇所說的話，臉上喜形於色，以手加額，連聲道：「好了，好，『終南郁達夫』和唐門中人這一來，十七年前華山絕壁的故事不難重現，殘金毒掌呀，殘金毒掌，看來你又是難逃公道了。」

他哈哈一陣大笑，又對孫琪道：「琪兒，凡人都應順著天命，恃強胡來，是萬萬不行的。」

孫琪卻垂著頭，發著愣。天靈星孫清羽大笑方住，又道：「林老弟，現在北京城裡可有熱鬧好看了，你我當先之務，最好將終南郁達夫找著，告訴我們他發現有關殘金毒掌的端倪，我老頭子幫他參考些意見，也許能早點得到下落了。」

龍舌劍自然唯唯稱是，他們是以也不便再回相府，就尋了個客棧住下，晚上，他們卻四處探查著，希冀能發現終南郁達夫的行蹤。

天靈星孫清羽老謀深算，他知道自己既然已在殘金毒掌手下奇蹟般地逃生一次，那麼知道即使自己再遇著殘金毒掌也無所謂，是以放心大膽地四下搜尋著，並不顧慮。

兩三天下來，「終南郁達夫」的影子都沒有探出半點，卻算北京城裡那些黑道上三門的鼠竊倒楣，只要在這幾天中出來做案的，大多都被龍舌劍林佩奇抓到，打得個半死。

於是北京城下三門中就開始傳說：「六扇門」的「鷹爪孫」，突然出來幾個硬手，這兩天要避風聲才好。閒言表過不提。

且說那天靈星、龍舌劍等三人，方自有些失望。

哪知在第四天的晚上，他們正在捲簾子胡同一帶打轉，突然身後起了陰惻惻一陣冷笑，他們大驚轉身，哪知就在他們眼角瞬處，一條金色的人影已如驚鴻般掠過他們。

這三人心頭不禁一跳，卻見那金色人影倏然停了下來，對著黑暗冷冷說道：「不敢見人的鼠輩，你整天跟著我，活得起膩了嗎？」

三人望著他的背影，聽到他說話時那種冷入骨髓的聲音，看到他空空的左臂，心中方自吃驚地暗暗忖道：「殘金毒掌！」

哪知黑暗中突然一陣長笑，一個粗啞而奇怪的聲音道：「殘金毒掌果然了得，一別十七年，耳目還是如此靈敏，故人無恙，真叫我郁達夫高興得很。」

隨著話聲，倏然掠出一條人影，黑衫黑巾，正是天靈星遍找不獲的「終南郁達夫」。

殘金毒掌全身僵立，目光陰森森地望著他，彷彿在憶著十七年前的那一劍之仇。那「終南郁達夫」卻又笑道：「想不到，想不到，閣下果然是位不死的神仙，十七年前那一劍──」

話未說完，殘金毒掌已冷叱一聲，身形一動，已掠「郁達夫」身前，右手一探，輕飄飄一掌擊過去，掌勢並不急速，掌風也不銳利，就像是行所無事間，隨意揮出一樣。

但郁達夫卻識貨得很，知道在這位內家高手手下，越是輕描淡寫的招式，其中暗藏的殺手也愈厲害。微嘯一聲，身形倏然後退五步，「嗆然」一聲龍吟，背後長劍已自出匣。

一看到這兩人動手，天靈星、龍舌劍眼睛都直了，大氣也不敢出，心中卻凜然吃驚，但卻又捨不得離去。

因為他們都是「練家子」，知道這種十年難得一見的比鬥，其精彩簡直不能想像。何況這兩人都是一別江湖十七年，這十七年裡，他們的武功又有什麼精進？誰能搶得先機？

他們眼睛瞬也不瞬，卻見郁達夫長劍揮出，手腕突然一抖，頓時滿天劍氣森冷，青白的劍色染得夜色一白。

殘金毒掌又是一聲冷笑，絲毫不見作勢縱躍，人已凌空而起，金色的掌影如黃金之雨，轉瞬間，已連環拍出三招。

這三招竟是從那滿天的劍氣中搶攻而進，郁達夫連退幾步，手中長劍施展開，刹那間，雖然冷芒電掣，但卻只是自保而已，並沒有搶得先機。

旁觀的三人，都是武林人物，此刻見了，都不禁暗裡著急，哪知郁達夫腳下突然連退三步，手中長劍畫了個極大的圈子，在自己面前布下一道青白森冷的劍幕。

這一招奇詭怪異，竟是天靈星前所未見，也前所未聞的招式，孫清羽微歎一聲，忖道：「這『終南郁達夫』到底是何來歷，實在令人費解。他這一招非但不是終南劍法，也不是中原任何一個劍派的招式，但精妙之處，卻遠在各門各派的劍術之上。殘金毒掌武功雖突出，可是我也不相信他能破去這一招。」

這些念頭在他心中原是一閃而過，終南郁達夫這一招使出後，殘金毒掌果然愕了一下，腦中已極快地閃過四字：「凝金固石！」

原來終南郁達夫連連失機，眼看就要不敵，竟使出武林中盛傳，但卻都沒有見過的「四十九手迴風舞柳劍」中的絕招來。

殘金毒掌突然仰天長嘯一聲，掌勢突然一變，出手比先前更為緩慢，郁達夫卻覺得自己使出的劍式，彷彿被一種陰柔但卻巨大的力量吸引著了，招式竟施展不開。

他眼光一瞬，忽然遇著殘金毒掌的眼睛，不知怎的，那殘金毒掌眼中彷彿也有那種陰柔而巨大的吸引之力，終南郁達夫兩隻炯然有光的眼睛，竟也被他吸引住了。

郁達夫招式一緩，天靈星方自覺得不妙，哪知殘金毒掌忽的冷笑一下，右臂本是前劈之勢，中途卻突然頓住，手掌一翻，「三指」如鉤，嗖的，竟抓住郁達夫的長劍。

郁達夫大驚，悶哼一聲，右臂真氣滿布，猛的奪劍。

哪知殘金毒掌冷笑聲中，手勢忽然往前一送，郁達夫本來就是「向後扯」的力量，再被他這種強大的力道一送，頓時立腳不穩，噔，噔，往後退了兩步，方自拿樁站穩。

卻不知就在他功力尚未凝聚的那一剎那，殘金毒掌猛叱一聲：「拿來。」

鐵腕一抖，郁達夫手中的劍竟被他硬生生奪了過來，而他所使出的這種陰柔而奇異的內力，也未將長劍震斷。

郁達夫驚懼之下，身形一轉，嗖然，掠起三丈，就往後逃。但就在他身形方自掠起之際，殘金毒掌的身軀已凌空而起，左掌探處，卻快如閃電，啪的，擊在郁達夫背上。

天靈星等不禁驚喚出聲，殘金毒掌緩緩回過頭來，目光凜然從他們臉上掠過，這三人不禁又生出一陣寒意。

天靈星果然不愧為老江湖，在這種情形下，仍能抱拳強笑道：「孤獨大俠——」

哪知人家根本不理他，在發出一聲冷入骨髓的冷笑後，掠去無蹤。

天靈星突然收斂去面上的笑容，長歎一聲，道：「想不到我們唯一希望所寄的人，也傷在這殘金毒掌的掌下，唉，放眼江湖，竟像沒有一人是這魔頭的敵手了。」

他目一瞑，遂又睜開，道：「那終南郁達夫中了他一掌，仍未倒下，不知有否生機，無論如何，我們也得找找他看，若是仍有救，那自是最好，否則，唉，我們也得將這位終南劍客的屍身安葬起來，免得他曝屍街上。」

年紀大了的人，對「死」總是最易感觸，天靈星又歎了一聲，和龍舌劍等跟蹤終南劍客逸去的方向掠去。

三轉兩轉，他們卻轉到那相府的後院院牆外，此刻恰巧八步趕蟬正在驚呼著：「郁大俠。」

這三字一入耳，孫清羽等立刻掠了進去，剛好擋在終南郁達夫前面——龍舌劍簡略地說出這幾天來自己的經過，程垓方自唏噓間，那孫清羽卻突然又驚「咦」了一聲。程垓回頭望去，原來孫清羽已解開那終南郁達夫——飛英神劍蕭旭的衣服，查看他的傷勢，此刻轉過頭來，驚異地說道：「這又是奇事，」他朝飛英神劍裸露的後背一指：「蕭大俠明明中了殘金毒掌一掌，但後背上卻怎的沒有金色掌印呢？」

眾人隨著他手指望去，飛英神劍的後背只有一片淤黑，哪有金色掌印？林佩奇和孫琪卻眼見他中了殘金毒掌一掌，此刻都也驚喚出聲。八步趕蟬心中卻一動，暗暗忖道：「怎的他的傷痕竟和金刀無敵的一樣？」

遂將金刀無敵在中了殘金毒掌一掌後，身上也無金色掌印的事說了出來，又道：「據小弟推測，這北京城裡，除了真的殘金毒掌外，還另有一人假冒殘金毒掌，只是這人武功也極高，行事也極怪——」

林佩奇忍不住接口問道：「只是這人是誰呢？又為著什麼原因他要假冒殘金毒掌呢？」眾人默然，這問題也是大家心中都在疑惑不解的問題，當然沒有一人能夠為林佩奇解答。

天靈星沉默了半晌，才緩緩說道：「程老弟說那位古公子的武功像是深不可測，以我所見，方才他在前行時的身法，輕功也委實到了深不可測的境界，若說這北京城裡有著一個武功絕高，高得可以假冒殘金毒掌的人，那麼這位神秘詭異的古公子，實在大有可能。」

眾人暗歎一聲，不禁都默默頷首，這位天靈星的分析，素來都令他們折服的。

稍微一頓，孫清羽又道：「至於他假冒殘金毒掌的原因，往好處去想，那是這位古公子身懷絕藝，不甘永蟄，想和殘金毒掌鬥一鬥，是以穿了這魔頭的衣服，學著這魔頭的舉動，因為假如殘金毒掌知道除了自己外，還有一個冒牌貨，他自然會現身一鬥——」

林佩奇迫不及待地接口道：「若往壞處想呢？」

天靈星孫清羽長歎一聲，道：「若往壞裡想，這位古公子可能就是殘金毒掌的弟子，假如殘金毒掌到別處去了，他可能讓他的弟子留在北京城做出一些事來，而收到擾亂天下武林耳目的效果。」

他一捋長鬚道：「若果然如此，有了一個殘金毒掌，已使天下武林不安，現在又多了一個，那真是不堪設想了。」

眾人又陷入沉默裡，良久——始終未說過話的孫琪卻突然說道：「依小侄看，這位古公子當真有些可疑，他受了師父之命，故意取出竹木令，引得瀟湘堡中的人來，然後再擊傷他，讓他的師父沒有後顧之憂，那天他突然送來竹木令的時候，我就有些懷疑，他怎肯將這種東西貿然送給陌生人。」

孫清羽目光凝注，孫琪微微頓了頓，又說道：「不過奇怪的是，若說他是假冒殘金毒掌，那麼他為什麼也是斷臂缺指，面孔嚇人，和叔叔說的殘金毒掌一樣呢？」

孫清羽緩緩說道：「這倒可以解釋，他可以穿著一件沒有左袖的衣服，將左臂藏在裡面深陷在身中，這以他的功力，不難辦到，然後再戴起一隻鏤金的手套，讓人家根本不知道他有多少手指。」

這叔侄兩人的一問一答，使得龍舌劍、八步趕蟬都聽得出神，心中忐忑，驚訝之中，又摻合著些欽服。

孫清羽兩道長眉一皺，沉聲又道：「奇怪的是他這位相國公子，怎會做了殘金毒掌的徒弟，學得了這一身武功——」

他突然一頓，像是想起什麼，問道：「那玉劍蕭凌是在這裡養病嗎？」

程垓一點頭，孫清羽又道：「那我倒要問問她，她怎麼會和這位古公子認識的，他們之間是什麼交情，依我看，要想知道殘金毒掌的下落，只有從這位古公子身上著手，若想知道這古公子的真相，也只有唯一一條路，那就是從玉劍蕭凌身上打聽一些。」

程垓沉吟了半晌，道：「只是那位蕭姑娘病得很重，根本不省人事，終日說著囈語，此時就算去問她，恐怕也不能問出個結果來。」

屋內各人言來語去，都是在討論著這震懾武林百餘年的殘金毒掌，和那奇詭神秘，武功絕高的貴公子古濁飄。

只是他們卻未想到，究竟他們知道了殘金毒掌的下落，和古公子的真相又當如何？難道憑他們的武功，還能將殘金毒掌怎樣？難道憑他們的身分，還能將這相國公子怎樣？天靈星孫清羽雖然智計的確過人，在武林中的聲望也極高，可是他武功卻僅平平而已，縱然絞盡腦汁，可也擋不住人家的一掌。

就在他們談話之際，在這側軒的窗外，卓然立著一人，聽著他們的談話，臉上泛著一種冷削已極的微笑，嘴角掛著譏誚。

等到他們說完了，他才緩緩走進去，卻故意放重了腳步。

他，正是奇詭神秘的古濁飄。

這時天已放出暮色，又是一天過去，有誰知道武林中的恩怨情仇，隨著這一天的過去，又增加了幾許？

第七章　真假實難辨

蕭凌朦朧中醒來，也不知自己睡了多久，側目一望窗外，東方才微微顯出一點魚肚白色，映得窗紙也泛起一片魚青。

四周靜得很，她覺得自己出了一身大汗，人彷彿好了許多，就連日前自己眼皮上那種沉重的負擔，也像是消失了。

她覺得有些口渴，這時當然不會有人侍候她，她只得試著掙扎，看是否能爬起來，這些天她的這種企圖也不知試了多少次了，但總覺得全身一絲氣力也沒有，總是爬不起來。

哪知她此刻身子像是輕了不少，稍一掙扎，居然爬起來了，她說不出有多麼高興，也顧不得冷，從被中鑽了出來，看到床頭有件袍子，她就拿來穿了，套上鞋，她竟然走下了床。

借著微光，她看到茶水放在靠門的小几上，於是就扶著牆，慢慢走過去，在萬賴無聲中，她突然聽到有人在說：「……玉劍蕭凌……古公子……殘金毒掌……」有些話她雖然聽不清楚，但這幾個名字，卻令她入耳驚心。

這幾天來無時不在她心中糾結的一個問題，又倏然襲向她的心：「這究竟是什麼地方？我怎麼會到這裡來的？難道……難道這地方又和古濁飄有著什麼關係嗎？」她暗忖著。

於是，那甚至在她暈迷的時候，仍在她芳心中縈繞的古濁飄的影子，那可愛、又可恨，令她沉醉、又令她痛苦的影子，就隨著日光投向她心上，也正像日光那樣的不可抗拒。

她需要將自己心中糾結的問題打開來，突然間，她像是又增加了幾分力氣，走到了門口，悄然推開了門，走了出去。

她的屋子外是間小廳，小廳的那邊就是程垓所睡的房子。

蕭凌一腳跨進小廳，卻恰好有一人從另一扇門中走了進來，她一抬頭，晨光雖微熹，但就只一眼，她已認出這人是誰來。

這人就是古濁飄，就是那被她恨過千百次，她愛過千百次的人，即使此處沒有一絲光線，她只要看到他一絲影子，就能認出他，即使影子都沒有，她也能感覺出他。

剎那間，她心中情潮翻湧，不能自禁，久病小癒的身體，此刻又像是突然虛脫了，再也支持不住，眼前一黑，跌在地上。

古濁飄一跨進小廳，當然也看到蕭凌，在這同一剎那裡，他心中是不是也在翻湧著和玉劍蕭凌共有的同樣情感呢？他嘴角的譏誚和面上的冷笑，在見到蕭凌後就消失了，變成另一種表情，卻是任何人也解釋不出的，像是自責，像是憐惜，像是不安，像是無情，卻又像是有情，但無論如何，這堅冷如石的古濁飄，總是動了情。

蕭凌倒在地上，寬大的袍子散在地上，秀長的頭髮，半落在她那已被病魔折磨得蒼白瘦削的臉上，鞋子也落去一隻，露出她那潔白如玉小巧玲瓏的腳，使她看起來有種難言的美。

古濁飄遲疑一下，這秀髮、這玉面、這小巧玲瓏的腳，這寬大袍子裡小巧玲瓏的胴體，都是他所熟悉的。

他微微歎息了一聲，臉上露出的憐憫之色，在此刻裡，掩住了他其他的各種情感。

於是他走過去，溫柔地為她拂開亂髮，溫柔地抱起她那嬌小的身軀，緩緩走進房去，小心翼翼地將她放到床上。

他不知道該留在這裡，抑或是離去，但他卻知道，無論他留在這裡抑或是離去，對他都是種痛苦。

他不知自己是否瞭解自己，但這世界若還有一人瞭解他，那麼這人除了他自己之外，再無別人，因為若有人自己也不能十分清楚瞭解自己的時候，那麼這世人還有誰能瞭解他呢？對於玉劍蕭凌所給他的這分純真無邪，卻深入腑肺的情感，他也不知究竟該怎麼好，那麼，為什麼他自己不能解決自己的事呢？於是他不禁自憐地歎息一聲。

就在他這聲悠長的歎息，消失在清晨冷而潮濕的空氣裡後，蕭凌的眼睛驀的張了開來，瘦了的她，眼睛更大了。

兩人目光相觸，古濁飄微笑了一下，俯下身去，輕聲問道：「你好些了嗎？」

這溫柔的問候，像是一柄利劍，直刺入蕭凌的心裡。她想起在雪地上和古濁飄的初遇，暖室中的淺酌，臥房裡的溫情，這一連串溫馨而美麗的回憶，已牢牢地編織在她的心裡。

但她也不能忘記自己被摒於門外時的淒涼、失望、深入骨髓的痛苦，甚至這險些使她形銷骨立的病，都不也是為著他嗎？於是這一分愛和這一分恨，這兩種絕對不同，可卻有時又奇妙地發生著關連的情感，便在她心裡激烈的爭戰著，是愛呢？是恨呢？糾纏難解，連她自己也無法分解得開。

她想回過頭來不去理他，但古濁飄的眼睛裡，卻生像是有著一種強大無比的力量，在吸引著她，使她的頭再也轉不過去。

古濁飄微喟一聲，道：「你怎麼不理我？」

伸手想去撫摸她的柔髮，但卻又中途停住，帶著幾許歎息之意地微笑了一下：「你病好了，我高興得很。」

這兩句話，像一隻無形的溫情之手，輕輕撫摸著她那已被情感折磨得千瘡百孔的心。

嚶嚀一聲，她終於再也控制不住自己那一分刻骨銘心的深情，投向古濁飄的懷裡，讓古濁飄那雙手抱著自己，抱著自己整個身軀，也抱著自己整個的心，她已經整個投向他了。

良久，他們沉醉於似水柔情裡，渾然忘了世間其他的一切。

帶著嬌喘，蕭凌問道：「那天你為什麼不等我，害得我——我知道，你有許多許多事騙我，我本來在那破房子裡，怎麼會跑到這裡來了？」

古濁飄的目光，緩緩從蕭凌臉上移開，遠遠投向牆角，沉聲道：「凌妹，我有我的苦衷，終有一天你會諒解我的，現在我向你解釋也無用，唉——」

他歎息一聲，收回目光，又道：「以前的事，讓它過去不好嗎？現在我已在你身旁，你也用不著去想以前的事了。」

說著這些話的時候，他臉上有一種煥然的光彩，使得蕭凌不可抗拒地接受了他的話。有些人與生俱來就帶有一種奇異的力量，使別人不由自主地相信他，古濁飄就屬於其中之一。

就在古濁飄和蕭凌互相沉醉著，而忘卻了外面的人世的時候——門外突然有人輕輕咳嗽一聲，雖然只是一聲輕輕的咳嗽，卻已足夠使他們由沉醉中驚醒，從擁抱中分開。

天靈星大跨步進來，哈哈笑道：「老夫無禮，老夫無禮——」笑聲突然一頓道：「但蕭大俠的傷勢嚴重得很，老夫對醫道卻一竅不通，古公子是否先請個大夫來，先看看蕭大俠的傷勢，遲了，恐怕就來不及了。」

古濁飄站了起來，不知道是因為尷尬，還是為了別的原因，臉上又閃過一絲奇異的神色，拂了拂衣服，沉聲說道：「我這就去。」轉身走了出去。

蕭凌聽了孫清羽的話，心頭猛然一跳，急切地問道：「蕭大俠是誰？」

她已隱隱覺察到了有不幸的意味存在。

天靈星卻已轉過頭去，踱到窗前，將窗子支開一線，向外望去，見那古濁飄已沿著側軒前的小徑向內走去。

「你告訴我，蕭大俠是誰好嗎？」蕭凌又焦急地問道。

上半個身子已支出床外，想是因為氣力不支，全身微微顫抖著。

天靈星孫清羽嘴角突然泛起一個奇異的微笑，走到床前，道：「蕭姑娘，你要知道蕭大俠是誰，隨老夫去看看就知道了。」

蕭凌冰雪聰明，剛發現他笑容的古怪，哪知孫清羽突然右手疾伸，向她頭頂之中的「崑崙頂」上之「百會穴」點來。

蕭凌久病之下，體弱不支，但她自幼訓練而得的武功，卻再也不會忘去，一見天靈星手指點來，驚詫之下，喝道：「你這是幹什麼！」

她本想往後閃避，但卻撲的向前倒下。孫清羽手勢一轉，倏然劃下，在她項上大椎下數的第六骨節內的「靈台穴」輕點了一下，左手托住她的肩頭，道：「蕭姑娘，莫怪老夫放肆，日後你就會知道老夫的苦心了。」

這「靈台穴」直通心腦，為人身大穴之一，蕭凌只覺全身麻痹，腦中也是混沌一片，孫清羽的話她約莫聽到，但身子突凌空而起，想是已被這天靈星托了起來，向外走去。

一出門外，孫清羽輕輕咳嗽一聲，對面的門中，立刻掠出數人來，除了林佩奇、程垓、孫琪外，竟多了一個「入雲神龍」聶方標——原來正在孫清羽等聽說蕭凌病重，覺得此刻不便去打擾，而再去探看飛英神劍病勢的時間，房間的後窗突然有人在外輕輕彈了一下，房中各人都是老江湖，林佩奇翻然一掌，熄滅油燈，嗖的，掠到窗前，向外低喝道：「什麼人？」

「是我，聶方標。」

林佩奇鬆了口氣，方支開窗子，窗外已翩然掠進一個人來。孫琪打開火摺子，點亮了燈，見到進來的這人，身軀瘦長，卻穿著家丁奴才一類的青衣呢帽，但臉上清臒堅毅，目光炯然，卻是武林中新進高手「入雲神龍」聶方標。

聶方標這一出現，眾人才想到在殘金毒掌突然出現的那天，這聶方標本是和龍舌劍林佩奇同居於一室之內的，但自那天後，即未再見，大家因為心中憂患重重，也沒有想到他。

但此刻各人心中都奇怪：「這聶方標這幾日去了何處？為什麼作這種打扮？此時此刻，卻又怎的突然出現了？」

入雲神龍聶方標目光一掃，看到各人臉上的疑色，將手一擺，沉聲道：「小侄這兩天來頗有所獲，此時卻不便解釋，但是小侄可先簡略地告訴各位，那古公子就是殘金毒掌的化身，而且方才孫老前輩在房中之言，他已在窗外聽得一清二楚——」

他稍一喘氣，屋中各人都面色大變，卻聽聶方標又道：「幸好他此刻被那玉劍蕭凌纏住，依小侄之見，此人深藏不露，陰鷙已極，武功卻又極高，此刻既然知道了我們已猜出他的底細，可能會對我等不利，我等還是早早離開這是非地，再作打算。」

他一口氣說完，目光卻一直盯住房門，像是生怕那位「古公子」會突然走進來似的。

孫清羽止住了大家都想問話的企圖，瞑目沉思了半晌，突然道：「你們在此稍候，老夫再出去一下，等會兒老夫咳嗽一聲，你們就趕緊出來。琪兒抱著蕭大俠，其餘的人都將兵刃備好，以防生變。」

天靈星以機智名聞江湖，這調度是有用意的，他果然騙走了古濁飄，又將蕭凌捧出，幾人極快地掠出側軒，入雲神龍卻一馬當先，輕聲道：「各位跟著小侄出去。」

沿著軒後三轉兩轉，竟然走到一個連程垓都不知道的小門，乘著破曉之際，園中無人，走出了相府，四顧一下，連這條小小的弄堂也渺無人蹤。

沿著牆角急走，走在最前面的人雲神龍回頭問道：「孫老前輩的意思，往哪裡去最好？」

孫清羽目光一轉，見到正路上已有行人，便道：「我們先雇輛車——」

突然轉身向林佩奇問道：「鐵指金丸韋守儒的舍處你可知道？」

龍舌劍略一點首，當先帶路，出了弄堂向左轉去。這時相府後院的那小門中，探出一個頭來，眨著兩隻靈活的大眼睛，正是古濁飄的貼身書僮——棋兒。

鐵指金丸韋守儒乃北京城平安鏢局的鏢主，這平安鏢局名聲雖無「鎮遠」響亮，但在河朔道上，也是頗為吃得開的鏢局。

但自從殘金毒掌重現，鎮遠鏢局封門，鐵指金丸便也收了業，但此刻平安鏢局的兩扇黑漆大門卻是開著的，門口也停著兩輛馬車，原來天靈星孫清羽等已經到了。

安頓下來之後，疑團最重的是韋守儒，這幾天來發生的變化，他自然一概不知，尤其令他奇怪的，當然也是這位瀟湘堡主怎的會到北京城，又怎的會受了這麼重的傷。

別的人的心中也有疑問，就是這入雲神龍這幾天來的行蹤。

於是聶方標便說出一番驚人的話來：「那天晚上我腸胃有了些毛病，上茅房時，耽誤了很久，那時回到房中，林大叔竟不在了，我心裡奇怪，哪知跑到孫老前輩的房中一看，孫老前輩和程大叔、黃大叔也全不在了。」

「我就知道這一定生出了變故，再聽到院子裡的聲音，越發知道情形不妙，但這個時候外面像是人很多，我又不知道詳情，就只有留在房子裡先等一下，看看情形再作打算。」

龍舌劍林佩奇暗中點頭，忖道：「這聶方標年紀輕輕竟比我還沉得住氣，姑不論他的武功怎樣，就憑這分沉穩，已無怪他能成名立萬了。」

卻聽聶方標又道：「但是我一看兩間房子都沒有人，我怕你們出了事，一想之下，覺得也不能留在這兩間房裡，因為萬一有人來查的時候，又不便，於是我就想從那間側軒後面繞出去。哪知我剛走到後面，突然聽到一聲輕微的聲響，在這種時候，我可不能不注意，就往旁邊一閃，哪知那裡也有個門，我心裡奇怪，突然從後面的氣窗中看到有條金色的人影掠進來。」

他略為喘了口氣，又道：「我大驚之下，慌不擇路地退到那間房裡，看到那間房很小，房裡只有一張床，和一個大櫃子，我遲疑一下，想先避在這大櫃子裡，哪知這時候外面又有響動，我來不及再轉念頭，只能先躲到床底下去，卻不知這麼一來，反而救了我。我伏在床底下，連大氣都不敢出，看到有個人進來，我看不到他的上面，只看見兩條穿著金色褲子的腿，我幾乎嚇得閉過氣去，因為那時我已經知道，進來的這人就是殘金毒掌。」

他透了口氣，聽著的人也跟著透了口氣，卻聽他又接著道：「我那時真是緊張到了極點，一方面奇怪這殘金毒掌怎會跑到這裡來，一方面卻在擔心，假如這殘金毒掌發現我在床下面，那豈不是糟了？是以我越發地不敢喘出氣來。

「房子裡窸窸響動著，我也不知道他在做什麼事，忽然，這殘金毒掌竟把身上穿著的金褲子脫了，露出裡面的灰色褲子來，又換了雙薄底粉履，這時我真恨不得伸出頭去，看看這位武林大魔頭殘金毒掌的真面目。」

大家凝神靜聽著，鐵指金丸韋守儒尤其緊張得透不過氣來。

聶雲神龍聶方標又道：「哪知這時候外面突然又進得一人來，看他的腳，卻是小孩子的樣子，我聽這小孩說：『公子，車子都準備好了，就停在外面。』

「那時候我就希望這殘金毒掌說話，因為這時候我已經從這小孩子叫的『公子』兩字上，猜出這殘金毒掌到底是誰來，只是還不能夠十分確定罷了。」

鐵指金丸實在忍不住道：「是誰？」

聶方標微微一笑，並不回答他的話，兀自說道：「過了一會兒，他果然說話了，他說：『棋兒，你也跟著我去吧，假如那裡還有人，那最好，不然我們就隨便去拖個人來。』那小孩卻說：『公子，你何必一定要把大姑娘留在這裡呢？』他卻歎了口氣，再沒有說話。

「等一會兒，這兩人都走了出去，可是我已經從兩句話的口音裡，聽出這殘金毒掌竟然就是那位古公子古濁飄。」

鐵指金丸韋守儒驚「呀」了一聲方過，又有一聲極輕微的「嗯」聲，聶方標眼角一動，發現這「嗯」聲是從臥著的玉劍蕭凌那邊發出來的，忙一掠而前。

原來他們是在韋守儒的後房中談著話，蕭旭、蕭凌父女就分躺在這間房裡的兩張床上，此刻聶方標略一檢視蕭凌，回頭道：「孫老前輩，這位蕭姑娘的穴道，還沒有解開嗎？」

天靈星孫清羽微笑一下，道：「我倒忘了。」走過去輕輕兩掌解開了蕭凌的穴道，哪知蕭凌仍然動也不動，竟又暈過去了。

原來她穴道雖然被點，可是別人說的話，她仍聽得見。

她聽到聶方標說那殘金毒掌竟是古濁飄的化身，腦中轟然一響，便又暈過去了。

入雲神龍證實了古濁飄確實就是殘金毒掌的化身時，非但事先絲毫不知道真相的韋守儒驚異，別人也是吃驚的。

林佩奇搖了搖頭，像是想不通這位古公子為什麼要這樣詭譎，八步趕蟬程垓卻問道：「那麼聶老弟之後又怎麼呢？」

聶方標看了躺在床上暈迷著的蕭凌一眼，回頭道：「我等到他們兩人一走，就趕快出來，這時候天色已經亮了，你們還沒有回來，我當然不知道你們到哪裡去了，再三考慮之下，就從後面越牆而出，但是心裡仍放心不下，又怕你們都遭了殘金毒掌的毒手，但是我自問也不是那殘金毒掌古濁飄的敵手。」他竟將「殘金毒掌」這名字，加到古濁飄頭上了。

稍微一頓，他又道：「這時候我就想，多聯集幾個人的力量，來對付這古濁飄，於是我急忙出城，但究竟要找誰，這時我心裡並沒有譜，除了家師不說，別的人不是武功不夠，就是離得太遠。我想來想去，只有霧靈山上玄通觀的玄通道人，他雖然久已不出江湖，但卻是這河朔地面上武功最高的一人，而且家師與他也有淵源，我若去找他，告訴他這些事情，也許他會出手也未可知。」

天靈星孫清羽卻「哼」了一聲，手捋長鬚，冷冷說道：「那個牛鼻子的武功也和我老頭子差不多，把他找了來，也未必有用。」語調頗為不悅。

聶方標暗中一笑，知道自己方才那句「河朔地面上武功最高的人」已將這位也在河朔地面上的天靈星惹得不高興了，暗忖：「這孫老前輩年齡這麼大了，好勝之心還如此盛。」

心中雖如此想，口中卻陪著笑道：「但那時小侄也沒有別的法子，哪知到了霧靈山一看，那位玄通道長卻偏偏不在，於是小侄只得又趕回北京城來，冒著奇險，又潛回相府，想搜集一些證據，使得這古濁飄以後無法抵賴。」

「哪知我剛剝了他們一個家丁的衣服穿在身上，沿至側軒，就看到那古濁飄竟悄悄站在窗口聽著你們說話，於是我就繞到後面，一邊看他的動靜，一邊也聽聽你們在說什麼。」

孫清羽哈哈大笑一聲，接口道：「我們房子裡的這些『老江湖』，以後可再也別充字號了，有兩個人站在外面，我們竟像死人一樣！」他又大笑一聲：「聶老弟，看來你這『入雲神龍』，倒真的名副其實呢！」

聶方標微笑一下，卻不禁露出得意之色，接著往下說道：「後來那古濁飄竟走了進去，我伏在後面向裡看，看到他——他跑到蕭姑娘的房裡去了，我就趕緊去通知你們。」

龍舌劍林佩奇長歎了一聲，也暗暗慚愧，自己這「老江湖」竟都比不上一個出道江湖未曾多久的小夥子。

八步趕蟬程垓心中卻突然一動，沉吟著向聶方標問道：「聶老弟，聞得江湖傳言，你是武當派掌門人黃羽真人的關門弟子，可是確言？」

聶方標點了點頭，程垓卻又道：「那麼你可知道貴派的靈機道長近年來，可曾收過弟子？」

聶方標微一沉吟，道：「靈機祖師叔，早已封關避世，小侄也只見過他老人家數面，還是他老人家特別開恩，他老人家已屆百歲高齡，近三十年來，根本未曾下過山，若說近年來收弟子，恐怕不可能吧？」

程垓心中暗罵一聲，起先他險些被那棋兒騙了，認為古濁飄真是少林玄空、武當靈機、鍾先生、七手神劍這些高人的門徒。哪知聶方標沉思半晌，突然又說道：「不過他老人家近年來卻授過一個人幾天武功，那是因為——」他話還未說完，程垓心中又是一凛，急切地問道：「那是為什麼？他老人家授了什麼人的武功？」

聶方標覺得有些奇怪，這八步趕蟬此刻怎的問起這些不相干的事來了？但人家既然已經問出了，自己也不能不說，遂道：「這原因小侄並不清楚，只是聽家師說過，少林嵩山的神僧玄空上人發現了一個資質絕佳的人，就到靈機祖師叔他老人家這裡來，請他老人家造就這人，說是因為這人不是空門中人，是以才送到他老人家這裡來，但不知為了什麼，他老人家傳了這人幾天武功之後，又將他送走了。」

程垓又搶著問道：「送至何處？」

入雲神龍搖了搖頭，道：「這事已經隔了許多年，那位據說是資質絕高的人，我根本沒有見過，我也不知道祖師叔他老人家為什麼不收留他，也不將他留在武當山。至於後來他到什麼地方去了，我也不知道，但是祖師叔他老人家確實是傳過他幾天武功的，而且據家師說，這人的資質，確實很高。」

程垓長歎一聲，道：「這就對了——」於是他就將那廢屋中棋兒所說的話，說了出來，又道：「如此看來，這古濁飄可能就是聶老弟所說之人，足以——」

聶方標卻連連搖頭，接口道：「不對，不對，小侄雖未見過那人，卻知道那人是個孤兒，甚至連父姓都不知道，怎會是這位相國公子古濁飄呢？」

此言一出，程垓又墮入五里霧中，只覺得這件事就像是在大霧裡，剛依稀看了一點影子，但撲上去時，又撲了個空。

大家雖已知道古濁飄確實裝過殘金毒掌，但他這殘金毒掌傷人時，卻並沒有留下金色掌印，那麼真的殘金毒掌是否另有其人？而古濁飄為何要裝出殘金毒掌的樣子？他和真的殘金毒掌到底有何關係？這些問題仍然令人不解，天靈星孫清羽雖然以「機智」名滿江湖，但此刻，也只有皺著兩道灰白長眉，說不出話來。

靜了半晌，孫清羽長歎一聲，道：「這些日子來，有些事令老夫的確是參詳不透，而且這殘金毒掌，一真一假，真假難辨，以後到底要做出什麼事來，我相信芸芸天下，大概沒有一個人能夠知道其中的真相吧？」

蕭凌被孫清羽拍開穴道後，暈暈迷迷的，不知道自己身在何處，甚至連自己是不是自己都有些模糊了。

混混沌沌中，彷彿有一個極小、極淡的影子，向自己冉冉飛來，但那影子瞬即擴大，瞬即清晰，帶著一臉似笑非笑的神情，向自己默默注視著，卻又是那恨也不是，愛也不是的古濁飄。

「他是會武功的。」她對自己喃喃說著：「原來那雪地上的跌倒是騙我的，在房中他是故意點中我的穴道來欺負我，唉——我那時為什麼不一指點在他的『鎖喉穴』上！」

晶瑩的淚珠，悄然滑在她的面頰上，使得她的臉有一絲癢癢的感覺，但是她連伸手去搔一搔的力氣都沒有了。

突然，她覺得一個蒼老的聲音，在對自己說著話，於是她努力睜開眼睛來，看到那天靈星孫清羽正對著自己說道：「蕭姑娘，現在你該知道老夫的意思了吧？而且，我再告訴你一件事，那就是令尊大人此刻就臥在你旁邊的床上。」

蕭凌的瞳仁突然擴散了，一瞬間，她似乎不能完全體會到這句話的意義。

然後她被不知哪裡來的一股力量支持著，從床上跳了起來，目光無助地四下轉動了一下，身軀向另一張床上撲去。

飛英神劍痛苦地呻吟一下，他被殘金毒掌一掌擊中後背，幸好他本是前掠之勢，是以並未致命，但若不是有他這種數十年性命交修的深湛內功在支撐著，此刻怕不早就不成了。

孫清羽勸著蕭凌，韋守儒拿了些內服的傷藥，但這種普通的傷藥，怎治得了被內家掌力擊傷的傷勢？蕭凌忍著淚說道：「家父的傷勢那麼重，需要靜養，我……我也不想留在這裡了。」

她轉向孫清羽道：「你老人家能不能幫我個忙，替我雇輛車子？我想，我們今天就回江南，反正，我們在這裡也沒有什麼用。」

名重武林的瀟湘堡，上下兩代竟落到這種田地，令得天下武林聞之，都不禁為之扼腕。

孫清羽長歎一聲，道：「姑娘的病勢未癒，令尊的傷勢更重，還是先在這裡將息兩日吧。」

「還是回去的好。」蕭凌搖著頭說，聲音雖然微弱，但語氣卻是堅決的，好像是她在北京多留一刻，便多增一分痛苦。

「我永遠不要再見他，若是我有這分能力，我要將他一劍刺死，然後——然後我再陪著一齊死去。」她悲哀地暗忖著，因為她不能忘去他，是恨也好，是愛也好，這愛與恨，都是刻骨銘心的。

突然，一人匆匆自外行來，眾人閃目望去，卻是韋守儒以前鏢局中的鏢夥，此時家中的僕人手中拿著一物，向韋守儒道：「門外有個人將這個交給小的，小的問他是哪裡來的，他說是古公子派來的，就匆忙地走了。」

孫清羽一皺眉，取過一看，卻正是瀟湘堡成名武林的兵刃——玉劍，於是他雙手捧向蕭凌，這老人對蕭凌的尊敬，倒不是為著別的，而是對這美貌的少女覺得憐憫而同情。

入雲神龍聶方標的目光，一直望著蕭凌，此刻突然道：「蕭姑娘要回江南，小可願效犬馬之勞，陪蕭姑娘和蕭大俠回去。」

孫清羽微微點頭，道：「這樣也好，有了聶老弟的照料，老夫才放心讓這一傷一病兩個人上路，唉——此後恐怕還有麻煩瀟湘堡主的地方，唉——芸芸武林中，怎的就沒有一人是那殘金毒掌的敵手！」

他一連長歎了兩聲，心情像是沉重已極，龍舌劍突然接口道：「但願那位古公子不是和殘金毒掌一路，憑他的那身功夫，恐怕還能和殘金毒掌一鬥。」

聶方標卻冷哼了一聲，目光瞟向蕭凌，冷冷道：「就算他不是那殘金毒掌，就算他也不是殘金毒掌的弟子，而是為著別的原因偽裝殘金毒掌的，可是他手段之狠辣，心腸之惡毒，恐怕不在殘金毒掌之下呢。」

林佩奇望了他一眼，又復默然。

蕭凌此刻仍怔怔地捧著那柄孫清羽遞給她的玉劍，心中柔腸百結，對別人講的話，根本不聞不問。韋守儒卻皺著眉道：「那古公子怎麼知道你們來到我這裡的，他會不會——」

孫清羽微喟一聲，接口道：「這位古公子真可稱得上是神通廣大，老夫一生號稱『天靈星』，但比之他來，彷彿還差著一籌，唉，但願蒼天有眼，不要再為武林造個煞星，他若也像那孤獨飄一樣——」

說到這裡，他語聲突然凝結住了，喃喃自語著：「孤獨飄，古濁飄。」猛地一拍大腿，忽然又站起來，低頭繞了兩個圈子，然後突然長歎一聲，像是支持不住似的倒在椅子上。

「孤獨飄，古濁飄。」林佩奇跟著念道，雙眉也皺到一處，道：「難道這古公子真和殘金毒掌有著淵源嗎？他若是假的殘金毒掌，那麼真的殘金毒掌又在哪裡呢？」

下午，入雲神龍聶方標與匆匆地雇了輛車，送著大病方癒和重傷的蕭旭父女走了。他似乎對這趟差使極其高興，因為自從第一眼看到玉劍蕭凌的時候，他就對這美麗的少女起了一種難以自制的情感，「一見鍾情」往往是最為強烈，也最為不可解釋的情感，因為那是真正發自內心，而絕無做作的。

只是，這多情的少年俠士的用情，卻遲了一步。

孫清羽眼望著他們的車馬消失在北國的沙塵裡，這馬車外表上看去和任何別的馬車都一樣，但是車中坐的，卻是名滿天下的人物——無論是飛英神劍或是終南郁達夫，這兩個名字的任何其一，便足以名傾天下。

蕭門中人，來了，又走了，這本是他們唯一希望——用以對抗殘金毒掌的，然而這希望卻破滅得如此突兀、如此狼狽，這是誰也料想不到的事，然而卻是千真萬確的事。

到目前為止，他們再無一條可行的辦法用以對抗殘金毒掌，因為，他們根本不知道殘金毒掌在哪裡，他們完全是處於被動的地位，等待著殘金毒掌的再次出現——而且即使他再次出現了，他們也辨不出真偽，只有從另一個被殘金毒掌擊斃的屍身上有無金色掌印，他們才能推斷出一些，然而這豈不是太過悲哀了嗎？

古濁飄靜靜坐在側軒中那間房裡的床上，床似乎仍有蕭凌留下的溫馨，他目光投向窗戶，窗戶是支開著，窗外月色將瞑，那種昏暗的黑線，卻正和古濁飄的目光混為一色。

他在沉思著，削薄的嘴唇緊閉，於是他臉上便平添了幾分冷削之意。然而，他所沉思著的是什麼呢？

突然，他站了起來，嘴角泛起笑意，只是這種笑意是落寞的，因為天下雖大，並沒有一個人瞭解他，然而，他自己能瞭解自己嗎？

他自己，真的就是他自己嗎？

第八章　寒雪最斷腸

雪，又開始下了起來。

迎著撲面而來的西北風，雪花，冰涼地黏在入雲神龍聶方標的臉上，他卻懶得伸手去拭擦一下，因為他此刻的心胸中，正充滿著青春的火熱，正需要這種涼涼的寒雪來調劑一下。

筆直伸向前方的道路，本來積雪方溶，此刻又新加上一層剛剛落下的雪，更加泥濘滿路，連馬蹄踏在地上時發出的聲音，都是那麼膩嗒嗒的，膩得人們的心上都像是已蒙上一層豬油。

聶方標觸著被他身旁的大車所濺起的泥漿，才知道自己的馬方才靠大車走得太近了，不禁暗中微笑一下，右手將馬韁向左一帶，那馬便向左側行開了些，距離大車也遠了些。

但是，聶方標的心，卻仍然是依附在這輛大車上的，因為，車裡坐的是他下山以來，第一個能闖入他心裡的少女。

他七歲入山，在武當山裡，他消磨了十年歲月，十年來，他不斷地刻苦磨煉自己的身心，以期日後能在武林中出人頭地。果然甫出江湖，連挫高手，就在武林中闖下了很大的「萬兒」，「入雲神龍聶方標」這幾個字，在江湖中已不再陌生了。

但是，這年輕的江湖高手的心，卻始終是冰涼而堅硬的，這想是因著太長日子的寂寞，直到此刻，才有一個少女的倩影進入他的心裡。她，就是名重武林的蕭門傳人——玉劍蕭凌。

他多麼希望她能伸出頭來，看自己一眼，只要一眼，便也心甘。

但他卻也知道這希望是極為渺茫的，因為無論他如何殷勤，這落寞的少女都沒有對他稍加辭色，而他也非常清楚這原因，因為她的一顆少女芳心，已完全交給那神秘的古濁飄了。

「古濁飄——」他懷恨地將這名字低念了一遍，目光四轉，卻見今天道路上的行人彷彿分外多，而且人人面上都似乎帶著一重喜色。

他不禁喟然暗歎，卻聽趕車的車把式「呼哨」一聲，將馬鞭掄了起來，「吧」地打在馬背上，一面轉頭笑道：「客官，你老鴻運高照，剛好可以趕到保定去看『打春』。」

聶方標「哦」了一聲，緩緩道：「今天已經是立春了，日子過得倒真快。」

車把式敞聲笑了道：「可不是日子過得快，去年小的也是在保定府看的打春，喝，那可真熱鬧得緊。」他「咕嘟」咽下口吐沫，又笑道：「好教你老知道，小的這輛車趕的路子，正是往保定東門那兒走，現在還沒有過戌時，城東瓊花觀裡，可正熱鬧咧！」

聶方標漫不經意地笑了一下，此刻，他哪裡有這分閒情逸致去看「打春」。

這「打春」之典，由來已久，俗稱「打春三日，百草發芽。」這「打春」正是和農田有著分不開的關係，是以也就被重視，立春之辰，連天子都親率三公九卿、諸侯大夫迎春於東郊，故各州各府各縣，也都有這「打春之典」。

「春，其位在東，其色為青，五行屬木。」所以，在立春這天，郡縣各官皆服青色，以鞭打牛，這就是「打春」之意。

車把式想是急著看「打春」，車子越趕越快，坐在車裡的蕭凌，覺得顛得厲害，歎了口氣，將她父親的被褥墊好，心裡卻空空洞洞的，不知該想什麼，又幽幽地長歎了一聲，推開旁邊的車窗，探出頭去，望著漫天的雪花，喃喃地道：「又下雪啦。」想起自己初至京畿，不正也是下著大雪？於是雪地裡那古濁飄似笑非笑的影子，又不可抑止地來到她心裡，她心裡也又翻湧起紊亂的情潮，甚至連聶方標對她說的話都沒有聽到。

突然，前面傳來一陣雜亂的人聲，她不禁將頭再伸出去一些，雖然仍沒有看到什麼，但這種嘈聲越來越近，到後來車子竟停下了。

她微顰黛眉，方想一問究竟，卻聽聶方標含笑道：「今天剛好趕上打春，前面人擁擠得很，車子看樣子是走不通了，姑娘如果覺得好了些的話，何不出來看看，也散散心。」

蕭凌回頭看了她爹爹一眼，這瀟湘堡主此刻像已睡熟，她就推開車門，走了出去，因為她正心亂得很，要找些事來藉以忘卻此刻正盤占在自己心裡那可恨又復可愛的影子。

一出車門，就看見前面滿坑滿谷都是人頭擁擠著，人頭上面，竟還有一個比巴斗還大的人頭在中間，蕭凌不禁嚇了一跳，仔細一看，看清了，才知道那不過是個紙紮的芒神。

她不禁暗笑自己，怎的這些天來眼睛都昏花了，卻聽車把式巴結地笑道：「您站到這車座上面來，才看得清楚。」

蕭凌淡淡一笑，便跨上車轅。入雲神龍連忙下了馬，想伸手去攙她，哪知道蕭凌早已跨上去了。

車把式卻跑下來，笑道：「你老也上去看看，那紙紮的春牛和芒神可大的咧！站在簷下面穿著吉服的就是保定府的大老爺，現在還唱著戲文哩。」

聶方標看了蕭凌一眼，逡巡著也跨了上去，卻見蕭凌像是並不在意，不禁就和她並肩站在一起，眼角望著她清麗的面容，心裡只覺跳動得甚為厲害，忙定了神，也朝人堆裡望去。

只見瓊花觀外坐著十餘個穿著青色吉服的官員，前面有三張上面擺滿了羹肴酒饌的桌子，筵前用幾塊木板圍了起來，正有一個伶人在這塊空地上唱著小曲，只是人聲太嘈，他唱的什麼，卻一句也聽不清楚，不覺有些乏味。

再加上此時還飄著雪，他心中一動，想勸蕭凌不要冒著風雪站在外面，但眼角瞬處，卻見蕭凌嘴角似乎泛起了笑容，於是將嘴邊的話又忍了回去，何況風吹過時，蕭凌身上散發著的處子幽香也隨著傳來，他實在不忍離開。

片刻，那伶人唱完了，旁邊卻打起鑼鼓來，走上了一個穿著紅緞子裙的女優，和一個臉上抹著白粉的丑角。這兩人一扭一扭的，竟做出許多不堪入目的樣子來。他又覺不耐，忽然看到那坐在上首戴著花翎的官員將桌子一拍，這時人聲竟也靜了下來，只見這官員做出大怒的樣子罵道：「爾等豎民，不知愛惜春光從事耕種，飽食之餘，竟縱情放蕩，不獨有關風化，直欲荒廢田疇，該當何罪！」

蕭凌聽了，噗哧一聲竟然笑出聲來，側顧聶方標笑道：「這人怎麼這樣糊塗，人家在做戲，又不是真的，他發什麼威？」

聶方標久行江湖，卻知道這僅是例行公事而已，這位玉劍蕭凌想來是從來未出家門，連這種民間的俗事都不知道。

他方自向蕭凌解釋著，卻聽那小丑跪在筵前，高聲說著：「小民非不知一耕二讀，實因老牛懶惰，才會這樣的。」

接著就是那官員高聲唱打，於是站在兩旁的差役就跑了出來，拿下那芒神手裡的紙鞭，對那紙紮的春牛重重打了下去，嘴裡叫著：「一打風調雨順，二打國泰民安，三打大老爺高升。」

這時，蕭凌也知道這些不過只是一個俗慣的儀式罷了，但這種平日看來極為可哂之事，此刻卻最能消愁，不知不覺間，她竟笑了起來。

忽然，那官員竟將面前的桌子都推翻了，杯盤碗箸，全打得粉碎，接著譁然一聲，四面的人全都擁了上去，爭先恐後地去扯那紙紮的春牛，亂得一塌糊塗，原來故老相傳，如能將這春牛扯下一塊，帶回家去，多年不孕的婦人，也會立刻生子。

蕭凌不覺失笑，但人群越來越亂，又覺得身子仍軟軟的，像是要倒下去的樣子，正想下來，目光動處，卻看到一樣奇事。

原來這奔湧的人潮正向前面湧過去的時候，人潮的中間，卻像是有一塊礁石中流砥柱似的，人群到了那裡便中分為二。

入雲神龍想是也發現了，側顧蕭凌一眼，微微笑道：「想不到在這些人裡，還有武林高手。」

他到底閱歷豐富得多，是以一眼望去，便知道人群中必定有著武林中的高手，奔湧前去的人群一到這幾人身側，便不得不分了開來。

蕭凌久病初癒，站得久了，身子便虛得很，微笑了一下，就從另一面跨下車去，但不知怎的，眼前又一暈，一腳竟踏空了。

她不禁驚呼了一聲，滿身功夫，竟因這一場大病，病得無影無蹤了，此刻身子竟往下面直栽了下去，聶方標轉身驚顧，卻已來不及了。

哪知蕭凌正自心慌的時候，突然覺得腰間一緊，一股巨大的力量突然自下面將自己托了起來，然後，安穩地落到地上。

她更驚了，兩腳已著地，趕緊回身去看，卻見一個青衣青帽的少年秀士，正笑嘻嘻地望著自己，一面笑向自己說道：「像姑娘這麼俏生生的人兒，怎麼能到這種地方，等會兒摔壞了身子，多不好。」

蕭凌面顯微紅，見這少年的眉梢眼角，竟有幾分和古濁飄相似，卻比古濁飄看起來還要娟秀些。

奇怪的是，她竟對這青衣少年幾近輕薄的言詞，沒有絲毫怒意，輕輕說了聲「謝」便低著頭朝車廂裡走。

聶方標見了，心裡卻不受用得很，一腳也跨下車子，狠狠瞪了這少年一眼，那少年卻仍然笑嘻嘻地緩緩說道：「尊駕也要小心些，跌壞了身子可不是玩的。」

入雲神龍雙眉一豎，目光已滿含怒意，厲叱著說道：「朋友，招子放亮些，這裡可不是你逞口舌之快的地方。」

入雲神龍向以生性之深沉見稱，然而不知怎的，此刻卻沉不住氣了。

那少年哈哈一笑，目光瞬處，臉色卻已微變，聶方標方自奇怪，卻聽得背後已有一個低沉的聲音冷冷地說道：「好朋友，這才叫天下無處不逢君，想不到山不轉路轉，竟又讓我們在這裡碰上了，真教我姓展的高興得很。」

那青衣少年仍然笑嘻嘻的，也不說話。

聶方標卻忍不住轉身去看，只見一個身材特高的人站在他身後，見他轉過身去，森冷的目光竟轉向他身上，從頭到腳打量了幾眼。

聶方標本已滿腹怨氣，此刻不禁更為不快，暗怒這人的無禮，哪知這人竟跨上一步，伸手朝他胸前便推，一面叱道：「閃開些！」

聶方標雙眉頓豎，怒叱道：「你幹什麼？」腳下微錯，右手倏然而出，五指如鉤，去扣這人的脈門，左掌極快地畫了個半弧，「刷」的擊向這人的脅下。

這一招兩式，正是武林中的絕技，「武當七十二路小擒拿手」中夾雜著「九宮連環掌」，這種招式在朝夕浸淫於此的武當高手入雲神龍的手中運用起來，風聲嗖然，快如閃電，更覺不同凡響。

那高身量的漢子果然面色微變，手臂一沉，極快地將右手撤回去，左掌卻同一刹那裡揮出，口中已自叱道：「好朋友果然有兩下子！」

聶方標悶哼一聲，雙掌伸屈間，猛再擊出，手指斜伸，掌心內陷，一望而知，其中含蘊著內家「小天星」的掌力。

兩人這一動上手，玉劍蕭凌可走不進去，倚在車轅上，眼睜睜地望著聶方標和人家無緣無故地動起手來，自己又和聶方標毫無深交，連出聲喝止都不行，不禁暗自埋怨聶方標的莽撞。

她目光瞬處，卻見那青衣少年又朝自己微笑一下，朗聲說道：「那人本是衝著小可來的，想不到卻和尊友動上了手。」

聶方標搶攻數招，卻見那人身手遠在自己意料之上，此刻聽了這少年的這幾句話，不禁也埋怨自己，怎的糊裡糊塗就和人家動上了手。以這人的武功看來，必定也是武林高手，奇怪的是面目卻生疏得很，年紀竟也很輕，身手卻似還在自己之上。

須知入雲神龍在江湖上，本有後起一代中最傑出的高手之譽，此刻自然奇怪，又有些驚恐，卻又不禁暗怪自己的多事。

瞬息之間，兩人已拆了十數招，飄舞著的雪花，被這兩人的掌風激蕩四下飛了開去。聶方標知道對手必定將自己認做是那少年一路，是以才會出手，但事已至此，自己也已無法解釋。

那青衣少年笑嘻嘻在旁邊看著，居然是一副「事不關己」的樣子，蕭凌見了又好氣又好笑。

卻見又有幾人如飛奔了過來，一面喝道：「展老弟，怎的在這裡動起手來！」話聲中人也已掠至，一眼看到聶方標，不禁驚呼了一聲，連連揮著手，說道：「展老弟，快些住手，都是自己人。」又道：「保定府尹就在這裡，等下驚動了官面上的人，那可就有些麻煩了。」

那身材特高的少年「哼」了一聲，卻停住了手。聶方標自也遠遠退開，蕭凌閃目望去，只見勸架的人是個矮胖的漢子，年紀雖輕，肚子卻已凸出來了，和他同行的還有一男一女，卻都是英俊的少年，身手之間，也都顯露著身懷上乘的武功。聶方標見了這三人，卻微吃一驚，跨前兩步，脫口道：「原來是唐大俠。」

那矮胖的漢子哈哈一笑，朗聲道：「一別經年，聶兄怎的也到此地來了？」眼光一掃蕭凌：「是否帶著寶眷到京城去過年的，那正好和兄弟同路。」

蕭凌暗啐一聲，卻也不便發作，轉身走進車廂裡。

那矮胖漢子還在後面哈哈大笑著，伸出手掌，朝那身量特高的漢子肩上一拍，笑道：「你們倆怎會動上手的？來來，我給你們兩位引見引見，這位就是江湖上鼎鼎大名的入雲神龍聶少俠，展老弟想必也聽過這名頭吧！」又向聶方標道：「這位展一帆，展少俠，雖然初出道，卻是當今點蒼掌門人的高弟。」

他又敞聲一笑，道：「你們兩位都是名門正派掌門人的高弟，以後可得多親近親近。」

聶方標恍然暗忖，難怪人家身手如此，原來竟是點蒼高弟，笑著寒暄了幾句，但那展一帆鐵青著臉，瞬也不瞬地望著聶方標身後，冷然道：「聶大俠為什麼不將尊友也替我們引見一下。」他冷哼了一聲，又道：「我們路上多承尊友一路照顧，還未曾謝過哩。」

聶方標一怔，但瞬即會過意來，正待開口，那青衣少年卻已笑嘻嘻地走了過來，道：「小生一介書生，可高攀不上聶大俠這種朋友。」一面伸手去拂身上沾染著的雪花，又道：「天氣這麼冷，小生在這裡實在待不住了，如果大俠們沒有什麼吩咐的話，就此告辭。」

展一帆臉上青一陣，白一陣，像是氣得發昏。那矮胖的漢子卻哈哈一笑，道：「朋友，真人不露眼，但我姓唐的自問眼睛不瞎，還看得出閣下是高人來，不過在下們與閣下既無新仇，更無宿怨，朋友屢次相戲，卻有些說不過去了。」

那少年卻仍笑道：「閣下可別弄錯了，小可只是一介書生，可不是什麼高人。」

展一帆的臉色越發難看，方自怒叱一聲，卻被那姓唐的胖子阻住了。那青衣少年朝他一笑，又回身朝車廂裡望了一眼，竟揚長而去。

蕭凌望著他的背影，情潮又紊亂了起來，這少年著實和古濁飄太過相似，那種嘻皮笑臉，懶洋洋的自稱著「小可只是一介書生」時的神色，不活脫脫就是古濁飄在京畿地上的影子？但是，她卻也非常清楚地知道此人不是古濁飄，因為他不但身材較古濁飄纖細，而且說話的聲音也是軟軟的，竟有幾分像是女子，卻與古濁飄的英挺朗俊，自是不及。

於是她幾乎為著自己心上人的卓爾不群而微笑起來，但是她又怎笑得出來呢？因為還有著另一種情感，正壓制著她的微笑，此刻她腦海中翻來覆去，又陷入深遠而濃厚的悲哀裡。

展一帆緊握著雙拳，望著那青衣少年的背影，恨恨地說道：「若不是唐大哥攔住小弟，小弟倒要看看他究竟是什麼變的。」

聶方標也暗自奇怪，忖道：「唐老大怎的怕起事來？」轉念又忖道：「這唐門中三傑，居然也來到河北，恐怕不出孫清羽所料，也正是為著殘金毒掌吧！」

突然，他心中一動，又轉起一個念頭來。

原來這矮胖的漢子卻正是以毒藥暗器名震武林的「四川唐門」中的高手之一，笑面追魂唐化龍，此刻聞言笑了一下，道：「展老弟，你又何苦無端生這些閒氣？人家也沒有怎的，多一事不如少一事，何況你不是還要趕到京城去鬥一鬥殘金毒掌嗎？」

「殘金毒掌」四字一入蕭凌之耳，她不禁探出頭去，想看看是什麼人有一鬥殘金毒掌的雄心。入雲神龍聶方標也正望著那點蒼初入江湖的劍手，心中也在玩味著一鬥殘金毒掌這句話的意思，卻又不禁為之暗中失笑一下，忖道：「憑閣下的功夫，要鬥殘金毒掌，還差著一些哩。」口中卻道：「展大俠若能為武林除此魔頭，實是我等之幸——」

唐化龍卻突然打斷他的話，問道：「聶兄遠來河朔，大概也是為著和兄弟同一原因吧？聽說瀟湘堡中，此次居然也有人來，終南一劍郁達夫也在河朔一帶現過行蹤，北京城裡，想必是熱鬧得很了。」

他朗聲一笑，回頭指了指站在他身後，始終沒有作聲的少年男女，又道：「舍弟們一聽京城中群賢畢集，就等不及似的拉著我出來，剛好展老弟也恰好在舍間，聞言也和兄弟一齊來了。」

摸了摸他那「過人」的肚子：「想不到在這裡又遇見聶兄，真是好極了。」

這素有「追魂」之譽的暗器名家一笑又道：「兄弟在家裡悶了多年，想不到一出來就遇著如此熱鬧的場面。」

聶方標望了望那輛大車，卻不禁苦笑一下，沉聲說道：「小弟此刻卻不是上北京城去的，而是剛從北京城裡出來。」

他歎息一聲，指了指那輛大車，又道：「不瞞唐兄，此刻坐在車子裡的，就是瀟湘堡主蕭大俠和玉劍蕭姑娘父女兩人。」

此話一出，展一帆和唐氏兄妹不禁都驚訝得輕呼出聲來。

唐化龍轉身望著那輛大車，只見車窗車門都是緊緊關著的，他心中一動，急切地說道：「原來蕭老前輩也在這裡，不知聶兄能否替我們引見一下。」

展一帆也接著道：「小可雖遠在滇南，但對瀟湘堡主的俠名，早已心儀，想不到今日有幸能在這裡遇著他老前輩的俠駕。」

入雲神龍卻苦笑了一下，沉聲歎道：「各位道路之上難道沒有聽說瀟湘堡主已在京畿遭了殘金毒掌的毒手了嗎？兄弟此次離京南下，為的就是護送蕭老前輩回堡療傷。」

他微頓了一下，接著又喟然歎道：「此事說來話長，各位到了京城，可到鐵指金丸韋老前輩處，天靈星孫老前輩和龍舌劍林大俠也全都在那裡，各位見著他們，就可以知道此事的詳情了，唉——」

他長歎一聲，又道：「總之，今日江湖已滿伏危機，最可怕的是，那殘金毒掌似乎已有了傳人，而他的傳人竟是當今的相國公子。」

玉劍蕭凌此刻蜷伏在車廂的角落裡，正是柔腸百結，外面的每一句話，都像利箭般射在她的心上，然而她除了沉默之外，又還能做些什麼？數十年來，一直被武林推崇的瀟湘堡，在息隱多年之後，甫出江湖，即致如此，此刻這蕭門中人的少女心情不問可知，何況除此之外，她還有著自身情感上的困擾哩。

她悲哀地歎息一聲，將自己隱藏在車廂角落的陰影裡。

而此刻車廂外，卻是一連串摻合著驚訝和感懷的歎息聲。

在聽了入雲神龍的敘述之後，「古濁飄」這三個字，在這幾個初來河朔的武林高手心中，也已留下一個深刻的印象，當然，在聽了聶方標的敘述之後，他們對古濁飄的印象必然是極端惡劣的。

入雲神龍聶方標陰險地微笑了一下，暗自得意著，已將足夠的麻煩加諸於自己的「情敵」

身上，然後抱拳一揖，道：「兄弟此刻待命在身，不得不遠離京畿，但望各位到了京城後，能有一個對付殘金毒掌的有效辦法！」

他故意一頓，長歎著道：「尤其是那位古公子，以堂堂相國公子的身分，卻做了武林魔頭的爪牙，此人若不除去，只怕武林中不知有多少的鮮血要染在他身上了，兄弟此次事情一了，也得立刻趕回京城，但願兄弟還能趕得上各位除去這武林敗類的盛舉。」

展一帆睥睨一笑，作態道：「這姓古的在北京城裡安穩了幾天，不好受的日子也該到了。」

言下自負之意，溢於言表。

蜷伏在車裡的蕭凌，聽了這些話，心裡又在想著什麼呢？

夜已很深。

北京城裡的平安鏢局，卻因為驟然來了四位武林高手而突然熱鬧起來。

在這深夜裡趕到此間來的武林高手，自然就是四川唐門的三個兄妹，和滇邊點蒼劍派掌門人七手神劍謝白石的高足展一帆了。

這天晚上平安鏢局裡的大廳上，燈火輝煌，直點了個通宵，在座的都是武林名人，談論的自然就是有關那牽動整個江湖、百年來不死的魔頭，殘金毒掌和那神秘的古濁飄之事了。

殘金毒掌行蹤莫測，古濁飄雖也行蹤詭秘，但卻是有著身家的人，這些話談來談去，結果是如果想除此為禍百年的魔頭，只有從這古濁飄身上著手，而且可以無甚顧忌，因為這古濁飄既是相國公子，他們顧忌的事，顯然較自己為多。

第二日清晨，相國府邸的門口，駛來兩輛篷車，遠遠就停下了。車裡走出一個中年以上的魁梧漢子，從他身形腳步，一望而知便是武林健者，他手裡捧著大紅的拜帖，緩緩走到相府門口，就將手裡的拜帖交給門口的家丁，說是要拜見相國公子。

這人正是遊俠江湖的武林健者，龍舌劍林佩奇，此刻他神情之間，微露不定，略顯得有些焦急地站在石階上來回地踱著。

他雖然闖蕩江湖，幹過不知多少出生入死的勾當，見過不知多少鮮血淋漓的場面，然而此刻到了當朝宰相的官邸前，仍不免有些發慌。

從大門裡望入，相府庭院深深，他雖也曾進去過，但此刻仍覺得侯門之中的確其深似海，不是自己能夠企及的。

過了一會兒，門裡卻走出一個十餘歲的幼童來，見了林佩奇深深一揖，道：「公子現在正在後園，請您從側門過去。」

這顯然有些不大禮貌，但林佩奇卻不以為意，因為按人家的身分來說，這並不過分。此刻他微笑一下，朗聲道：「那麼便麻煩少管家引路。」

這幼童正是古濁飄的貼身書僮棋兒，兩隻大眼睛一眨一眨的，上下打量著林佩奇，又笑道：「我家公子說，和您同來的爺台們也請和您做一處去，公子這兩天身子不大舒服，是以沒有親自出來接您，還請您原諒則個。」

車裡坐的正是天靈星孫清羽、唐門兄妹、八步趕蟬程垓和那來自點蒼的青年劍客展一帆，聽了林佩奇的招呼，便都走了下來。

棋兒望著程垓，微笑著打了個招呼，道：「你老也來了。」

程垓勉強也擠出個笑容來，心裡卻甚不是滋味，他想起日前在荒郊廢宅裡的事，此刻不覺有些訕訕的，只是別人卻都未曾在意。

眾人迤邐走進那條側巷裡，大家都行所無事，一副出門拜訪朋友的樣子，其實心裡卻都各自有些緊張，尤其是見過古濁飄武功，甚至是和他假冒殘金毒掌時動過手的人，更是心頭打鼓，生怕一個不好，就動起手來，自己卻不是人家的敵手。

原來這些人此來，早就經過周詳的參商，準備見了古濁飄後，就打開天窗說亮話，直截了當地問他是否和殘金毒掌有著關連，甚至把那幾件命案也一齊抖露出來，看著這位相國公子如何答覆。

這主意當然不會是天靈星出的，因為十七年前，華山一會，殘金毒掌絕妙神奇的身手，殘狠毒辣的手段，此刻仍使他深深為之驚悸著，而數天之前，他也還領教過人家的身手。是以此刻他只是遠遠走在後面，若有人讓他不去，他也求之不得。

極力主張如此的，卻是甫出江湖的點蒼高弟展一帆。

此刻他和唐門中年輕高手唐化羽走在最前面，手掌緊握成拳，藏在袖裡，原來他掌心也沁出了冷汗。

他一出江湖，自恃名重江湖的「點蒼劍法」，總想以十餘年不斷的苦練，在江湖中闖蕩出一番事業，為自己掙個「萬兒」出來。

何況他認為這古濁飄縱然藝高，但是年紀尚輕，就算他是不世魔頭殘金毒掌的傳人，但憑著自己和江湖中素稱難惹的唐門三俠，再加上龍舌劍等武林高手，還怕抵擋不住？但縱然如此，「殘金毒掌」這四字，在武林中所造成的那種根深蒂固的力量，卻使得這點蒼高弟此刻禁不住全身起了一種難言的悚慄，其實他此刻不過只是要去會見一個或許和殘金毒掌有著關連的人物——究竟有無關連，還在未可知之數。

一進了小巷子，天氣彷彿更陰暗下來，棋兒首先引路，回頭笑道：「各位小心些！」他微微一笑：「天氣陰濕，路上又滑，別跌倒了。」

惟恐這些武林高手跌倒，這話若是換了別人說出，怕不立刻又是一場爭端，但說話的人僅是個稚齡童子，展一帆心裡雖多多少少有些不舒服，但卻未放在心上。

目光瞬處，前面突然走過一個人來，展一帆雖不認得是古濁飄，但此刻見這人穿著一襲頗為華麗的袍子，面上雙眉斜飛入鬢，鼻如懸膽，神采之間，飛揚照人，心中不禁一動：「此人怕就是古濁飄了。」

他心中動念，一步跨了過去，拱手道：「小可冒昧，閣下想必就是古公子了。」

他嘴角牽動了一下，算是微笑，又道：「小可久聞大名，今日得見，果然名不虛傳。」

古濁飄雙目顧盼間，不但將這巷內行來的人全都掃了一眼，也將站在他面前說話的這身材頎長，英氣逼人的少年上下打量了一眼。

他對此人能夠認出自己，並不感覺驚訝，朗聲一笑，也抱拳道：「閣下想必就是展一帆展大俠了。」目光落到唐化羽身上，又笑道：「這位大概就是四川唐門中的俠士，我古濁飄何德何能，竟致勞動各位的大駕，實在惶恐得很。」

唐化羽在這群人中年紀最輕，才不過及冠，此刻面上微露驚異之色，一腳邁上前來，也拱手道：「小可與公子素昧平生，公子怎——」

他話雖未曾說完，但言下之意，顯然是，我不認得你，你怎認得我？古濁飄朗聲一笑，卻並不答理他的話，因為這時眾人也都走了上來，天靈星孫清羽遠遠聽到他們的談話，暗暗忖道：「這古公子確是機智過人，他從我們名帖的具名，和這唐化羽腰間的鏢囊上，就猜出了別人的來歷，他不但機智，而且還心細得很。」

在這種情況下，跟在棋兒後面走入此巷的人，腰間掛著鏢囊的，自然是唐門中人，而腰間無物，背後卻斜插著長劍的，自然就是帖上具名的展一帆。

古濁飄目光犀利地在大家面前一掃，然後停留在孫清羽面上。

他眼中那種略為帶著些譏諷的冷削之意，使得這老於世故的天靈星也不禁將目光轉向他處，不敢和他那種目光相對。

他略為期艾了一下，方想找些話來說，古濁飄卻已微笑道：「小可無狀，言詞草率，再加上各位上次臨行之際，小可都沒有恭送，心裡一直遺憾得很，卻想不到各位寬宏大量，此刻又枉駕敝處，小可高興之餘，特此當面謝過，還請恕罪。」

他此話一出，龍舌劍林佩奇和八步趕蟬程垓都不禁為之面赧，人家都是將自己待以上賓，而自己卻不告而去，無論如何，這話都有些說不過去，此刻人家再如此一說，這兩人面上都不禁有些掛不住了，不知該說什麼才好。

孫清羽卻強笑著答道：「小可們江湖草民，打擾公子多次，已是不當，再加上傷病之人，更不敢在相府中打擾，公子明人，想必知道小可們的苦衷。」

古濁飄仰天一笑，目光一轉之後，忽然瞪在孫清羽臉上：「那麼孫老英雄此次枉駕敝處，卻是又有何事見教？」

他笑聲一頓，嘴角的冷削之意便很明顯地露了出來，目光直勾勾地望著孫清羽，想是要看穿這江湖老手心裡所想的事。

天靈星又期艾著，唐化龍本是站在他身側，此刻走了過來，大笑道：「化龍此次北來，一路上就聽說京城中出了位翩翩濁世的佳公子，無論文武兩途，都是高人一等，是以化龍入了京城，就不嫌冒昧，借著孫老前輩的引見，來拜會拜會高人。」

古濁飄微笑一下，道：「唐大俠過譽了。」

他目光在這笑面追魂腰邊一轉，望著那繡得極為精緻的鏢囊，又微笑道：「唐大俠這鏢囊中所存的，想必就是名震天下的唐門絕器了，小可久聞玄妙，卻始終無緣見識，等會兒一定要拜見一下。」

唐化龍肥胖的臉上的肥肉，立刻也擠出一個頗為「動人」的笑容來，一手撫者他那「過人」的肚子，一面笑道：「雕蟲小技，怎入得了方家法眼！等下公子若有興趣，小可一定將這些不成材的東西拿出來，讓公子一一過目一下。」

這兩人雖然面上都帶著笑容，但言詞間卻已滿含鋒銳。

天靈星孫清羽心中數轉，卻已在奇怪這古濁飄為什麼始終沒有將自己這些人請進去，而在這小巷裡扯著閒篇。

他心中忽上忽落，惟恐這機智過人的古公子已測知自己的來意，早已埋伏了殺著，就在這無人的巷子裡，要自己好看。

但是他久走江湖，號稱「天靈星」，是何等狡獪的人物，此刻面上仍然微微含笑，裝作若無其事的樣子，朗聲笑道：「古公子人中龍鳳，卓俊超人，我等愚昧，有幾件事想請教一下。」

古濁飄又一笑，道：「眾位大駕前來，小可本應略盡地主之誼，但不巧得很，家嚴剛剛差人來著小可前去有事訓示，小可不得不暫且失陪，還請各位恕罪。」

這古濁飄竟下起逐客令來，唐化龍、唐化羽不禁都面色微變，展一帆兩道劍眉，此刻一皺，張嘴剛想說話。

哪知古濁飄卻又笑道：「各位如果有事見教的話，再過半個對時，小可再來就教，只要告訴小可一個地方，自會前來，也用不著再勞動各位的大駕了。」

他面上仍然泛著笑意，只是在這種笑意後面，卻使人感覺到一絲寒意。

天靈星孫清羽乾咳一聲，心中暗忖：「再過半個對時，就是子時了，這古濁飄約定的時間，竟是夜深之際，又是為的什麼呢？」

他心裡又起了忐忑，嘴中卻笑道：「公子既然有事，小可等自應告退……」

展一帆接著道：「公子既然約定夜間見面，那再好也沒有，只是我等初來此地，京城裡有什麼佳處可供清談的，也不知道，還是公子說定一個地方好了，子正之際，小可們一定去向公子剪燭長談一番。」

那棋兒站在旁邊，眨動著大眼睛在各人身上望來望去，此刻卻突然笑著插口道：「公子，我倒想起一個好地方來了，就是那天您去遊春時，遇見程大俠的那地方，又清靜，又沒人，這會小的先差人去打掃一下，擺上一桌酒，在那裡無論談什麼，不是都方便得很嗎？」

古濁飄雙眉微皺，低叱道：「棋兒，你不要多口。」

展一帆卻哈哈笑道：「這位小管家年紀輕輕，就如此能幹，好極了，好極了，這地方再好沒有了。」

他轉向程垓，又道：「等會就有勞程老前輩引路了。」

古濁飄仍然是那樣微笑著，道：「既然展大俠意下如此，就這樣決定好了，此刻小可先行告退，失禮之處，恕罪恕罪。」說著，竟長揖轉身走了。

天靈星孫清羽花白的雙眉緊皺到一處，望著古濁飄的背影，心裡思潮紊亂，他知道這相國公子，別的不選，偏偏選中這種僻靜之地作為談話之處，必定有著深意。

「難道他也因知道我們看出他的破綻，而他真的是那殘金毒掌的門人，是以將我們引到那種地方，正好一網打盡？」

他心頭一凜，又忖道：「只是那真的殘金毒掌此刻又在哪裡呢？他最後一次出境，是在那位兩河名捕金眼雕身死的時候——當然，這因為在金眼雕的屍身上有著金色掌印——此刻幾次殘金毒掌的現身，怕就是這古濁飄偽裝的了，只是今夜，他會不會也前來呢？」

他心裡極快地轉著念頭，再抬眼望去，古濁飄和棋兒已走回門裡了。

一進了那後園旁的側門，棋兒就回身將門關上，加快腳步，走到古濁飄身側，竟像個大人似的長歎了一聲，說道：「公子，我知道您的心情一定苦悶得很，但是再這樣下去，您怎麼辦呢？我——」

這精靈的童子此刻眼眶竟紅了起來，接著道：「我身受您的救命之恩，這些年來，一直跟著您，您不但待我好，什麼事也沒將我當外人看，我年紀雖然小，還不懂得事，但天天看著公子這麼苦惱，心裡也難受得很。」

古濁飄也長歎一聲，低頭黯然半晌，突然抬起頭來，道：「你到捲簾子胡同去通知你爺爺一聲，叫他吃過晚飯後，到我這裡來一趟。」

他不禁又長歎一聲，想到捲簾子胡同那棟房，就不禁想起蕭凌，想起自己嘴唇接觸到她的時候，和那一分帶著顫抖的嬌羞，想起坐在爐火邊，那種溫馥的情意。

「此情可待成追憶——」他朗聲曼吟著，帶著一縷刻骨銘心的相思，和一聲無比惆悵的歎息，他走了過去，但是他已習慣了那種將往事都埋藏起來的痛苦——此刻在他英俊又冷削的面孔上，卻像是沒有什麼激動。

於是他所有的往事，都在他這冷若堅冰似的面孔後面，凝結成一小塊像鑽石般的東西，隱藏在他腦海深處，除了他自己之外，誰也無法探測出這份寶藏，而對蕭凌的懷念，卻只不過僅是他腦海中這塊鑽石上新近才添上去的一塊冰角罷了。

棋兒暗暗歎息著，像想說什麼話，卻又止住了，等到古濁飄英挺瀟灑的背影被那玲瓏剔透的假山完全掩住，他又從側門裡走了出去。

他沒有坐車，也沒有騎馬，走得卻極快，他那樣機警俏皮、天真活潑的面孔上，此刻卻像是蒙上了一層深思之色，也不知在想著什麼。

走了半晌，到了一個氣派甚大的宅子門口，這正是玉劍蕭凌在此宿過一晚的地方，像以前一樣，這房子此刻仍然重門深鎖，門前竟蒙上了灰，像是很久以來，這房子都沒有人進出過。

棋兒用力拍著門環。

又等了一會兒，那兩扇厚重的大門才呀的一聲開了一線，開門的還是那曾為玉劍蕭凌開過兩次門的老頭子，低沉地問道：「誰呀？來幹什麼——」

但等到他那生滿白髮的頭，從那兩扇沉重的木板門裡伸出半個，看清了叫門的人是誰的時候，他那乾枯的臉上，才出現笑容，道：「原來是你，快進來，外面冷得很。」右手毫不費事地就拉開了那扇沉重的門。

但他為什麼用一隻手來開門呢？原來他左肩以下，就只剩下一隻空蕩蕩的袖子，左臂竟齊肩斷去了，他慈詳而親切地撫著棋兒的頭，道：「你怎麼好久沒有來看你爺爺了，這兒天氣冷，你可要小心呀！別受了涼，唉──」

這獨臂的老人長歎了一聲，道：「你要知道，我們夏家就只靠你傳宗接代了──」他又長歎著，拍著棋兒的頭道：「公子呢？這些日子來可好？」

棋兒眼眶紅紅的，隨著這老人走到屋子裡，屋子裡生著大火爐，暖和得很，然而棋兒卻更難受了，因為他爺爺從來冬天不燒火爐的，此刻燒起火爐來，顯然不就是他老人家的身體更壞了些？

他依偎在這老人身側，半晌，才說道：「爺爺，公子叫我來告訴你老人家一聲，說是今天晚上請您老人家到他那裡去一趟。」

老人「哦」了一聲，低頭沉思了一會兒，眼中突然露出光彩，像是自語般說道：「好了，好了，我老頭子總算有了替公子效力的機會，那麼，縱然我死了也可以瞑目了。」

他目光慈愛地落到他的愛孫身上，緩緩道：「孩子，你可不要忘記，我們兩人這條命，都是公子救回來的，若沒有公子，不但我們這一老一少早就骨頭都涼透了，你爹爹、你媽媽的大仇，又叫誰替我們報去？唉，爺爺現在想起來，那一天的事還好像就在眼前。」

他感慨地一頓，又撫著棋兒的頭，說道：「孩子，你真要好好地用功，公子那一身功夫你只要學上一成，就可終生受用不盡了，我們的仇人雖已被公子殺了，仇也替我們報了，但爺爺總想你將來能強爺勝祖，在武林中替姓夏的露露臉。」

棋兒靠在他爺爺的懷裡，兩年多以前那一段血淋淋的往事，也在他小小的腦海裡，留下一個極其深刻而鮮明的印象。

他眼淚流了下來，因為就在那天，他們本來安適、溫暖的家，被拆散了，他的爹爹和媽媽都喪命在仇人的手裡。

那天晚上，天上有許多星星，天氣又熱，他們全家都坐在院子裡，爺爺指著天上的星星，告訴棋兒，哪裡是南箕，哪裡是北斗，走江湖的人，一定要認識這些星星，因為靠著這些，夜晚才能辨得出方向，棋兒記住了，爺爺笑了。

然而爺爺的笑聲還沒有完，牆上、屋頂上，突然出現了十幾條黑影，爹爹、媽媽和爺爺全都跳了起來，厲聲叱問著。

原來這些黑影都是大強盜，因爺爺、爹爹以前保鏢的時候，得罪了他們，他們就趁爺爺和爹爹退隱的時候，來報仇了。

這些黑影手裡都拿著兵刃跳了下來，就和爺爺、爹爹動上了手，他們雖然也被爺爺、爹爹、媽媽殺了三四個，但是他們人那麼多，爺爺、爹爹他們手裡又都沒有拿著兵刃。

棋兒站在屋簷下面，希望爺爺能把他們打跑，但是一會兒不到，爹爹和媽媽竟同時被強盜殺了，爺爺的左臂也被強盜砍斷，但仍然強自支持著和他們動著手。

棋兒急得快發昏了，大叫著跑了出去，卻被一個強盜回身一腳，將棋兒踢了個滾，一直快滾到牆邊上。

那強盜提著刀，又趕了上來，一臉的獰笑，棋兒知道這是強盜斬草除根要殺自己，只得閉上眼睛，心想：「我死了能上天去找爹爹、媽媽去，你要是死了，一定被打下十八層地獄。」

哪知卻聽得慘叫一聲，棋兒沒死，要殺棋兒的人卻突然死了。棋兒睜開眼睛來，四下一看，才知道院子裡突然多了一個人。

這個人穿著長袍，袍子飄飄的，棋兒眼睛只花了幾花，那些大強盜們竟全都被這穿著長袍的人用重手法劈死了——棋兒想到這裡，眼睛已完全濕了，大而晶瑩的淚珠，沿著他那小而可愛的面頰流了下來，他感激地輕輕叫了聲：「公子。」

因為他那救命的恩人，就是古濁飄。古濁飄不但救了他、救了他爺爺，還替他們報了仇，這已是夠使他感激終生了。

那獨臂老人也沉思著，像是在思索著什麼。

忽然他站了起來，緩緩走到另一間房子裡去，回頭道：「孩子，你也跟著來吧。」

棋兒立刻跟著走了進去，那老人家走到他自己所住的那間屋子裡，又低下頭，站在床旁邊思忖了半晌，然後說道：「孩子，你把牆上掛著的那把刀拿下來。」

棋兒目光四轉，牆角上果然掛著一把黃皮刀鞘，紫銅吞口的朴刀。

雖然他在驚異著爺爺的用意，但他仍然輕靈地一縱身，掠到那邊，將高高掛在牆上的刀拿了下來。

老人嚴峻的臉上，此刻為了他愛孫的輕功而微笑了一下，等到那孩子拿著刀走到他面前，他才緩緩伸出右掌，堅定地說：「快把爺爺的大拇指和中指削下來。」

棋兒面色驟變，吃驚後退了一步，老人卻又厲聲喝叱道：「你聽到沒有，爺爺的話你敢不聽嗎？」

然而他看到那孩子面上的表情，又不禁長歎一聲，放緩了聲調，緩緩地說道：「孩子，我問你，這些日子來，你一直跟著公子，他可好嗎？」

棋兒面頰上的淚珠，本未乾透，此刻重又濕潤了。

他垂下了頭，可憐而委屈地說：「公子這些日子來，總是成天歎著氣，脾氣也更壞了，一會兒發脾氣，一會兒又微笑著，抬頭望著天，想著心事。」

他抬起頭，望著他爺爺，又道：「公子的心裡煩，棋兒也知道，可是爺爺……爺爺你……」

他抽泣著，竟說不下去了，老人兩道幾乎已全白的眉毛，此時已皺到一處，歎著氣道：「我們一家身受公子的大恩，怎麼報得清！」他眼中突然又現出奪人的神采，「大丈夫立身於世，講究的是恩怨分明，有仇不報，固然不好，但身受人家的大恩而不報，也就是個小人了，孩子，你願不願意你爺爺做個小人呢？」

棋兒搖了搖頭，老人重新伸出右掌，堅定而沉重地說：「那麼，孩子，聽爺爺的話。」

棋兒再抬起頭，望著他爺爺那已乾枯得不成人形的臉，但這一瞬間，他卻覺得他爺爺的臉是這世上最美麗的，因為這正是男子漢大丈夫的臉，這張臉並沒有因為蒼老、乾枯而衰退，反卻更值得受人崇敬了。

於是他緩緩地，顫抖著，抽出了那柄刀，刀光一閃，使得這祖孫兩人蒙上了一層無比神聖的光榮。為著別人的事而殘傷自己的肢體，縱然是報恩，這種人也值得受人崇敬的。

第九章　荒郊驚巨變

孫清羽、唐氏兄妹、展一帆等人目送古濁飄的背影消失，各個心裡不禁都起了一陣心事，默默地轉身走出巷去。

展一帆不自覺地將身後的長劍摸了一下，目光瞬處卻見自己乘來的那兩輛馬車前面，倚著車廂竟站著一人，眼睛也正望著這邊，似乎他站在那裡，已經有很長的一段時候。

這人影一入展一帆的眼簾，他面容不禁驟然而變，一個箭步，竄上前去，朝那人厲聲道：「好朋友，又來了。」

他冷然一笑：「朋友如果有事想指教我姓展的，不妨光明正大地吆喝出來，何必這樣藏身露尾，見不得人似的，朋友又不是見不得天光的鼠輩。」

展一帆身形一動，眾人的目光不禁都跟著他落到倚在車前的那人身上，也都不禁驚噢了一聲，像是也出乎意料之外的樣子。

倚在車前的那人，原來竟是那行蹤詭異，讓人摸不清來路的青衫少年文士，此刻他懶洋洋地站正了身子，仍是笑嘻嘻地道：「奇了，奇了，難道閣下能來的地方，小生就來不得嗎？真凶，真凶，小生雖然不敢當『鼠輩』二字，閣下卻有些像多管閒事的野狗哩。」

此人在罵人時，竟也是嘻皮笑臉的，不動怒色。

展一帆臉上的顏色，卻是難看已極。一出四川，他就遇著這人，那時他正坐在酒樓裡，酒後大概很說了幾句狂話。

自此之後，展一帆一路上暗中吃了這人不少苦頭，若不是老於城府的唐化龍攔著，展一帆恨不得將這人戳個透明窟窿才對心思。他盛怒之下，連連道：「好，好，我是野狗，我是野狗，今天我這隻野狗，卻要領教閣下的高招，我倒要看看閣下究竟是什麼變的。」

他大怒之中，一連兩句「我是野狗」，那少年噗哧一聲，掩口笑了起來，道：「原來閣下是條野狗，那麼請恕敝人失陪了，小生雖然不才，卻還沒有荒唐到和狗對吠的程度，告辭了，告辭了。」說完，轉身就要走。

展一帆不擅於言詞，此刻被這少年罵得狗血淋頭，見他要走，如何放得過？左腿一邁，向前又跨了一大步，厲叱道：「好朋友要逃，可沒這麼容易，不露上兩招絕藝出來，叫我姓展的口服心服，朋友今天就不要打算走回去了。」

那少年果然止了步，回過身來，仍然嘻皮笑臉的，搖頭說道：「想不到，想不到，閣下竟是位騷人，要和在下聊聊『絕句』，只是不知道閣下是喜歡『五言絕句』呢？還是『七言絕句』？依小生的意思嘛，還是律詩遠較絕句嚴謹得多，才顯得出功力來。」

他搖頭晃腦地說了這一大套，旁觀的人險些為之笑出聲來。此刻孫清羽眉頭微皺，原來他也和唐化龍一樣，看出這個佯狂的青衫少年，必定大有來頭，甚至還是難得的內家高手。

展一帆沒等他說完，卻已氣得面皮發紫，厲喝道：「好小人，你還罵我是『騷人』，我看你才『騷不唧唧』的，像個騷婆子。」

他盛怒之下，連「土白」都說了出來，然而這青衫少年卻更笑得前仰後合，連孫清羽等都宛然失笑。

原來他自幼刻苦練武，讀書不甚多，竟將「騷人墨客」的「騷人」，認做是和「騷婆子」同樣意思的兩個字了。

大家這一笑，展一帆臉上更是掛不住了，再而本有積怨，在惱羞成怒的情況下，他大喝一聲，身形一動，嗖的一拳，朝那少年打去。

他「文才」雖不高，武功卻真正不弱，這一動手，出拳如風，雖在惱怒之下，卻仍然勁力內蘊，其中還另藏煞手。

那少年驚呼一聲，像是已被嚇得立足不穩，歪歪斜斜地向後面倒去，然卻巧妙地躲開此招，讓展一帆的下一招都無從施起。

天靈星孫清羽和笑面追魂幾乎是同時搶上前來，大聲勸道：「展老弟，今晚還有大事，現在何必生這閒氣，快些住手。」

但展一帆此時卻已氣紅了眼，這句話再也聽不入耳，一面喝道：「兩位莫管小可的事，今天就是搬出天王老子來，我也要和這個見不得人的鼠輩鬥上一鬥。」

說著，他搶步又要打上去，那青衣少年作出驚嚇的樣子，叫著說：「不得了，不得了，要打死人啦。」腳下東倒西歪，那展一帆快如飄風的兩拳，卻又被他這種東倒西歪的步法巧妙地閃了開去。

孫清羽、唐化龍空自焦急，卻也拿這點蒼派的高弟無可如何，他們此時當然更看出這佯狂的青衣少年必定身懷絕技。

正自不可開交間，突然遠遠奔過兩個人來，大聲喝道：「是什麼人敢在相府前面喧嘩生事！敢情是身子發癢，想好好地挨上一頓板子嗎？」

孫清羽回眼去望，見這兩人穿著織錦的武士衣，知道是相門家丁來了。

此時正值太平盛世，這般武林豪士暗中雖不把官府看在眼裡，但明處卻也不敢得罪官面上的人，更何況來自相府。

他連忙大聲喝止展一帆，一面趕上去和那兩個相府家丁說著賠禮的話，連連賠著不是。

展一帆在這種情況下，也只得悻悻地住了手，但兩隻眼睛仍然瞪在那青衫少年的身上，像是生怕他會乘機溜走似的。

哪知人家卻仍笑嘻嘻地站著不動，那兩個相府衛士雖然滿口官話，兩眼翻天，可也全是眼睛裡不揉一粒沙子的光棍，見了這批人物的形狀打扮，心裡還不全都有了數，知道全不是好惹的人物。

須知不是老官面，怎做得了相府的家丁，這兩人心下一琢磨，全有了「多一事不如少一事」的打算，何況生事的兩人，此刻又全都住了手，於是也見機收篷，打著官話說道：「朋友們也都是老江湖了，北京城那麼大，哪裡不好解決，為什麼偏偏要在這相府門前動手呢？萬一驚動了相爺，有誰擔當得起？兄弟們的飯碗，不也要因為朋友打破了嗎？」

天靈星孫清羽眼珠一轉，陪笑道：「兩位大爺多包涵包涵，小的們也不是故意在這裡生事，而是剛剛訪過古公子之後，才和這位朋友發生了點小誤會。」

這兩個公差一聽「古公子」，收篷自然收得更快，忙道：「既然這樣，各位就請快些回去，免得我們幹差事的人為難。」

孫清羽連聲笑道：「沒事，沒事，您放心。」一面叫各人趕快上車，一面又朝那青衫少年暗中一揖，輕聲道：「先請朋友大駕到車上去，一些小事，容易解釋，到了別的地方再說吧。」又道：「老夫可絕沒有惡意，朋友請放心。」

那青衫少年微微一笑，走上了車，卻見展一帆鐵青著臉，也跟了進來，一上車就對著車廂前面的小窗戶大聲地對車把式說道：「你把車子趕到城外面，乘便找著地方停下，只要沒有人就行了。」

車把式吆喝一聲，馬鞭一揚，車子就走動了。孫清羽坐在車子裡，望著展一帆的面色，知道他已動了真怒，自己在武林中的輩分雖比他長一輩，但人家是七手神劍的大徒弟，將來極可能就是點蒼派下一代的掌門人，自己也沒有法子攔住他。

那青衫少年卻像無動於衷，臉上仍然笑嘻嘻的。孫清羽朝這人上上下下打量了幾眼，見這人兩眼神光滿足，面目娟秀，笑起來齒白如玉，一雙手更是十指纖纖，春蔥也似的。

再看到他脖子，衣領很高，將脖子掩住，像是生怕人家看他頸子上有沒有喉結似的，於是孫清羽不禁暗中一笑，雖然沒有什麼特別的地方，但這老江湖已看出這人必定是個女子來。

可是他也不說破，只是在心中自管思忖著，這人年紀輕輕，又是個女子，但就衝方才人家露的那一手看來，武功竟自高絕。

但這人又是誰呢？武林之中，怎的突然出了如此許多年輕的高手。

車子趕得本來就不慢，加上展一帆的連連催促，就越發快了。

這輛車子上，一共坐著四人，除了孫清羽、展一帆和那青衫少年之外，還有一人自然就是對此事也極為關心的唐化龍了。

他此刻心裡也在思索著有關這青衫少年的疑問，又暗忖著：「此人身手不弱，若讓他今後也加入我們，倒是一個極好的幫手，我想他聽了『殘金毒掌』的名字以後，必定也會起同仇敵愾之心的。」

百十年來，殘金毒掌倒果真是武林中群相攻之的人物。

哪知他正自思忖間，車子稍顛，卻已停了下來。

展一帆立刻推開車門，嗖的，起身下去，四顧一望，只見這裡果然甚是僻靜，地上的雪，都積得老厚，像是許久沒有人來過了。

他滿意地微微一笑，但笑容立又斂去，朝著車內厲喝道：「好朋友，你的地頭到了，快些夾著尾巴走下來吧！」

孫清羽和唐化龍對望一眼，走下車去，心裡各自都在盤算著等一下如何解開此圍，當然也要顧及展一帆的面子。

最後，那青衫少年才慢慢地走下車來，四顧一下，只見滿地白雪，皚然一片，連柏樹枝頭都像是堆著一堆雪花。

最妙的是，不遠竟有幾株野生老梅，虯枝如鐵，在這冰天雪地裡散發著幽香，像是一群白髮老翁旁邊的幾個紅妝美女。

那青衣少年似乎被這種勝境所醉，嘖嘖連聲，稱讚著：「暗香頻送，雪色勝銀，想不到連閣下的車夫也是雅人，尋得這等幽雅所在，不禁使小生俗慮頓消，神骨皆清。」

一面卻又搖頭晃腦地，口中喃喃作吟著，儼然一派踏雪尋梅的風雅之態。

展一帆卻看得幾乎氣炸了肺，連聲冷笑著，厲叱道：「這裡天氣冷。雪又多，誰的屍首要是倒在這裡，保險爛不掉，我姓展的為你找著這種好地方，你也算走了運了。」

那青衣少年突的仰天一陣長笑，笑聲清越而高亢，將樹枝上的積雪都震得片片飛落了下來。孫清羽、唐化龍不禁又對望了一眼。

展一帆不是蠢人，豈有看不出這少年身懸絕技來，只是他連番受辱，實在羞憤，更加以自恃劍法和有著兩個幫手在旁邊。

是以他聽了這少年的笑聲後，面色微變之下，反手一抽，「嗆啷」一聲，將身後的長劍撤了下來，微一揮動，像似是一片秋水經天而下，果然不但劍上造詣不凡，劍也是口好劍。

他一劍在手，神色之間突然鎮靜下來，他十數年苦練，這種內家劍手應有的條件，雖在盛怒之下，仍未忘記。

那青衫少年笑聲頓住，目光傲然一掃，隨即又笑嘻嘻地道：「看樣子閣下真想讓小生吃上一劍，唉，也罷，也罷，小生看樣子真要埋骨此間，死在這麼鋒利的劍下，倒也痛快。」

展一帆一言不發，目光凝注劍尖，突然目光一動，盯在這青衫少年的身上，微叱一聲，腳步一錯，劍光便經天而至。

天靈星孫清羽和笑面追魂可都是識貨的人，展一帆這一伸手，神定氣足，一絲不苟，意在劍先，果然是正宗內家劍法。

兩人正自暗讚間，展一帆身隨劍走，劍隨身遊，身形如風中輕柳，輕靈曼妙，劍光如漫天柳絮，點點如雪，恍眼之間，便已搶攻數劍，這種內家劍法一施展開，便如長江之水，滔滔而來，讓對手連一絲間歇，一絲空隙都找不到。

但那青衫少年卻笑容未改，長衫飄飄，腳步有些凌亂，乍眼一望，真的像被逼得走投無路的樣子。然而展一帆的滿天劍光，卻半點也碰不到人家的身上。

孫清羽和唐化龍不禁變了臉色，這少年的身法，竟是自己見所未見，聞所未聞，功力之高，竟然不可思議。

展一帆面色變得極其凝重，劍招之轉化間，卻又像是緩慢了不少，只是在這柄精鋼劍上，竟像依附著千鈞之物似的。

孫清羽和唐化龍都知道，這點蒼劍客此時正盡了最大的努力，正是以極為精厲的內家劍術來和這少年周旋著。

他兩人不禁也開始緊張起來，眼睛瞬也不瞬地望著這兩少年。

那青衫少年突然朗聲一笑，道：「少爺玩夠了。」

笑聲中，兩隻寬大的衣袖突然一卷，朝展一帆掌中劍兜了上去。

展一帆猛哼一聲，硬生生將劍式由「羿射九日」變為「海潮青光」，腕肘之間，猛地頓挫一下，劍光如靈龍般轉了回去。

哪知那青衫少年又朗笑一聲，兩隻寬大的衣袖，突然射出一條白影，原來是他的一隻纖纖玉手，就在展一帆硬生生將發出來的劍招收回去的時候。

他右手疾伸，玉指輕輕向外一彈。

只聽得「嗆啷」一聲龍吟，展一帆掌中那柄百煉精鋼鍛成的利器，竟在這少年的一隻纖纖玉手輕彈之下，中折為二。

這一來，不但展一帆面容劇變，孫清羽和唐化龍不禁也被這種神乎其技的武功驚得愕住了，站在那裡，半晌說不出話來。

那青衫少年輕笑一下之後，突然一拂袖袍，冷然說道：「像你這種無知的蠢漢狂徒，本該重重教訓你一下，但看我一個朋友的面上，暫且饒過你這一次，還不快滾！」

展一帆系出名門，初出江湖，便受此重辱，望著手中的斷劍，他頹然長歎一聲，頓覺萬念俱灰，望了這青衫少年一眼，卻將那柄斷劍珍重地插回身後，一言不發，轉首而去。

唐化龍連忙趕上去，喊道：「展老弟慢走！」

哪知展一帆頭也不回，一頓足，身形掠起，一縱便出兩丈多遠，接近三兩個起落，他那頎長的身形，便消失在滿地雪光裡。

唐化龍頹然長歎一聲，轉回身來，他知道這展一帆必定對自己的袖手旁觀甚為不滿，抬眼望處，孫清羽已走向那少年，當頭一揖。

那青衫少年面上又恢復了那種略帶嘲弄的笑容，望著孫清羽。

孫清羽一揖過後，恭聲道：「閣下武功，超凡入聖，卻令在下開了眼界。」

他又深深一揖，道：「小可孫清羽，為天下武林，請求閣下仗義援手，為天下武林同道伸張正義，主持公道。」說罷，他竟又一揖。

那青衫少年連連擺著手，道：「老英雄不要這麼客氣，小生雖然才薄力弱，但如真是有關天下武林的事，小生無論如何也得稍盡綿薄的。」

須知他僅是不滿展一帆的狂傲，是以才稍微懲戒了他一下，對孫清羽等，卻無惡意，是以此刻言語之間，倒也和緩得很。

孫清羽忙又恭聲道：「閣下可知道，為害武林百年的魔頭殘金毒掌又重現江湖，這廝武功，已入化境，而且還收了個大有青出於藍的弟子──」

說到這裡，那青衫少年「哦」了一聲，現出頗有興趣的樣子。

這時候車聲轆轆，又有一輛車趕了過來，想必是林佩奇、程垓等人所乘的那部車子，從後面趕了過來，但孫清羽頭也不回。

因為這老江湖此刻已看出，這位武功深不可測的人，已對此事發生了興趣，便絕口不問人家的來歷，更不說破他已看出此人是個易釵為弁的少女，只是隨著此人的一聲「哦」，接下去道：「不但如此，這個魔頭所收的弟子，竟是位當朝一品的公子，此人姓古，外貌看去，溫文爾雅，其實手段之毒，卻並不在其師之下，這麼一來，那殘金毒掌豈非更是如虎添翼了？」

聽到這裡，這青衫少年神色之間，彷彿起了一陣極大的激動，只是他此刻已將這分激動深深地埋隱了起來。

是以天靈星孫清羽又稍微停頓一下之後，便又立刻接著說道：「這殘金毒掌雖然縱橫武林百年，但小可老眼雖昏花，卻仍看得出閣下身懷武功，已經到了爐火純青的地步，恐怕普天之下，也只有閣下能和那殘金毒掌一較身手了。」

這青衫少年又微笑一下，只是他的微笑，卻是為了掩飾心裡的不安而已。

此刻龍舌劍客林佩奇以及八步趕蟬程垓等人都已趕到，聽了唐化龍簡單敘述，望著雪地上仍留著的半截斷劍，這些武林豪士全都愕住了，呆呆地望著這近乎不可思議的少年高人。

孫清羽接著說道：「如果閣下仗義援手，不但我孫清羽感激終年，天下武林同道聞之，想必也會對閣下的高義感佩不盡的。」

他說著說著，竟像是要聲淚齊下，恨不得馬上跪在這少年面前才對心思。

那少年卻不置可否地「哦」了一聲，深深地陷於沉思裡。

孫清羽卻因他並沒有拒絕的表示，喜形於色地接著說道：「今夜子正，那姓古的已約定和小可們在郊外一座荒宅裡見面，那殘金毒掌到時候也可能現身，但願閣下能為著——」

那青衫少年卻突然抬起頭來，打斷了孫清羽的話，問道：「荒宅？在哪裡？是什麼荒宅？」

八步趕蟬程垓趕忙接口道：「那荒宅在西郊之外，往西山去的那條路邊上，因為那裡只有這麼一棟大房子，到了那裡就可以看到了。」

那青衫少年又垂下頭去，像是從孫清羽的話中，他已發現一件足夠使他激動，也足夠使他去深深思索的事。

而群豪也不禁陷入沉默裡，只是直勾勾地望著這行蹤詭異、武功卻又深不可測的陌生少年，希望由他口中能說出令自己滿意的答覆。

風聲穿過積雪的樹林，帶著一陣猛烈卻不刺耳的呼嘯聲過去了。

這是靜默的片刻。

然而，那似乎隱藏著一件絕大秘密的少年，緩緩抬起頭，兩隻明亮的眼睛在這些武林豪士面上一掃，說道：「今夜子正，西郊荒宅，好！好！小生到時自會去的。」

寬大的文士衣衫的寬大袍袖輕拂處，他的身形像是突然躡空而起，倒縱出去有三丈開外，然後在空中曼妙地一轉，雙臂張處，身形又橫掠丈餘，腳步在積雪的林木上一點。

於是這青衫少年便消失在灰黯的蒼穹下。

那枯樹上的積雪，並沒有因他的腳尖一點而有一片雪花被震落下來，只是站在雪地上的一些人們，卻全然為之大震了。

這種輕功，若非眼見，誰也不會相信，更不會相信那是發生在一個年紀很輕的少年——甚至是「少女」身上。

於是一連串相同的疑問，立刻湧現於每個人的心裡，此人是誰？為何而來？他那一身驚人的武功，又是從何而來？當然，這些問題又像是一些問題一樣，他們此刻還得不到答案。

只是他們此刻心裡卻都是很滿意的，因為這個奇人已答允了他們的要求，答應今天晚上子正之際，也到那荒郊廢宅裡去。

孫清羽喜悅地感歎了一聲，道：「真是長江後浪推前浪，想不到此人年紀輕輕，武功已然如此——」

他望了那雪地上仍然閃爍著的半截斷劍一眼，又道：「就算那展一帆，無怪他狂妄，身手也委實不弱，只可惜他受挫之下，竟然走了，唉！年紀輕的人，真是沉不住氣。」

他嘴裡說著可惜，心裡卻半點也沒有可惜的意思，因為這展一帆雖走了，卻換來一個武功更強勝十倍的高手。

於是，這老江湖面上感歎著，心裡卻微笑著，走上了馬車。

他們眼前，似乎已經浮現著一幅極其美妙的圖畫，那就是殘金毒掌的屍身正無助地躺在他們腳下。而那個奇異的青衫少年，正和他們並肩站在一起，得意地微笑著。

不錯，這圖畫是美麗的，只是好像太過美麗了一些，美麗得連他們自己也有些不大相信。

冬天的晚上，通常是來得很快的，然而在等待之中的人，卻覺得今天的夜晚，卻像是比往常慢了一些，但是，它終於還是來了。

像前一天，再前一天，甚至和大多數嚴寒的冬夜一樣——今天晚上，也是無星，無月。寒意使得人們儘量地將脖子縮在衣領裡，此時此地，圍著紅泥的小火爐，飲著澄綠的新熱酒，該是多麼安適的事，但古濁飄此刻卻沒有這份心情。

房子裡的燈光很亮，然而他的臉色卻是陰暗的，這和明亮的燈光正好成了一個強烈的對照，他，正陷入於沉思裡。

坐在他對面的，是一個斷臂的老人，臉色也是陰暗的，加上他面容本來的蒼老、枯瘦，這種陰暗之色就更加顯明。

在他們腳下的小凳上，坐著一個已染上成人憂鬱的童子。

他們都沒有說話，不知是因為話已說完了，抑或是根本沒有話說。他們甚至連那在他們面前的爐火已經熄了都不知道。

這因為他們都在沉思。沉思使得他們沒有說話，沒有注意爐間的爐火，也沒有發覺此時窗外正漫無聲息地悄然站著一個夜行人的人影。

這夜行人此刻也墜入沉思裡，忽然一轉身，想去敲窗子，但就在他手指將要觸到窗框的那一剎那，卻又硬生生地頓住了。

這人像是有著什麼魔法似的，將這活生生的人突然變成一具沒有生命的泥塑人像。

古濁飄沒有發現，那斷臂老人沒有發現，那孩子也沒有發現。

這世上幾乎沒有一個人知道今夜在古公子的窗外，正站著一個曾經竊聽過他們的話的人影，當然更不會知道這人是誰了。

良久，古濁飄長歎一聲，站了起來，轉身走到裡間去，又過了一會兒，他手裡拿著一套金色的衣衫走了出來，交給那斷臂的老人。

那老人陰暗的臉上，泛起一絲笑容，但在接觸到那樣子的目光後，他這絲笑容裡的笑意，已遠不如悲哀來得多了。

他只剩下三個手指的右手，朝那孩子指了一指，緩緩道：「這孩子——唉！」

他沒有說完，就以一聲長歎結束了自己的話，因為他知道，自己的話縱然不說出來，人家也會知道。

古濁飄的眼光，悲哀地在這老人和孩子身上停留了一下，然後他又轉過身去，背負著手，一言不發地走到另一間房裡去。

風聲，似乎越來越大了，吹得窗紙都獵獵地發出一陣陣響聲。

夜，越來越濃，驀地——在相府的後園裡，掠出一條金色的人影，刷的，飛身上牆，四下辨別了一下方向，縱身下了牆，幾個起落，消失在黑夜裡。

棋兒悲哀地站在窗口，望著這條金色人影的消失，然後擦著面頰上的眼淚，悲哀地又坐到火爐旁邊，撥弄著爐中早已熄滅的爐火。

這一瞬間，這髫齡童子彷彿已長大了許多，歎息的聲音，也更像大人了。

後園像死一樣的靜寂，驀地——又掠起一條金色的人影，像是一隻燕子似的，在空中一擰身，便已掠出了後園的圍牆，再一長身，也消失在黑暗裡。

於是這黝黑的後園又沉靜了下來，初春的寒風，像是刀一樣地刮在窗子上，這窗紙若不是雙層的，中間還夾有編成花紋的細線，此刻怕不早已被這如刀般的寒風吹襲得片片零落了。

但，驀地——又是一條金色的人影在這相府的後園裡掠起，轉折之間，也掠了出去，在牆外躊躇了一下，便也以極快的速度飛掠了去。

於是，一切又歸於死寂，大地也沒有因著這三個金色人影的出現而有絲毫變動，蒼穹，像潑了墨似的，是一種微現光澤的黑色。嗯，黑色，黑色後面不總是隱藏著許多秘密？

劍客行

第一章　摩雲神手

這條路筆直地伸到這裡來，就形成一個彎曲，彎曲的地方是一片長得頗為濃密的樹林子，路就從這樹林子裡穿出去。

雖然已近黃昏，但六月驕陽的餘威仍在，熱得教人難耐。

一絲風聲也沒有，穹蒼就像是一塊寶石，湛藍得沒有絲毫雜色，陽光從西邊射下來，照在路上，照在樹梢，卻照不進樹林子。

路上本沒有什麼行人，但此刻遠處突地塵頭大起，奔雷似的馳來幾匹健馬，到了這樹林子前面一打盤旋，竟然全都停住了。

一個騎著毛驢的絲帛販子剛好從樹林子裡出來，看到這幾個騎士，目光不禁一愕，在這幾個騎士身上望了半晌，但自己的目光和人家那利刃般的眼睛一觸，就趕緊低下頭，揚起小皮鞭，在驢子後面抽了一下，這毛驢就放開四蹄跑了開去。

原來這五匹馬連人帶馬都透著些古怪，馬上的騎士，一色淡青綢衫，綢衫上卻縷著金線，識貨的人一眼望去，就知道光是這一襲綢衫，價值就在百金以上，絕不是普通人穿得起的。

尤其怪的是，這五匹馬的馬鞍下，也露著金絲的流蘇，陽光一閃，照在那馬鐙上，馬鐙竟也閃著金光，這五人五馬立在這六月的陽光之下，只覺金光燦爛，就像是廟裡塑金的神像似的。

此刻，這些騎士們一勒馬韁，馬就慢慢地進了樹林子，一個滿面絡腮鬍的大漢，將頭上鑲著一粒明珠的淡青武士巾往後面一推，扳著馬鞍子四下一望，就側顧他的同伴說道：「這地方又涼快又清靜，我看咱們就在這裡歇一下吧，反正咱們已算準那話兒準得從這條道上經過，咱們等在這裡，以逸待勞，一伸手就把點子給招呼下來，你說這有多痛快！」

這滿臉絡腮鬍大漢非但生相威猛，說起話來也是聲若洪鐘，滿口北方味兒，顯見是來自燕趙的豪強之士，奇怪的只是這種人物，怎會穿著這種衣服呢？不但透著奇怪，簡直有些玄妙了。

他說完，不等別人答話，就將手裡的馬鞭子朝鞍旁一插，一翻身，嗖地跳下了馬，身手的矯健，也說得上是千中選一的好手。

另一匹馬上的一個瘦長漢子在鼻孔裡哼了一下，冷冷道：「老二這一年來把武功全都擱下了，你們看看，他剛跑了這麼一點兒路，就累得恨不能找張床來往上面一倒，說起話來，又生像京裡下來的那幾個人就是他兒子似的，只要他一伸手，就什麼都成了。」

那叫作「老二」的漢子咧嘴一笑，伸手往馬屁股上一拍，那馬就得得地跑去一邊，一面他卻笑道：「大哥，不瞞您說，我還真覺得有點兒吃不消，這次要不是為了咱們吃了人家一年多，又蒙人家那種款待，兔蛋子才會冒著這麼大的太陽趕到這裡來。」這身長七尺的彪形大漢又嘿地一笑，道：「不過從京裡下來的幾塊料，還真沒有放在我『二霸天』的眼裡，就算他們能搬出燕京鏢局裡的人來，可是大哥您想想，燕京鏢局的那老頭子，還會將什麼好手借給這些鷹爪孫嗎？」

那個他叫作「大哥」的瘦長漢子又冷哼了一下，目光一轉，驀地道：「老二，忿短！」另四個穿著豪華、身軀精幹、神色慓悍的騎士一齊隨著他的目光往那邊望去，只見一個衣衫襤褸的漢子，手裡拿著一本爛書，坐在林中道旁的一棵樹下，瞇著眼睛，像是已經睡著了，卻將兩隻穿著破布鞋的腳伸得遠遠的。

那滿面于思的大漢不禁又哈哈一樂，指著這窮漢笑道：「大哥，您真是，自從咱們兄弟上次栽了那次跟斗之後，您越來越小心了，連這麼個窮酸也含糊起來。」

那瘦長漢子雙眉一皺，也翻身下了馬，遠遠踱到一株樹下，竟閉目養起神來。

有風從林隙中吹了進來，那自稱二霸天的漢子敞開衣襟，迎風一吹，伸出青筋隱現的大手往長滿了鬍子的嘴邊一抹，笑道：「這裡要是再有一碗冰鎮梅湯，那可就更美了。」

話未說完，眼睛突地愕住，原來那睡在樹下的窮酸身旁，正放著一個細瓷蓋碗，碗蓋上沁著水珠子，裡面竟真的像盛著冰鎮梅湯。

這大漢目光一觸著這只蓋碗，便再也收不回來，仔細又盯了兩眼，這只蓋碗渾然是寶藍色，細緻光滑，顯見是名窯所製的精品，只是這大漢不識貨，他看的只是那碗蓋上的水珠子。

於是他目光又四下一轉，看到他的弟兄們都在望著他微笑，他齜著牙一撇嘴，走到那窮酸身前，朝那伸出的腳上一踢。

那窮酸驀地驚醒了，一探頭卻仍然瞇著眼睛，作出一副莫名其妙的樣子來望著這踢醒自己的人。

自稱二霸天的大漢此刻也看清了這窮酸年紀還輕，臉生得也白白淨淨、漂漂亮亮的，兩道眉毛又細又長，尤其奪目。

但這二霸天是既粗魯又蠻幹，什麼事都不放在心上，此刻見這窮酸少年醒了，就又衝著他一齜牙，指了指那上面沁著水珠子的寶藍蓋碗，粗著喉嚨大聲問道：「喂，小子，這裡面裝的是什麼？」

那窮酸少年彷彿睡得很熟，被突然弄醒來似的，眼睛仍惺忪著道：「這裡面裝的是梅湯，小生用冰鎮了一晚上，還捨不得飲哩。」

這大漢哈哈一笑，往嘴裡咽了口唾沫，連連指著那蓋碗道：「好極了，好極了，快拿來給大爺我喝，大爺我正渴得很。」

那窮酸少年揉了揉眼睛，彷彿弄不懂似的，結結巴巴地說道：「不過……這碗梅湯小生還要，還不想送給閣下！」

這位二霸天兩隻眼睛突地一瞪，喝道：「你這窮酸，敢情是膽子上生了毛了，我二霸天今天高興，才客客氣氣地叫你把梅湯拿來，不然大爺一腳踢出你的蛋黃子，你——」

哪知他話聲未落，那靜站在樹下的瘦長漢子突的一聲呵斥道：「老二，噤聲！」又道，「老五，你聽聽，是不是點子們已經來了？」

一個短小精悍的漢子立刻從馬上翻身躍下，伏向地上，用耳朵貼著地傾聽了半晌，突地滿臉喜色地說道：「大哥，還是您耳朵靈，果然是點子來了，一共有三輛車、九匹馬，距離這裡還有一箭多地，最多一盞茶的時間就過來了。」

這時那位自稱二霸天的大漢便再也顧不了喝梅湯，一翻身，嗖的一聲，一個箭步躥到另一邊的林口，手搭涼篷，朝前一望——前面果然有一股塵土揚起，也隱隱有車轔馬嘶之聲傳來，這漢子生性雖然魯莽，但行動卻矯健得很，一擰身，又躥回樹林子，雙臂一張，低低吆喝一聲，將正在四下吃著草的馬都趕到一邊去，又從自己那匹馬的馬鞍旁抽出一口折鐵刀來，迎風一刺，不禁咧嘴一笑，齜牙說道：「好兄弟，你休息了這麼久，今天也該讓你發發利市了。」

這時另四個漢子也都躍了起來，凝視戒備，耳聽得車轔馬嘶之聲越來越近，眾人臉上的神色，越發露出緊張的樣子來。

而那寒酸少年，更像是被他們這種樣子嚇得不知怎麼好，拿起那只寶藍蓋碗來，雙手窣窣地發抖，抖得那只碗不住地響。

滿面于思的大漢一步躥過去，掌中刀在他面門虛晃一下，沉聲低喝道：「你小子老老實實給我坐在這裡，動一動大爺就要你的命。」這寒酸少年抖得更厲害了，碗裡的梅湯潑了出來，濺得一身。

二霸天惋惜地望了一眼，這時那另外四個漢子都已閃到樹後，一面向他喝道：「老二，點子來了。」

二霸天再也顧不得梅湯了，一擰身，也閃到樹後，只見林外已當頭馳進兩匹馬，馬上坐著一胖一瘦兩個漢子，一進樹林，這兩人也喘了一口氣，方要說話，哪知卻聽到暴喝一聲：「朋友站著，『燕雲五霸天』在此恭候朋友們的大駕已有多時了。」

「燕雲五霸天」這幾個字一喝出來，那胖子臉上的胖肉就顫抖了一下，另一個人面上也是倏然色變，霎眼間隨著這喝聲，林中已閃出五個衣著繡金華服的慓悍漢子。

那胖子又一驚，幾乎從馬上跌下來，兩隻小眼睛四下一轉，強自鎮定著，卻見一個滿臉于思的彪形大漢已竄到自己馬前，厲聲喝道：「鄭胖子，快把你押著的東西給太爺留下來，然後夾著尾巴快滾，我厲文豹看你生得肥頭大耳的，說不定會饒你一命。」

原來這滿臉于思的粗獷大漢，正是名滿兩河的巨盜，燕雲五霸天中的二霸天厲文豹。

這燕雲五霸天既未安山，亦未立寨，卻是大河南北最著凶名的綠林道之一，這同族兄弟五人，仗著飄忽的行蹤，狠辣的行事，在兩河一帶的確作過幾件大案，也博得不小的萬兒。

這當頭的胖子賣相雖然不佳，卻也是兩河武林中的名人，河朔名捕胖靈官鄭伯象，此刻他再怎麼也想不到這燕雲五霸天會在這光天化日之下，動手招呼這批官家運送的珍寶，心裡儘管發毛，口中卻仍不含糊，雙手一拱，強笑著道：「我當是誰呢，原來是厲當家的，這些日子來，小的也不知道厲當家的到哪裡發財去了，一直沒有向您哪請安，心裡正在難過，哈哈，想不到今天卻讓小的在這裡給遇著了。」

這以手腕圓滑享名於六扇門裡的老公事，此刻一面說著話，一面也從馬上躍了下來，雙手一拱，作了個羅圈揖，竟又陪著笑道：「厲當家的，您哪大人不見小人罪，小的這兒給您哪請安了。」

厲文豹突地仰天哈哈大笑起來，那鄭伯象的一張胖臉上，一陣青一陣白，心裡更在打著鼓，他此次保的雖然是貴重的東西，但一來因為誰也想不到在這段從清苑到濟南府素來平靜的官道上會出事，是以護送的人不多，再者也是因為這些年來六扇門裡根本沒有能人，所以他此刻心裡有數，知道就憑自己這面的幾個人，絕對不會是這燕雲五霸天的敵手。

他心裡嘀咕著：燕京鏢局的那茹老頭子真該死，派了那麼個寒寒蠢蠢的小夥子來幫著我們押鏢，呶，這趟可出事了，這干係誰來擔當？

他心裡正發毛，哪知厲文豹笑聲倏地一住，齜著牙又喝道：「鄭胖子，多年不見，你怎麼還是這一套？要是你小子想在厲大爺們眼前玩這一套，那你可就打錯了算盤了，識相的，你還是撒下手快滾吧，反正車子上那玩意兒，又不是你鄭胖子的。」

這胖靈官平日見了穿牆洞、打悶棍的毛賊，一瞪眼，一發威，倒很有那麼回事，可是此刻見了這橫行一帶的巨盜，他卻只剩下陪笑的份兒了，他是兩河的老公事，本來和這燕雲五霸天還有著一星半點交情，哪知人家現在根本不賣這個交情，他雖然仍在嘻著大嘴直笑，可是這笑容中卻半分笑意也沒有，而他身旁同來的那個瘦子，比他還不管用，此刻陪笑都笑不出來。

厲文豹目光電掃，又敞聲大笑起來，回首朝那瘦長漢子，也就是燕雲五霸天裡的「大霸天」厲文虎一望，大笑著說道：「大哥，兄弟我的話可沒有說錯吧？您看看，這還不是一伸手，就……」

哪知他話尚未說完，在鄭胖子和另一瘦子的兩匹馬中間，突地多了一個長身玉立的少年，厲聲喝道：「哪裡來的匪徒，這麼大的膽子，敢伸手動燕京鏢局保的鏢！」

厲文豹後退一步，兩隻環眼一轉，上上下下打量了這少年一陣，不由又敞聲大笑起來，笑聲中滿是輕蔑的意味。

原來這少年雖然面目也頗俊秀，身上卻穿著一套粗布短衫褲，一副土頭土腦的樣子，哪裡像個保鏢的達官？

二霸天厲文豹怎會將這個少年放在眼裡，大笑著喝道：「怯小子，你要是不要命的話，大可以找別的法子去死，何必要叫你厲太爺費事？厲太爺的寶刀之下，還懶得殺你這樣的小子呢！」

那胖靈官一看這少年出來，不禁暗中一皺眉頭，在肚裡暗罵道：「你這小子真是不知天多高、地多厚，憑你那點功夫就敢在燕雲五霸天跟前叫陣，你真是活得起膩，唉——想不到聲名赫赫的燕京鏢局，竟然弄出這麼一個怯小子來做鏢師，不然隨便搭上一個，今日遇著事，也可以抵擋一陣子。」

他心裡一面這麼想，一面卻又在打著別的主意，突地又一笑，斜著肩說道：「厲當家的，你這可知道了吧，這趟貨雖然是官家的東西，但可不是小的我的責任，而是燕京鏢局保的鏢，您要是不信，您去看看，那三輛車子上還插著鐵掌震河朔茹老鏢頭的鐵掌鏢旗哩！」

這老奸巨猾的老公事，此刻一見大勢不妙，就先將責任推到別人頭上，一面橫著眼睛望著那濃眉大眼的少年，意思就是說：這可是你自己招惹來的，該怎麼辦你瞧著辦吧！

這些人的心事在當時僅是一閃而過，厲文豹笑罵方住，卻見那少年冷笑一聲，手腕由背後一抄，但覺漫天光華一閃，被他瞧不起的粗服少年手中竟多了一柄寒光耀目、光華流轉的長劍。

這一聲龍吟，一閃光華，使得本來站在他身側的兩匹馬，烈烈一聲長嘶，仰首跑了開去。鄭伯象、五霸天臉上可全變了顏色，一直不為人注意地站在那樹下的寒酸少年，目光也微微露出詫異之色，誰都想不到這土頭土腦的怯小子手裡，會有這種神兵利器，因為各人都是大行家，大家全看出了這口劍的不凡來。

這少年一劍在手，全身上下，也彷彿突然煥發了起來，兩隻大眼睛往厲文豹身上一瞪，長劍當胸一抱，厲聲喝道：「你們今天誰要是想打這輛鏢車的主意，得先問問我這口劍才成。」

燕雲五霸天之首，那瘦長而精練陰鷙的漢子——厲文虎雙臂一分，走上一步，將厲文豹攔在身後，沉聲道：「我二弟招子不亮，看不出朋友是位高人，我厲文虎這裡先向朋友告罪。」

他語聲一頓，目光利箭似的在那胖靈官面上一瞪，又道，「只不過朋友年少英俊，想必系出名門，這次來替這種鷹爪孫賣命，未免也有些不值吧？」

這少年瞪著兩隻眼睛，嘴巴抿得緊緊的，對厲文虎的話一點反應也沒有，兀自抱劍當胸，聽他說完了，才朗聲道：「我展白年輕識淺，對這一套全不懂，我只知道這鏢是茹老鏢頭交給我的，我就該把它送到地頭。各位朋友要是看得起我展白，就請讓個道，我展白來日必有補報之處，否則——」

那厲文豹大喝一聲，接口道：「否則怎的？」他性烈如火，雖然也覺得這少年手裡拿著這種兵刃，就必定有其來頭，但這少年這麼一來，他可忍不住了，隨著這一聲厲叱，從厲文虎身側搶上一步，刀光一閃，閃電似的朝這叫「展白」的少年斜斜劈下，風聲勁急，端的是刀沉力猛。

展白一撤步，肩頭微塌，掌中這口光華亂閃的利劍便帶著一溜陰森森的青光向上一翻，找著厲文豹那口折鐵翹尖刀奔去。

厲文豹這口刀雖也是百煉精鋼所造，但此刻可不敢讓人家的兵刃碰上，他猛地一挫腕子，刀鋒一轉，劃了個圓弧，「力劈華山」立刻變成「天風狂飆」，刷地又是一刀，朝展白剁去，這二霸天名不虛傳，刀法的確精熟已極。

哪知這少年展白的裝束雖粗拙，身手卻靈活，根本不讓這厲文豹的招式使到，一擰身，「鳳凰展翅」反手一劍，連削帶打，竟從厲文豹的刀光之中搶攻出去，厲文豹趕緊一抑身，往後倒躥，才堪堪避過這招，但卻已面目變色了。

這兩招一過，厲文虎不禁皺了皺眉，他已看出這姓展的少年雖然使的劍法不過是武林習見的「三才劍法」，但身法、路子卻高明得很，時間、部位的拿捏更是恰到好處，像是這少年在這口劍上已有多年的苦練，絕不是自己的二弟能抵敵得住的。

他這裡正自暗中皺眉，但厲文豹的一招受挫，怒火更漲，厲吼一聲，竟又飛身撲了上去，刷、刷一連又是兩刀。

那少年臉上絕未因一招占了上風而有絲毫驕矜的樣子，兩隻大眼睛，瞪在這厲文豹的刀尖上，隨著他的刀尖打轉，厲文豹這勢如瘋虎的兩刀劈來，他身形一錯步，便又輕輕易易地躲了開去，掌中長劍隨著身子一引，劍光倏然而長，身隨劍走，劍隨身遊，竟將一趟「三才劍法」使得無懈可擊。

不過十個照面，這粗獷驕橫的厲文豹便有些招架不住了，鄭伯象在旁邊看著滿心歡喜，咧開大嘴，心裡直樂：呵，看不出這怯小子手底下還真有兩下子，我要能將他拉到衙門裡去，還真是一把好手。但眼角一望那在旁邊虎視眈眈的五霸天中另外四人，他心裡的高興不禁就打了個折扣。

厲文虎眼看他二弟越來越不成，而且他此刻也看出那姓展的少年武功雖不弱，劍法卻平常，並不是什麼高人的弟子，只不過僅仗著自己的苦練才將這趟劍法練得如此精純而已。於是他心中便無顧忌，目光一轉，朝五霸天中的老三、老四、老五打了個眼色，雙手一翻，從懷中撤出兵刃來，竟是一對不是武功精純的人絕不能使的「判官雙筆」。

他隨即一長身，口中厲喝道：「弟兄們，先把這小子拾掇下來。」

鄭伯象心裡驀地一驚，霎時間，但覺漫天寒光大作，原來這厲家兄弟們已全將兵刃撤到手上，除了那口折鐵翹尖刀和這對判官雙筆外，老三的一對鑌鐵雙環杖，老四的一條鏈子槍，老五的一口喪門劍，這幾樣兵刃，竟沒有一樣相同的。但是這厲家兄弟身手的配合，卻絕未因兵刃的差異而顯得散漫，厲文虎厲喝一聲過後，這厲氏四兄弟各個展動身形，已將那姓展的少年和胖靈官鄭伯象以及另一個京城捕快石猴侯麟善圍在裡面，掌中的幾件兵刃，眼看就要全招呼到那姓展的少年身上。

展白嗖然幾劍，將對手逼得更無還手之力了，他面上雖無表情，心裡卻不禁高興，自己苦練多年，雖然沒有名師指點，但現在卻可以試出自己的武功並不含糊，這橫行一時的燕雲五霸天中的一人，眼看就得喪在自己劍下。

但是等他看到當下這種情勢時，他心中不禁一凜，因為他知道自己對付五霸天中的任何一人，雖然綽綽有餘，但假如人家五個一齊上來，自己卻萬萬不是人家的對手了。

那胖靈官和石猴一胖一瘦兩個捕頭，此刻更是嚇得雙腿直打哆嗦。

哪知就在這間不容髮的剎那間，突地傳來一陣清朗的笑聲。

厲家兄弟微微一驚，卻見這笑聲竟是那寒酸少年所發出，此刻，他正一搖一晃地走了過來，一手拿著那只寶藍蓋碗，一手拿著那本破爛不堪的書，腳上的鞋子也沒有完全穿上，拖拖拉拉的，形狀簡直有些猥瑣。

然而他的笑聲，卻是那樣清朗、高亢，使人簡直不信這種人物會發出這樣的笑聲來。

厲文虎久闖江湖，此刻眉頭又一皺，忖道：唉！今天我可又看走眼了，想不到這窮酸也是一把好手，我厲文虎真是時衰運背，怎的竟遇著這種難纏的人物哩！

隨著這朗笑之聲，正在動著手的兩人，手底下可全慢了下來，展白心裡本在嘀咕，此刻索性住了手。那厲文豹早就沒有還手之力了，此刻當然更不會動手，累得在旁呼呼地喘著氣，兩隻眼睛，卻也不禁為這寒酸少年的笑聲而張得大大的。

這寒酸少年此刻一轉眼睛，笑聲頓住，眼睛頓時又瞇成一線，用三隻手指端著碗底，兩隻手指掀起碗蓋，將那只寶藍蓋碗送到嘴上，深深啜了一口，又笑起來，說道：「各位怎的不打了呀？小生今日正要開開眼界，看看五個打一個究竟是怎麼一種打法，各位不打了，豈不叫小生掃興！」

厲文豹剛喘過氣來，此刻又一齜牙，瞪著眼睛喝道：「你這窮酸，方才太爺叫你不要動，你跑來多管什麼閒事？不怕太爺把你的蛋黃子給踢出來！」這魯莽的漢子剛剛吃了大虧，此刻一點也沒有學乖，又張牙舞爪起來。

那寒酸少年瞇著眼睛，「嘻」地一笑，指著他說：「唔呀，你這漢子，生得儀表堂堂，怎的說起話來卻一點也沒有人味，像是有人養沒有人教的頑童，來，來，快給我叩三個頭，讓我教你讀些聖賢之書，教你一些做人的道理。」

這厲文豹氣得哇哇怪叫一聲，一塌身，伸出蒲扇般大的左手，就要去抓這寒酸少年的脖子。那寒酸少年似乎駭得面目變色，連連倒退，兩條腿卻又像不聽使喚，連伸都伸不直了。

厲文虎雙眉一皺，一聲大喝，道：「二弟，住手。」身形一動，方要趕上前去，哪知身旁光華一閃，原來那姓展的少年，已自掠了過去，一劍刺向厲文豹，一面喝道：「好朋友，你要動手，只管衝著我姓展的來，何必衝著人家發威！」

那寒酸少年一面倒退，一面在嘴裡連連嚷著：「對，對，你要發威，就找人家使寶劍的去，何必來找我？你要是把我這只碗碰碎了，就衝你還賠不起咧。」嘴裡雖是這樣嚷著，但身形亂動之下，拿著碗的手卻半點也沒有哆嗦。

那厲文虎雙眉又一皺，喝道：「姓展的朋友住手！二弟，快住手。」一面也掠上前去，將厲文豹擋到身後，卻朝那寒酸少年當頭一揖，朗聲說道：「閣下雖然真人不露相，但厲文虎兩眼不瞎，卻看得出閣下是高人，我燕雲五兄弟今日當著閣下眼前上線開扒，雖然無狀，但我兄弟卻有不得已的苦衷，希望閣下高高手，讓我兄弟們將這事料理了，日後敝兄弟一定登門到府上去向閣下叩頭。」

這混跡武林二十多年的老江湖，眼裡撒不進半粒沙子，此刻竟已看出這寒酸少年大有來頭，連連作揖，連連賠話，希望他不要伸手出來管這趟閒事，免得自己一塊到口的肉又飛了開去。

哪知那寒酸少年根本不認帳，一面也彎腰打揖，一面連連說道：「好漢，你別作揖，小生這可擔當不起，您要到寒舍去，小生更不敢當，寒舍地方太小，要是好漢們都去的話，連站的地方都沒有。」

這寒酸少年一面說著話，一面卻將眉頭皺了起來，原來這時驕陽已落，彩霞西彌，已近黃昏，而林外又傳來一陣馬蹄之聲。

厲文虎面色又一變，阻著那不知天多高地多厚的厲文豹發威，卻又向這寒酸少年深深作下揖去，說道：「閣下既然這麼說，那小可就先向閣下告罪，無狀之處，我弟兄們日後一定登門謝過。」一面轉著頭，朝他的弟兄喝道：「弟兄們，天已不早，還不快把點子招呼下來！」掌中判官雙筆一分，身軀一轉，雙筆搶出，就要向那姓展的少年動手。

哪知他只覺眼前一花，擋在自己面前的，卻是那寒酸少年，而此刻林口馬蹄紛遝，已有三騎連袂馳進這樹林裡來。

這三騎馬上人的身形，一入眾人之目，燕雲五霸天、胖靈官、石猴，俱都又為之面色大變，只見胖靈官眼中所閃動的卻是笑色，他竟將這邊的事擱在旁邊，放開兩條肥腿跑到這三人的馬前面去，滿臉堆起笑來，深深一揖，巴結地說道：「好久沒有看到您老人家了，您老人家可好？小的一直瞎忙，也沒有去給您老人家請安！」馬上是三個穿著醬紫色長袍的老者，年紀已有五旬上下了，坐在馬上，卻仍然腰板挺得筆直，目光中更帶著奪人的神采。

此刻那厲文虎，也撇下擋在自己面前的寒酸少年和那正在衝自己瞪著眼睛的姓展的壯士，掠到這三個紫衫老者的馬前，也自長揖道：「是哪陣風將老前輩吹到這裡來的？晚輩厲文虎，叩問老前輩的金安。」

三騎之中，當頭的一人是個瘦小的老者，此刻卻只在鼻孔裡微微哼了一下，算是對這兩個叩問自己的人答禮。然後他身形微動，倏然間已從馬上掠了下來，望也不望那正在朝自己彎腰的燕雲五霸天和胖靈官一眼，卻逕自走到那寒酸少年面前，而且深深躬下腰去。

這一來，眾人才大驚失色，誰也想不到這一身硬軟功夫已入化境、小巧輕身之術更傳頌武林的江湖頂尖高手之一，「摩雲神手」向沖天，竟會向一個寒酸少年躬身行禮。

這寒酸少年哈哈一笑，身軀一直，目中頓時放出神采來，寒酸的樣子，立時隨著他雙目一張而蕩然無蹤。襤褸的衣衫，也變得不再襤褸了，因為這寒酸少年此刻神采之中，竟自然有種令人不可逼視的華貴之氣。

他一笑過後，用手中的一卷破書指了指站在他面前的摩雲神手向沖天，嘴角仍然帶著一絲瀟灑的笑意，朗聲說道：「向老哥，你這真是太巧了，人家燕雲五霸天正要動刀子收拾我，你要是再不來，我這條命就得嗚呼哀哉了。」那昔年獨踹浙東七家鏢局又在雁蕩山將江南巨盜鐵騎金刀戴東驥一掌劈死，使得武林黑白兩道莫不聞名膽落的摩雲神手向沖天，聞言後便轉過身來，雙目電張，瞪在那厲文虎的臉上。

第二章　安樂公子

這摩雲神手向沖天一轉身，厲文虎面色就立刻為之蒼白起來，哪知向沖天僅僅朝他瞪了一眼，隨即又向那寒酸少年道：「老朽來遲一步，卻叫這些混帳冒犯了公子，老朽這就將他們拿下，聽憑公子發落。」

那寒酸少年朗聲一笑，緩步走了過來，一面又笑道：「向兄，我這可是說著玩的，你切不可認真！」說著，他剛好走到厲文豹身側，就將手中的那只蓋碗一揚，帶笑道：「厲二俠，這碗裡的梅湯還有少許，閣下可還要喝些？」

厲文豹見了這等陣仗，早已將驕狂之氣都縮回肚裡，聽了這話，一張臉漲得跟茄子似的，訥訥地說不出話來。

這寒酸少年又微微一笑，用手中的書拍了拍那瞪著眼發愣名叫展白的少年肩頭，道：「展壯士使得一手好劍法，真教兄弟羨慕得很，展壯士如不嫌棄，事完後務必請到寒舍聚聚，兄弟雖不才，卻最好結交朋友。」

展白臉色微微一紅，但仍然挺著腰板，拱手道：「公子太誇獎了，展白蒙公子解圍，此恩此德，永不敢忘，日後一定登門請教，拜謝公子今日的大恩。」

寒酸少年連連點頭笑道：「好，好，只是拜訪的話，再也不要提起。」說著又走到厲文虎身前，含笑接道：「厲大俠今日可否看小弟的薄面，高高手，放他們過去？厲大俠如果需要盤纏，千兒八百的，就由小弟送給諸位。」

鄭伯象直覺撲通一聲，心裡的一塊大石落了地，一面卻又暗地尋思：一出口就是千兒八百的，這少年好大的口氣，看他這種氣派，莫非也是那四個主兒的其中之一嗎？

那厲文虎連忙一拱手，強笑道：「公子的吩咐，小的怎敢不遵？公子的厚賜，小的更不敢領！只是還請公子示知大名，以便小的回去，對敝家主人有個交代。」

此話一出，眾人又都微驚，就以厲家兄弟的這種穿著打扮，誰又想得到他們另有「主人」？

寒酸少年眼珠一轉，仍含笑道：「想不到，想不到，聲名赫赫的燕雲五霸天，上面竟然還有主人。」他目光突地一凜，瞪在厲文虎身上，接著又道：「只是不知道厲當家的可不可以告訴兄弟，貴家主是哪位高人？難道厲當家的這次攔路劫鏢，也是奉命行事嗎？」

這時，那摩雲神手已走到寒酸少年身側，冷冷說道：「公子，您和這些人囉唆什麼！吩咐他們一聲，讓他們把鏢車駕走不就得了，您要是再和這班人客氣，他們就越發得意了。」

厲文虎到底也是武林中揚名立萬的人物，聽了這話，臉上青一陣，白一陣，但卻不敢發作起來，只得忍著氣道：「敝兄弟雖然是武林中的無名小卒，可是，敝兄弟的居停主人卻不是普普通通的武林道，江湖中人多多少少也得給他三分面子，只是——」

那摩雲神手一瞪眼，喝斷了他的話，厲聲道：「你怎的這麼多廢話！那小子的名字，你愛說就說，不說就快滾，回去告訴他，這趟事是我向某人管的，有什麼話，叫他都衝我向某人來說好了。」

這厲文虎面色越發變得鐵青，一跺腳，回身就走，一面招呼著道：「老二、老三，既然向老前輩這麼說，我們還不走幹什麼！」一調頭，朝那此刻站在旁邊已心安理得的胖靈官冷笑說道：「姓鄭的，今天是你的造化，不過我姓厲的告訴你，你車子裡那口箱子，可不是我厲家兄弟要的，要東西的人是誰，你心裡琢磨，要是你以後還想在江湖中混，趁早還是將東西送去，不然以後換了別人找你，可就沒有我姓厲的這樣好說話了。」

他這雖是向鄭伯象吆喝，其實卻是向那向沖天示意。

向沖天如今已逾知天命，在武林中混了三十年，對這話哪還會聽不出來用意何在？此刻他身形一動，快如閃電地掠到厲文虎前面，厲叱道：「好小子，你竟敢說這種狂話，今天我向大太爺倒非要把你留下來不可，看看你那主子有沒有三頭六臂，能把我向某人怎麼著。」一伸鐵掌，朝厲文虎當胸就抓。

厲文虎一擰身，旋右腳，躲開這招，還沒有來得及說話，那向沖天手肘一沉，左手已倏然往他腕子抓去，厲文虎甩左掌，再往後退，哪知這摩雲神手身手之快，的確不同凡響，根本連喘氣的工夫都不給人家，瞠目低叱一聲：「躺下！」拗步進身，左手原式擊出，右手微微一圈，竟剛好鉤住厲文虎的右腕，往外一扯。

厲文虎只覺半邊身子一麻，隨著人家這輕輕一拉，蹬、蹬、蹬，往前面衝了好幾步，到底穩不住身形，倒在地上。

這摩雲神手一伸手，就將名頭頗響的燕雲五霸天為首的厲文虎治得躺下來，眾人心裡都不禁倒抽一口涼氣。

那名叫展白的少年，更是暗叫慚愧，一種失望的感覺，倏地突上心頭，方才他原以為自己的身手已能在武林中爭一席地位，自己身上負的那一段血海深仇，也有了報復的指望。但此刻見了人家的身手，才知道自己仍然差得太遠，心裡一難受，長歎一口氣，垂下頭去，但覺眼下茫茫，前途又復渺然。

這一刹那間，各人的感受自然都不相同，那厲家四兄弟更是一個個面孔發脹，站在那裡，進又不是退又不是，不知該怎麼好。

向沖天目光四轉，凜然在那厲氏四霸天的臉上溜過，驀地厲喝道：「你們還不給我滾，回去告訴你們主子，就說厲文虎已經給我扣下了，他有什麼手段，儘管衝我向某人施展好了。」

那寒酸少年卻又微微一笑，道：「向兄火性仍然不減當年，難怪昔年武林宵小，一聞摩雲神手之名，就惶然色變，但是——向兄，你卻也犯不著生這麼大的氣。」

說著，他竟伸手將厲文虎從地上扶起來，微微笑道：「厲當家的你這可就不對了，令居停主人到底是誰？你也該說出來呀，難道兄弟這麼不才，連貴主人的名字都不配聽嗎？」

那厲文虎一跤跌在地上，將身上的那一襲華服弄得到處是灰，臉色忽青忽白心裡羞憤已極，咬著牙沉吟了半晌，猛一跺腳，恨聲道：「我厲文虎今日被這樣作踐，這只怪我姓厲的學藝不精，但──」他轉身朝著向沖天一咬牙，接著又道，「向大俠，你要是對我所說有關敝居停主人的話不滿，何必對我們這種晚生後輩動手？你可以找敝居停主人，教訓他去，只怕──你也認為敝居停主人太不才，不值得你教訓？」

向沖天目光又一凜，張大眼睛，叱道：「姓厲的，你──」

卻被寒酸少年含笑攔住，道：「向兄，別發火，別發火，聽他說下去吧，此人倒引起小弟的興趣來了，如果小弟猜得不錯的話，那倒真可能有戲唱了！」

厲文虎雙睛瞪在向沖天身上，右手一伸，伸出四根手指來，冷冷接著道：「敝居停主人住在南京，姓金，就是這位主兒，向老前輩，想必也知道他吧！不過以向老前輩這種身分，自然也不會將他放在眼裡。」

可是這一向獨斷獨行、素來心高氣傲的摩雲神手，在看了他這手勢，聽了他這話之後，雖然極力控制自己的情緒，臉上的顏色卻仍然不禁變了一下。

那胖靈官和石猴侯麟善，這時更是面容慘變，互相對望了一眼，那鄭伯象一張嘴，像是想說話，卻聽那寒酸少年仰天大笑了起來，他心中一動，將嘴邊的話又忍住了。

這一來，那厲文虎反倒愕住了，他只望自己說出主人的名字後，別人一定會大驚失色，甚至將自己所要的東西雙手奉上都未可知，這寒酸少年雖然一定也有來頭，但比起自己所說出的這人來，也一定大大遜色，摩雲神手武功雖高，卻也萬萬惹不起這人，是以他神色之間，才會有那樣的態度，哪知這寒酸少年聽了自己所說那足以震動江湖的名字，卻縱聲大笑起來。

這寒酸少年笑聲未住，卻將手中始終托著的那只寶藍蓋碗的碗蓋，用兩隻手指夾了起來，朝這厲文虎面前一晃。

厲文虎目光動處，看到在這碗蓋裡面，卻寫著幾個字，他目力本佳，忙凝睛一看，只見這碗裡面竟赫然寫著「安樂公子最風流」。

字是朱砂色，形如龍飛鳳舞，筆力蒼勁，下面還署著下款「錚兄清玩，樊非拜贈」。

這些字跡一入厲文虎之目，厲文虎只覺眼前一花，險些又一跤跌在地上，微微抬頭，看到這寒酸少年仍在帶笑望著自己，頭不禁往下一垂，卻又看到寒酸少年那雙已經破爛不堪的鞋子，此刻在他眼中，已截然有了另一種價值了，因為芸芸天下，又有誰敢說穿在安樂公子雲錚足下的鞋子是不值一文的？

這素來陰鷙深沉的厲文虎，此刻也變得手足失措了起來，因為他知道自己所倚仗的人，在這人面前，已不是自己能夠倚仗的了。

那寒酸少年哈哈一笑，道：「厲當家的，你此刻該知道小弟是誰了吧？那麼，就請回去上復金公子，就說今天賣了我雲錚一個面子，哈哈……」他朗聲一笑，又道：「我和祥麟公子雖然無緣見面，但卻早已傾慕得很，還請厲當家回去代在下向金公子問好。」

厲文虎此刻再也硬不起來了，唯唯答應著，那雲錚又一笑道：「厲當家的此刻事情既已了結，兄弟也不便屈留大駕，如果日後有興，閣下不妨到蘇州寒舍去盤桓幾天，哈哈……厲當家的就請便吧！」

這時不但厲文虎慄然色變，其餘的人也不禁都交相動容，厲文虎諾諾連聲，倒退著走了兩步，又深深一揖，一回身，走向林邊。

厲氏兄弟們立即都跟在後面，這方才還不可一世的燕雲五霸天，此刻卻一個個垂頭喪氣，一言不發地走了。

少年展白，瞪著大眼睛站在旁邊，將這一切事都看在眼裡，聽在耳裡，他看到這安樂公子雲錚的飄飄神采，朗朗俠行，自己心胸之間，頓時也覺得熱血沸騰，不能自已。

那摩雲神手望著燕雲五霸天揮鞭急去的背影，哧地冷笑一聲，道：「南京城裡的那個主兒，最近也越鬧越不像話了，雲公子……」

雲錚卻朗聲一笑，截住他的話道：「向老師，樹大招風，名高惹妒，我何嘗乂不是臭名在外？江湖中的閒言閒語，多是聽不得的。」他語聲微頓，又道：「方才那叫什麼五霸天的，多半是借著祥麟公子的招牌，在外惹是生非，唉！這種事，我也經歷多了，向老師，你還記不記得，呂老六那次在鎮江惹禍，不也掛著我的招牌嗎？若不是樊大爺知道我，不又是一場是非？」

摩雲神手聽了，臉上雖仍微有不悅之色，但還是唯唯應了。

少年展白看在眼裡，對這安樂公子這種恢宏氣度，不禁又暗暗為之心折。

那兩個九城名捕，此刻早就堆著一臉笑，蹩了過來，一齊躬身施下禮去，誠惶誠恐地說道：「小的們有眼無珠，剛才沒有認出您老人家來，今天小的們承雲公子您老人家仗義援手，實在感激不盡，只是小的們有公事在身，又不便多伺候您老人家，只好以後再親到府上給您老人家叩頭。」

一面又轉過頭，朝摩雲神手向沖天躬身、施禮賠話。

雲錚微一揮手，含笑說道：「雲某此次適逢其會，理應替兩位效勞，談不上什麼感激。」

這穿著一襲寒衫的江南首富的公子，名重武林的「四大公子」之一，此刻目光一轉，卻轉到少年展白身上，含笑又道：「這位兄台好俊的身手，小弟日後倒想和閣下多親近親近，寒舍就在蘇州城外的雲夢山莊，兄台日後經過蘇州，千萬別忘了到舍下盤桓幾天。」微微一頓，又道，「還有，兄台回到鏢局裡，也請代小弟在茹老鏢頭眼前問好。」

少年展白指鋒沿著劍脊一抹，靈巧地回劍入鞘，他入鏢局雖未好久，但卻得武林世家的賞識不禁有些慚愧！正想啟口謙謝幾句，哪知眼前突然人影一花，自己掌中已經回鞘一半的長劍，不知怎的，已經到了人家手上。

這一來，他不禁為之大吃一驚，須知他武功雖不甚高，但卻曾刻苦下過工夫，眼力、手勁，在武林中已大可說得過去，但此刻明明他自己拿得極穩的長劍，竟會在一霎眼間被人家奪去，他大驚之下，凝目一望，卻見站在自己面前的，竟是那先前和摩雲神手向沖天一齊策馬入林的一個貌不驚人的瘦小老者。

而這瘦小老者，此刻手上正拿著自己那柄愛逾性命的長劍，一手把著劍柄，一手微捏劍梢，在若無其事地把玩著。

少年展白不禁劍眉微軒，隱含怒意，朗聲厲叱道：「朋友是何方高人？此舉是何用意？」

那安樂公子面上也微現詫色，走了過來，正待問話，哪知那瘦小老者手指輕彈，鏘啷將長劍彈出一聲龍吟，突地一整面色，沉聲向展白問道：「小朋友，你這口劍是哪裡來的？」

少年展白面上變得越發難看，大喝道：「你管不著！」

隨著喝聲，他竟左手「砰」的一拳，向那瘦小老者的面門打去，同時右手疾伸，去奪這老者手中的劍。

這少年年少氣盛，再加上自己的劍被奪去，竟不管人家是何身分，當著這些名重一時的武林名人，就伸胳膊動手了。

但是他雙手方才伸出，眼前卻又一花，已失去那瘦小老者的行蹤，心中正一凜，左拳右掌已被人家輕輕托出，自己滿身的氣勁，竟再也一絲都用不出來。

只聽一個清朗的口音笑道：「兄台，有話好說，切切不要動手。」原來托住他一拳一掌的，就是那安樂公子雲錚。

少年展白盛氣不禁一餒，頹然收回了手，起先他心裡以為，這安樂公子能享盛名，不過大半是靠了他手下的食客多是能人而已。

但人家此刻一伸手，他心下就有數了，知道這安樂公子武功竟是驚人無比，但是，他雖明知自己的武功比人家差得太遠，仍忍不住氣憤憤地道：「雲公子，你這是幹什麼？假如公子要這口劍，只要公子開口，小弟一定雙手奉上，公子又何必這麼做呢？」

他這話已說得很重，但是安樂公子面上仍微微含笑，一點也不動氣，伸手拍了拍他的肩膀，道：「兄台，你誤會了，你誤會了！」一面卻側過頭，朝那已轉到展白身後的瘦小老者道：「華老師，你快別和人家開玩笑了，把劍還給人家吧！」他哈哈一笑，指著這瘦小老者向展白道：「兄台，來，讓小弟引見引見，這位就是江湖人稱『追風無影』的華清泉老師，兄台放心，華老師絕不會恃強奪劍的。」

這「追風無影」四字一出，方才看到這瘦小老者的身手卻不知道他是誰的人，都不禁大吃一驚！目光都轉到這貌不驚人的老者身上，幾乎有些不相信此人就是名震天下，以輕身小巧之術馳譽武林，江湖人稱「第一神偷追風無影」的華清泉，也想不到此人竟也被安樂公子收羅了去。

追風無影華清泉卻仍寒著臉，緩緩又走到少年展白的面前，沉聲道：「我問你，你這口劍是哪裡來的？你姓什麼？叫什麼名字？誰是你的授業師父？」

他一連聲又問了這幾句話，生像是沒有聽到雲錚的話似的，此時不但雲錚面上收斂了笑容，摩雲神手臉上也微微變了色。

那兩個六扇門裡的名捕，此刻老早站到遠遠的，他們一聽追風無影的名字，腦袋就發脹，再也不敢蹚進這渾水裡。

少年展白臉上更變得紙一樣煞白，瞪著眼睛，朗聲道：「華老前輩，我早就聽過你的名字，也知道你是武林裡成名的高手，可是我卻不知道你憑著什麼，要問我這些話！」

這追風無影冷冷一笑，竟沉聲又道：「朋友，今天你若是不好好把我問你的話說出來，我華某人立刻就叫你斃命此地！」

此話一出，眾人不禁又為之大吃一驚，那安樂公子強笑一下道：「華老師，你這是幹什麼？看在我的面上，讓這少年壯士把劍拿回去吧。」他又強笑了一聲，接著往下說道：「不然人家還真以為是我要這口劍哩！」

哪知這追風無影華清泉竟往後退了一步，仍鐵青著面色，道：「雲公子，我華清泉在武林中得罪的人太多，弄得不能立足，去投奔您，承您不棄，待我如上賓，我華清泉感激您一輩子，只要您雲公子一句話，叫我華清泉湯裡去，我就湯裡去，叫我華清泉火裡來，我就火裡來，可是——」他目光突地一凜，在那少年展白身上一轉，沉聲接道：「可是今天，我卻非要問清楚這口劍的來歷，問清楚這少年的來歷不可，他要是不說出來，我華清泉縱然落個以強凌弱，以大壓小的罪名，也顧不得要將他這條命擱在這兒。」

這位曾經一夜之間連偷京城七十三家巨宅的江湖第一神偷，此刻面寒如鐵地說到這裡，突地身形一動，宛如一道輕煙般升起，瘦小的身軀拔到兩丈五六處，雙足微微一蹬，竟在空中打了個盤旋，掌中長劍一揮，只見一道碧瑩瑩的劍光，像是在空中打了個厲閃，「咯嚓」一聲，竟將一股粗如大碗公般的樹枝，一劍斬成兩段，「嗶」一聲，那段樹枝帶枝連葉地落了下來，這追風無影又在空中輕揮一掌，將這段樹枝擊得遠遠的，身形才飄然落下。

華清泉露了這麼一手足以驚世駭俗的功夫，兩腳丁字步一站，仍然沉著臉，厲聲道：「誰今天要管我華清泉的閒事，他就是我華清泉的老子，我也得跟他拚了。」

安樂公子素以氣度曠達見稱於天下，此刻卻也不禁面目變色，正待說話，那摩雲神手卻一個箭步掠了過來，沉聲道：「華老師，你這是幹什麼？你敢對公子這麼無理！」

這追風無影此時手裡正緊緊抓住那口寒光照人的長劍，聞言回過頭來，冷冷道：「向沖天，你我可有幾十年的交情，你難道還不清楚我的一切？你難道眼睛瞎了，看不出這口劍是什麼劍？是什麼人的？」

他越說神情越激動，摩雲神手向沖天不禁愣了一下，目光朝這口劍上著實盯了幾眼，突地像是想起了什麼，面色立刻大變，訥訥地想開口，卻又忍住了，竟橫過兩步，走到一邊去，兩道目光，卻仍緊緊瞪在那口劍上。

少年展白臉上青一陣，白一陣，此刻突地沉喝道：「華大俠，你是武林中成名立萬的人物，我是初出茅廬的小夥子，可是我今天就是不說，我倒要看看你這個成名露臉的人物能把我怎樣！」說著，他一面嘿嘿冷笑，胸膛挺得更高，兩隻大眼睛瞪得滾圓，發著光，一面又道：「而且，華大俠我告訴你，你快把劍還我，不然只要我一天不死，我縱然賠上性命，也要將這口劍奪回來的。」

追風無影目光更凛如利箭，左腳邁前一步，厲聲道：「你真的不說？」

少年展白一挺胸膛，也厲聲叱道：「不說又怎的？快還劍來！」

語聲一了，眾人但見眼前劍光突長，那追風無影竟人喝道：「那今天我就要你的命！」嗖嗖兩劍，如閃電般飛向展白，這成名武林已近三十年的人物，竟真的向一個名不見經傳的少年動起手來了。

那安樂公子雲錚再也忍不住，身形一動，已擋在展白前面，將手中的那只寶藍蓋碗一舉，竟以之去擋那追風無影的劍光，口中亦喝道：「華老師，你真的要動手？」

華清泉一招兩式，其快如風，已發到中途，但此刻卻也不得不硬生生將劍招撤回來，手腕猛挫，那口劍竟驟然停在那只寶藍色的蓋碗前面，只要再差了毫釐，他就得將這只蓋碗毀了。

他這種手勁拿捏之妙，端的是恰到好處。安樂公子平伸掌心，卻一動也不動地將這只蓋碗托在手上，架住那口劍，說道：「華老師，你若是真要動手的話，也得說出個原因來吖！」

這追風無影握著劍的腕子微顫了幾顫，顯見是在強忍著激動的情感，劍尖顫動間，碰到那只寶藍色的蓋碗，發出幾聲輕微的鏘啷聲，但是安樂公子托著蓋碗的手，仍然動也不動。

兩人目光相接，華清泉倏地腳跟一旋，退後一步，他終究不敢向這安樂公子出手，輕輕長歎了一聲，搖首說道：「雲公子，你又何必插手管這件事哩！」

那摩雲神手向沖天，此刻竟也一步掠來，雙手疾伸，輕輕從雲錚手裡接著那只蓋碗，卻沉著聲音向雲錚道：「雲公子，華老師是有道理的，公子還是不要管這件事好了。」

安樂公子緩緩放下手來，心中卻不禁疑雲大起，他知道這摩雲神手向沖天，混跡於江湖中的日子極久，眼面極廣，是個極精明強幹的人物，他既然如此勸自己，那此事必有道理。再加上這追風無影也不是輕舉妄動的人，當然更不會是為了貪求這口寶劍，而要去取這少年的性命。

但是，這追風無影在外面的仇家雖然多，可也絕對不會和這初出江湖、任事不懂的年輕人結下樑子呀？那麼，他此刻如此逼著這個少年，卻又是為著什麼原因呢？

安樂公子想來想去，卻也想不出這其中的道理，他乾咳一聲，道：「華老師，假如你真的有什麼重大的事，那麼我也不便管，可是……」

他微微頓了頓，又道：「依我之意，你還是在這裡當著外面的朋友，將這事說清楚才好，否則外面傳了出去，於你華老師的清名也有損，華老師，這事若是光明正大的，那麼你就說出來，又有何妨呢？」

他嘴裡這麼說，心裡卻在想：這追風無影緊緊逼著追問一個少年所有的寶劍的來歷，又緊緊逼著追問人家的姓名、師承，而他和人家卻非親非故，這其中又會有什麼光明正大的理由呢？

那少年展白此刻也大喝道：「對了，華大俠，你到底憑著什麼要問我不願回答的話？這口劍是屬於我的，你憑著什麼搶去？你有什麼理由，你就說出來好了。」

這追風無影目光一凜，一絲寒意倏然泛上他那乾枯、瘦削的面孔，冷冷注視了這少年半晌，突地道：「你難道真不知道我問你這些話的用意？你難道真不知道這為的是什麼理由？朋友，你要是在我姓華的面前裝蒜，嘿嘿，那你可走了眼了。」

少年展白一聽這話，卻愣了一愣，還未來得及答話，只見那安樂公子雲錚向他掃了幾眼，卻道：「華老師，這位少年壯士雖然和我僅係一面之識，但我卻看得出來，他絕不是奸狡虛偽的人，華老師最好還是將為什麼要問他的原因說出來吧，這原因是光明的，相信這少年壯士絕對不會知而不言。」

說著，他又望了這少年展白一眼，只見他面上露著感激知己的神情，正也望著自己，兩隻大而有光的眼睛，滿是正義之氣，他確信自己絕不會看走了眼，遂下了決心，若是追風無影說不出一個理由來，那麼自己縱然拚著得罪他這個武林高手，也得助這少年一臂之力。

第三章　無情碧劍

這追風無影華清泉長歎一聲道：「公子既如此說，此事說出亦無妨，只是——唉！」

他目光竟轉向那摩雲神手向沖天，又道：「向兄，想來你也知道我此舉之故，還是向兄說出來吧，故人雖已逝，往事卻仍然令小弟心酸。」他雙目突地一張，神色已變激昂：「此事說出後，若有人還認為我此舉不當的，我華清泉便立刻橫劍自刎，絕對不用別人動手。」

他說完這些話，那少年展白臉上的肌肉突地抽動了一下，像是也想起什麼，又像是有什麼難言的隱衷似的。

摩雲神手向沖天伸手微撫頷下的花白短鬚，也長歎一聲，道：「公子，你可曾聽說過，二三十年前，武林中曾發生過一件驚天動地的大事，這件事曾令天下豪傑之士為之扼腕？」

他略為停頓一下，見那安樂公子雲錚面上已倏然動容，又微喟接道：「距今二三十年前，江湖上有位驚天動地的英雄，此人一生行事，光明磊落，尤其古道熱腸，急公好義，江湖中人無論哪一路的朋友，沒有不曾受過此人恩惠的，近百年來，此人在武林中德望之隆，據我所知，實在無人能超越他的——」

他話聲又微頓，那安樂公子卻已脫口道：「向老師，你說的是不是那位『霹靂劍』展雲天展大俠？」

此話一出，那少年展白忽然慘白，突地一擰身，雙足猛頓，往外就躥，竟想越林而去。

但他身形方動，那追風無影已厲叱一聲，暴喝道：「朋友，你給我留下來。」身形毫未作勢，已刷地掠出三丈開外，少年展白只覺眼前一花，這追風無影已攔在他前面。

他面色一變，一扭腰，往側面就撲。

但是他在這以輕功見重武林的追風無影面前，怎的逃得出去？那華清泉腳步只一錯，又攔在他前面，左手疾出，駢指如劍，風聲颼然，直點他乳上一寸六分間的「膺窗穴」，一面又喝道：「好猴兒崽子，你想溜？你這是在做夢！」

少年展白身形施動間，胸前風聲已至，他腳步猛挫，轉蜂腰，揮左掌，抄著這追風無影的手腕便切，身手也頗快捷。這一掌剛剛遞出去，只覺肘間一麻，自己的身軀，便再也無法動彈，他自知已被人家點中穴道了。

於是他在心裡暗歎一聲，又暗恨世人，為什麼當一個人自己不願提起自己身世的時候，別人卻偏偏要逼自己說出來？

這追風無影指尖微拂處，點中了少年展白肘間的「曲池穴」，鐵腕一抄，穿入他的脅下，隨即一震腕子，遠遠地將這少年朝摩雲神手向沖天拋了過去。

摩雲神手雙掌微伸，竟像是毫不費力般，就接住了他的身軀，再隨手拋在地上。華清泉卻已掠了過來，冷冷望了雲錚一眼，雲錚劍眉微皺，這事發展至此，他也越來越糊塗了。

他絕對想不到，這少年在一提起霹靂劍三字時，便立刻溜走，他也忖度不出這其中原因，不禁暗中思索道：「難道這年紀輕輕的少年，竟和二三十年前那霹靂劍展大俠之死有著什麼關聯不成？」一念至此，目光掠過那還在追風無影掌中持著的長劍，不禁心中又是一動，駭然又忖道：這位第一神偷緊緊逼著他問的原因，難道是因為這少年方才所使的劍，就是當年展大俠震懾江湖的「無情碧劍」嗎？

那追風無影面寒如水，冷冷說道：「雲公子，你此刻大約也已知道我為什麼要逼問他的原因了吧？昔年展大俠用這柄無情碧劍做過了不知多少恩情如天的事，但是蒼天無眼，卻讓展大俠不明不白地死了！雲公子！」他話聲又變得激厲起來，接著道：「休怪我斗膽說一句，公子你年紀還輕，你沒有看到展大俠在洞庭湖上死狀之慘，我卻看到了，我華清泉身受展大俠的活命再造之恩，可是，當我在洞庭湖上看到展大俠那具死狀慘不忍睹的屍身時，我……我……我竟連兇手是誰都找不出來！」

他悲哽著喘了一口氣，又咽下一口唾沫，像是要將已快爆發的情感按捺下去一些，又接著道：「二十年來，我無時無刻不在尋找著展大俠的仇家，但是我縱然用盡千方百計，也探查不出這班賊子究竟是誰來，總算天可憐我，今日讓我找出一些眉目來了。」

他說到這裡，安樂公子常帶笑容的面上，也不禁為之黯然。

只見這悲愴無比的瘦小老人，此刻舉目望天，又道：「雲公子，你可知道，當我發現這少年手中所持的劍就是當年展大俠的故物時，我心裡是什麼滋味？雲公子，我要是不將這少年得到此劍的來歷問清，我怎對得起我那在九泉之下的恩人？我要是讓展大俠冤沉海底，我還算是個人嗎？」

安樂公子聽了，神色越發黯淡，訥訥地竟再說不出話。

追風無影華清泉雙目有如火赤，突地一彎腰，左掌疾伸，在這少年的肩上、脅下一拍一捏，解開了他的穴道，卻用右手的長劍指著這少年的咽喉，目光如刃，厲聲道：「朋友，方才的話，你總該聽到了，我也知道你年紀還輕，不會是殺害展大俠的兇手，可是我卻得問問你，你這口劍是哪裡來的？你要是對我老頭子隱藏半點，哼！」

這瘦削嚴峻的老人語聲一頓，手腕微抖，劍尖顫動，碧光生寒，在這少年咽喉前三分之處一劃，厲聲接道：「今天我就要讓你的血，立時濺在這口劍上。」

劍光如碧，劍氣森寒，這華清泉枯瘦的手掌，緊緊抓在劍把上，生像是鋼鐵鑄的，動也不動，使得劍尖只是停留在這少年喉前三分之處。

安樂公子微喟一聲，目光流轉，只見這少年嘴角緊閉，雙眼炯然，面上竟然絲毫沒有驚懼之色，不禁暗暗讚歎：無論如何，這少年總算個鐵錚錚的漢子！

他心中正自思忖，卻見這華清泉語聲一落，那少年雙肘一伸，身形後滑，突地翻身站了起來，華清泉冷喝一聲道：「你這是找死！」長臂伸處，劍光如練。

哪知這少年身軀擰轉，竟「噗」地跪了下來，恭恭敬敬地向華清泉叩了三個頭。

安樂公子見了，長歎一聲，暗中搖頭，轉身走開兩步。

摩雲神手面上亦露出不屑之容，這少年若是倔強到底，他們或者會助以一臂之力，但此刻見他竟做出這樣舉動，不禁都對此人大起輕蔑之感。

追風無影也暗中一愕，腕肘微挫，將長劍收轉。

卻見這少年伸手入懷，掏出一個細麻編成的袋子，緩緩從袋中取出一方絲綢——想是因為年代久遠，這塊綢緞已失去舊日光澤，極其鄭重地將它拿在手裡，收回麻袋，挺腰站起，急行一步，走到追風無影身前，恭恭敬敬地將這方絲綢雙手捧到華清泉眼前，目光凝注，卻仍不發一言。

安樂公子袍袖微拂，緩步走向林外，回首哂然道：「向老師，我們該走了——」話猶未完，卻見那追風無影竟向那少年展白當頭一揖，面上神色激動難安，大反常態，雙目中滿是驚詫之色，緩緩伸手接過這方絲綢，鎮定的手掌，此刻竟亦起了微微的顫抖。

那少年展白愕了半晌，後退一步，躬身道：「老前輩可否將掌中之劍，賜還晚輩？」

這追風無影方才的當頭一揖，使得他亦是驚詫莫名，目光轉動處，見那安樂公子亦自停下腳步，吃驚地望著自己，摩雲神手回顧之間，顯然亦大為驚愕！

可是這些人心中雖感驚詫，口中卻都沒有問出來，只見追風無影華清泉左手捧著那方絲綢，呆呆地凝視了半刻，突地長歎一聲，電也似的倒轉劍尖——碧光一閃，血光崩現，安樂公子、摩雲神手，不約而同地大喝一聲：「華老師。」

兩人箭步一躥而前，卻見這縱橫武林一世的追風無影已倒在地上，頸間血流如注，竟連後話都沒有一句，就自刎而死。他那乾枯的手掌裡，仍緊緊抓著那方絲綢，長劍一碧如洗，瑩如秋水，橫置在他胸前，映得他扭曲的面孔，看起來竟有一分猙獰的感覺。

這一個突生的變故，有如晴天霹靂，使得每個人都愕住了，任何人連做夢都不會想到，這追風無影竟會突地橫劍自刎，事前不但沒有留下片言隻字，甚至連半點跡象都沒有。

摩雲神手雖是性情冷酷、深藏不露之人，此刻亦不禁顏色大變，瘦長的身軀一俯，將這華清泉的屍身斜抄了起來，只見他頸間傷痕甚深，頭軟軟地耷拉下去，面上的肌肉，痛苦地扭曲著，不知是因為生前的激動，抑或是死時的痛苦。

暮風吹過樹林，使得他激靈靈地打了個寒噤，轉目望去，只見那少年展白愕愕地站在旁邊，臉上鐵青一片，像是驚得說不出話來。

向沖天和追風無影相交多年，此刻橫抄著這曾經叱吒一時的武林高手的屍身，心中思潮澎湃，他深知華清泉的為人，知道他也正和自己一樣情感堅強，足以經得起任何重大的打擊，那麼他又為什麼在見到那方絲綢時，就突地如此呢？

他輕輕放下這具屍身，緩緩扒開那隻緊握著的手掌，取出那方絲綢來，乃見這方竟能使得一個武林高手喪失性命的東西，只是一塊極其普通的布料，本來雖然也曾是鮮豔的，但此刻卻已舊得泛黃，而且四側絲線脫落，極不規則，像是由一塊大綢子上用重手法扯落的。

那麼，在這一小塊極其普通的絲綢裡，又隱藏著什麼巨大的秘密呢？

摩雲神手心思轉動間，突地掠起如鷹，身形輕折，疾伸鐵掌，刷地向那少年當胸擊去。

哪知這少年展白卻仍然動也不動，目光凝視，好像是什麼也沒看到。

向沖天大喝一聲，腕肘微抖，突地變掌為抓，五指如鉤，鉤住這少年展白的手腕，左掌一揚，將掌心那方絲綢送到他的眼前，厲聲喝道：「這是什麼？」

少年展白緩緩抬起眼睛來，呆滯地望著他，卻搖了搖頭。

摩雲神手鉤住這少年展白左腕的右手，突地一緊，一雙鷹目，其利如電，瞬也不瞬地望在這少年面上，又厲聲喝道：「朋友，你究竟是什麼人？這塊破布究竟是什麼東西？」

一種深入骨髓的痛苦，使得這少年展白的一條左臂幾乎完全失去知覺，但是他仍然強忍著，嘴中絕不因任何痛苦而呻吟出來，只是深深地又搖了搖頭，這方絲綢雖然是他自己取出的，但他和別人一樣，也在驚異於這件突生的變故，驚異於這方絲綢的魔力，因為他亦是一無所知。

摩雲神手雙眉一軒，右掌微擰，少年展白禁不住輕輕一哼，他知道只要人家再一用力，自己的手腕便得被生生擰斷。

但是他生具傲骨，求情乞免的話，他萬萬說不出來，別的話，他卻又不知該說什麼好，因為這方絲綢，確是自己取出交給那追風無影的，而追風無影又確是為此而橫劍自刎。

他心中暗歎一聲，忖道：其實我又何嘗知道此事竟會如此發展？我若知道追風無影會因此而死，那麼我也萬萬不會取出這方絲綢來——

抬目一望，卻見那始終俯首凝思著的安樂公子雲錚緩步走了過來，徐然伸出手臂搭在向沖天的左掌上，將向沖天的鐵掌從自己的腕間移開。

向沖天面色微變，沉聲道：「公子，你這是幹什麼？」

雲錚輕歎一聲，卻不回答他的話，轉過頭去，向那少年展白緩緩道：「兄台亦是姓展，不知是否就是那霹靂劍展老前輩的後人？」

展白身軀一挺，道：「小可庸碌無才，為恐辱及先人，是以不敢提及。此刻公子既然猜中，唉！」他左腕之間，雖仍痛徹心脾，卻絕不用右手去撫摸一下。

安樂公子微微一笑，道：「這就是了，兄台如不是展大俠的後人，方才也就絕不會對那——華老師屈膝的。」

他語聲微頓，少年展白立刻長歎一聲，道：「先父慘死之後，小可不才，雖不能尋出元兇，但親仇如山，並未一日或忘。」他望了華清泉倒臥著的屍身一眼，又自歎道：「華老前輩義薄雲天，對先父的恩情，又豈是小可叩首能報萬一的？卻又怎知——唉！」

他長歎一聲，結束了自己的話，胸中卻覺得情感激動難安，因為他感到自己有生以來，命運坎坷，很少有人對自己加以青眼的，而今這安樂公子雲錚，不但對自己屢屢維護，最難得的是，自己竟從這僅見一面的初交身上，獲得一份世間最為難求的瞭解。

摩雲神手向沖天左掌一攤，卻又攤出那方絲綢，沉聲道：「如此說來，此物又是什麼？」

展白目光一垂，歎道：「這個麼……小可卻也不知道因何會使華老前輩如此——」他心中突地一動，倏然頓住了話。

卻見那安樂公子已含笑道：「兄台是誠信君子，既然如此，小弟萬無信不過兄台之理，而且此事太過離奇，亦非我等能加以妄測，只是——」他語聲一頓，倏然轉身，俯身拾起那柄碧光瑩瑩的長劍，用左手兩指夾住劍尖，順手交與展白，又自接口說道：「此劍神兵利器，大異常劍，武林中人知道此劍來歷的必定不少，兄台挾劍而行，如想隱藏行蹤，恐非易事哩。」

此刻日已盡沒，晚風入林，溽暑全消。

展白心中思潮翻湧，緩緩伸出手，去接這柄碧劍，一面訥訥道：「小可孤零漂泊，今日得識兄台，復蒙兄台折節傾蓋，唉！只是小可碌碌無才，卻不知怎樣報兄台此番知己之恩。」

哪知他手指方自觸及劍柄，林木深處，突地傳來一聲長笑，一條人影貼地飛來，其疾如矢，展白只覺肘間一麻，一個清朗的口音說道：「那麼，此劍還是放在區區這裡，來得妥當些。」

語聲之始，響自他身畔，然而語聲落處，卻是十丈開外，只見一條身量彷彿頗高的人影，帶著一溜碧光，電也似的掠了過去，眨眼之間，便自消失於林木掩映之中。

這條人影來如迅雷，去如閃電，輕功之妙，可說驚世駭俗，不但展白沒有看清他的來勢，就連摩雲神手及安樂公子都像是大出意外，不禁為之一驚、一愕，原先夾在安樂公子雲錚手上的劍，此刻竟已無影無蹤。

雲錚大喝一聲，身形暴長，嗖然幾個起落，往那人影去向掠去，摩雲神手向沖天目光一轉，冷笑一聲，雙臂微振，亦自如飛掠去。

展白微微愕了愕，眼見那向沖天的背影亦將消失，再不遲疑，猛一弓身，腳下加勁，便也追去。

耳畔只聽得身後發出焦急的呼喝聲，想必是那些始終遠遠站在一邊的鏢客、捕頭發出的，他也沒有駐足而聽。

他雖然施出全力，在這已經完全黝黑的林木中狂奔，但是片刻之間，他卻連那摩雲神手向沖天的身影也看不見了。

這片林木雖然占地頗廣，但是他全力而奔，何消片刻，亦自掠出林外，舉目四望，只見穹蒼似碧，月華如洗，月光映射之下，四野一片沉寂，卻連半條人影也看不到。

他微微喘了口氣，解開前襟的一粒鈕扣，讓清涼夜風當胸吹來，但心中卻仍是熱血如沸，紊亂難安，這兩個時辰中所發生的事，件件都在心中，然而卻件件使他思疑不解。

令他最感到奇怪的是，那追風無影華清泉，既是他故去父親的知交，那麼卻又為著什麼，一見那方舊了的絲綢就突地自刎？而自刎之前，心情顯得激動不已。

他長歎一聲，暗問自己：「這方綢布中，又隱藏著什麼秘密呢？」

這問題他自然無法解答，而另一件難解之事，卻又跟蹤而至。

他知道不但那摩雲神手向沖天已享譽武林，那安樂公子雲錚，更是在江湖上極有聲名地位的人物，是以他萬萬想不到，會有人竟敢當著這兩人之面，搶去自己的碧劍。

他又扯落一粒鈕扣，胸前的衣襟便敞得更開了些，自己裸露的胸膛，可以更深沉地領受到晚風的涼意。

但是他心胸之中，卻仍像是堵塞著一塊千鈞巨石，多年來的沉鬱，此刻像已積在一處，於是他的思潮，便不由自禁地回想到過去……那是很久很久以前了，他還是個方懂事的孩子，在一個其涼如水、星稀月明的中秋之夜，他和他母親，正自憶念著離家已久的父親的時候，他的父親果然像往年一樣，在中秋之前，趕回家來了。只是和往年不一樣，他爹爹此次帶回來的並不是歡樂的笑容，而是滿身的傷痕和不住呻吟！

去日雖已久，記憶卻猶新。此刻他仍清楚地記得那天晚上的一切，他爹爹那滿身的血跡，此刻也彷彿又在他面前跳動著，凝結成一片鮮紅的血色。而那簌簌風聲，卻有如那聲聲的呻吟。

他沉重地歎息一聲，從懷中取出那只細麻編成的袋子，不用打開，他就知道這袋子裡裝的是什麼，因為這曾是他終日把玩凝注的——一團乾髮、一段絲絛、一粒鋼珠、一粒青銅鈕扣、一枚青銅制錢和那方顯然是自衣襟扯落的絲綢。

這些都是他爹爹垂死之際交給他的，還掙扎著告訴他六個人的名字，要他以後見著他們時，將這些東西分別交給他們。最後，他記得父親顫抖地指著那柄劍，說道：「你要好好地……」

可是這句話還沒有說完時，他爹爹就死了，他那時年紀雖小，卻也知道他的爹爹不是常人，於是，他悲痛著爹爹為什麼要像常人一樣地死去，死的時候，面上甚至帶著痛苦的扭曲。

「你要好好地用這柄劍為我復仇。」

他痛苦地低語著，將他爹爹沒有說完的話，接了下去，多年以來，他無時無刻不在想著這句話，也無時無刻不為這句話而痛苦著，因為這麼多年來，他始終無法知道殺死他父親的仇人究竟是誰。

那是一段充滿了痛苦，痛苦得幾乎絕望了的日子，他和他母親，從未涉足過武林，根本不認得任何一個武林中人，武林中也從來沒有一個人知道霹靂劍展雲天還有妻子，他們雖然因此而躲過了仇家的追捕，卻也因此得不到任何援助。

於是他們輾轉流浪著，期冀能學得一份驚人的絕藝，但是他們失望了，直到他的母親也因痛苦和折磨而死去，展白學得的，仍是武林中常見的功夫，他雖然有過人的天資和過人的刻苦，但那也只是使得他的武功略比常人好些，距離武林高手的功夫，卻仍然是無法企及地遙遠。

於是，此刻他佇立在夏夜的涼風裡，慚愧、自責、痛苦地折磨著自己。

「即使我知道了爹爹的仇人，又能怎樣呢？我甚至連他遺留給我的劍都保存不了，我又有什麼力量為他復仇？」

舉目四望，眼前仍然看不到半條人影，唯有啾啾蟲鳴和颯颯風響，在他耳畔混合成一種哀傷淒婉的音樂。

他長歎一聲，舉步向前走去，只覺自己前途，亦有如眼前的郊野般黑暗，此刻他幾乎已渾忘一切，心中混混沌沌的，但覺萬念俱灰，什麼事都不放在心上了。

他埋葬了自己的母親之後，就孤身出來闖蕩，但是這對江湖一無所知的少年，能夠生存下去，已極不易，別的事他又有什麼能力完成呢？他憑著個人的勇氣掙扎著，終於讓他在那馳譽武林的鏢局裡找到一個職務，雖是巧合，卻也是困難的！而此刻他卻連這些也全都忘了，他忘了自己肩上仍然擔負著押鏢的責任，只是漫無目的地前行著，似乎在尋找一些他失落了的東西。

林木依然，星光亦依然，沉寂的夏夜裡，大地似乎沒有一絲變化，然而生存在大地上的人們的變化，卻又有多麼大呢？

展白行止止，心中暗暗希望那安樂公子能為自己奪回劍來，但他若是真的奪回劍來，那對展白來說，又該是一種多大的悲哀呀！自尊強的人，有誰願意從別人手上得回自己不能保留的東西呢？

「知了」一聲，一隻金蟬從他身側飛過，沒入他腳下的荒草裡，他茫然四顧一眼，目光轉動處，心頭不禁怦地一跳，一陣難言的寒意，卻從腳底直透而上。

群星漫天，月光將他的身影長長地映在長滿了荒草的泥地上，但使他驚悸的卻是，此刻在他的影子後面，竟映著另外一個影子——一個人的影子。

他大驚之下，還未來得及轉身，卻聽身後已傳來一聲厲叱，道：「你洩露了老夫的秘密，老夫打死你！」

他又是一駭！心中電也似的閃過一個念頭：「我何曾洩露過什麼人的秘密？他不要是認錯人了。」身隨念動，倏然轉了過去，卻見自己身後，不知何時，竟站著一個矮胖的老人。

月光之下，只見這老者滿面怒容，眼睛惡狠狠地瞧著地上的影子，竟又厲聲道：「你洩露了老夫的秘密，老夫打死你！」揚手一掌，朝地上映著的影子打去，只聽「呼」一聲，地上荒草亂飛，泥沙濺起，竟被這老者凌厲的掌風打了個土坑，這老者意猶未盡，身形未動，揚手又是數掌，掌風虎虎，竟是他前所未見。

他驚駭之下，不禁為之呆呆愕住了，飛揚起的斷草泥沙，沾了他一身，他卻渾如未覺，片刻之間，只見那片本來映著這老者人影的荒草地上，泥沙陷落，那條影子果真不成人形了。

展白心中一寒，轉目望去，卻見這老者目光亦正轉向自己，手指著地上的土坑，竟突地哈哈一笑道：「這種壞東西，非打死他不可，姓展的娃娃，你說對不對？」

展白心中又是怦地一跳。

「他怎的知道我姓什麼？」目光轉處，突地想起眼前老者，竟是方才和那追風無影華清泉、摩雲神手向沖天同時策馬入林的，只是自己方才沒有注意此人的行動，此人也從未有所行動，卻想不到他此刻竟會突然在自己面前出現。

第四章　辣手童心

少年展白心思轉處，卻見這老者伸出一隻肥胖而短小的手掌，道：「展娃娃，你把手上的東西交給老夫看。」

說著又哈哈一笑：「老夫要看看這裡面裝的究竟是些什麼東西。怎的拿出一樣，就送了華老猴兒的終？要是老夫也有個這樣的袋子多好！」

展白不禁後退一步，躬身道：「此乃先父遺物，老前輩請恕晚輩不能——」

話猶未了，那老者突地冷哼一聲，面上笑容盡斂，厲叱道：「你是給還是不給？」目光中惡毒之意竟又大現，就生像是方才瞪著那條影子時的神態一般。

展白心中一寒，想起他方才的掌風，不禁長歎一聲，心中暗罵：「怎的我今日遇著的盡是這些不可理解之事、不可理喻之人？」心裡一發悶，越發說不出話來。

卻見這老者面上神色更加不耐，緩緩地移動腳步，向他走來。展白從未逃避過任何事，但此刻仔細一想，自己何必和這種不可理喻之人夾纏？腳步微錯，口中喝道：「晚輩有事，恕不奉陪了！」刷地向林中掠去。

哪知耳畔聞冷冷一哼，眼前一花，那老者竟又擋在自己面前，厲聲喝道：「娃娃，你想跑？你不問問，有誰逃得過我費一童的！」

展白雖然初入江湖，但「費一童」三字一入他耳，卻不禁連連打了幾個寒戰，暗歎自己倒楣，今日居然遇著此人。

原來這費一童武功絕高，行事又極難測，縱然是武林中一流高手，也沒有不怕遇著這辣手童心費一童的。

展白此刻目光一轉，看到荒草地上，又映出了這費一童的影子，心念突地一動，指著地上的影子道：「費老前輩，你看這該死的傢伙又來了。」費一童目光一凜，望著地上的影子，緩緩揚起手掌來，展白心中自暗喜，哪知這辣手童心突地收回手掌，哈哈笑道：「來了就來了，老夫才不上你這個當。快把手上的東西拿來！」語聲方落，突地出手，電也似的往展白手上的麻袋子攫去。

展白大喝一聲，身形微長，向後倒蹿。

費一童哈哈一笑，手腕微抖，伸出小指，斜斜一劃，展白只覺左腕一麻，右手的麻袋便被人家攫了過去。

他微微定神，卻見那辣手童心身形已在兩丈開外，正搖搖晃晃地走入樹林；心中羞惱交集，再也顧不得別的，倏然兩個起落，便已追入林中，只見那費一童的身影，正在樹幹之間緩緩而行，一手拿著只細麻編成的袋子，另一隻卻在掏那袋子裡裝著的東西。

展白半日之間，連遭打擊，理智幾乎完全淹沒，立即像隻瘋了的猛虎般朝那彷彿在林中施然踱步的辣手童心撲了過去。

但這樹林枝幹頗密，那辣手童心費一童看來似在踱步，其實身法卻迅快無比，等到展白繞過十數株樹幹，發狂似的撲近時，這費一童卻又早已走得遠遠的了，一手從布袋裡抓出一團亂髮，往地上狠狠丟去，一面口中連連罵道：「原來這小子是個呆子，原來這個小子是個呆子，我當他這袋子裡放著什麼好東西，哪知卻是些臭垃圾。」手臂連揮，將袋子裡的銅錢、鋼珠、銅扣、絲絲，紛紛丟到地上，突又縱身躍起，左手抓住一根柔弱的枝椏，右手將袋子掛了上去。

展白抬頭望去，只見這枝椏離地竟有三丈，但費一童身軀吊在上面，卻像是四兩棉花似的，隨著這柔弱的枝椏上下彈動。

他大喝一聲，亦自縱身撲了上去，哪知身形掠起不及兩丈，就又「撲」地落了下來，費一童哈哈大笑，一翻身，橫跨到枝椏之上，望著地上的展白，笑聲得意已極。

展白心胸之中，怒火大漲，雖然明知這怪人武功遠在自己之上，但卻早將生死置之度外，繼續使足全力猛撲上去。

這次他竟躍至兩丈開外，眼見那枝椏已離頭頂不遠，伸手一抄，哪知拇指方觸著枝幹，就再也無法向上躍高一寸，只得又落了下來。

這辣手童心費一童拍掌大笑，突地像是得意過度，身子一歪，跌了下去。

展白暗哼一聲，準備只要他身形一落地，便狠狠給他一掌。

哪知費一童跌上一半，淩空一個「死人提」，身軀竟又筆直地翻了上去，四平八穩地坐到樹枝上，哈哈笑道：「小夥子，你要是能上得了這裡，我就把這破袋子還你。」

展白見他淩空吊著的兩隻腳，不住地來回晃動，而那根柔弱的枝椏，仍只被壓下一點，心知這怪人雖似瘋癲，武功卻高不可測，長歎一聲，方待回身走出，但轉念一想，暗罵自己：「展白呀展白，你這還算得什麼男子漢，遇著一點困難，便畏首畏尾起來，將來還能成什麼大事？不如死了算了！」

一念至此，他但覺心中熱血奔騰不已，突地一個箭步掠到樹下，手足並用地朝樹幹爬了上去，耳中聽到那怪人的笑聲雖仍未絕，但卻似乎已漸漸遠去，抬頭一望，枝椏上果然已空空地再無人影，那怪人已不知哪裡去了。

轉眼四顧，風吹林木，枝葉篩動，那種混合著譏嘲和得意的笑聲，也已消失在簌簌風聲裡，展白怔了一怔，見那只袋子仍在樹梢隨風飄動，便再爬上幾尺，伸出右手去抓那只袋子，但枝長五尺，手長卻不及三尺，他空自著急，無論如何也無法將袋子攫在手裡。

袋子仍在搖動著，彷彿那怪人的聲音，譏嘲而又得意；展白暗中一咬牙，擰身一撲，將它抓在手中，但身軀已無著力之處，「噗」地掉到地上，蹬、蹬、蹬衝出數步，方自站穩。

一時之間，他心中羞、怒、愧、惱，交相紛至，也不知究竟是什麼滋味，伸手一探，袋中早已空空，只剩下那方褪色的絲綢。但他腦子裡卻堵塞著太多的事，多得他自己也整理不出一個頭緒來。

樹林之中，雖有月光漏入，但究竟是黑暗的，他茫然舉步而行，既忘了自己從何而來，也不知將要從何而去，不由暗中譴責自己。父親的遺命，朋友的重托，自己竟沒有一樣能妥善地完成，就是父親臨終之際那麼慎重地交給自己的東西，此刻也全都從自己手中失去了，他縱有心一死謝罪，卻又有何顏面見父親於九泉之下呢？

於是他開始在地上搜索，希冀能找回被那如瘋子般的怪人所拋去的東西，但在這連對面的人影都分不甚清的樹林裡，又怎能找到這些細小的東西？

也不知過了多久，他停下腳步，極力將心中紊亂的思潮壓了下去，目光四掃，見自己立身之處，竟還是方才遇著燕雲五霸天以及安樂公子等人的那塊林間空地，但此刻已人蹤全渺，就連那追風無影華清泉的屍身，都不知被誰搬去了。

抬目一望，林梢星月仍明，他暗忖道：此刻也不知是什麼時候了，我且在這裡歇息一下，等天光大亮，再入林去找找那些爹爹的遺物，唉！反正我現下已是無處可去，多留在這裡一刻，少留在這裡一刻，又有什麼兩樣？

他心胸之中，茫然已極，隨意尋了一塊石塊，倚著樹幹坐了下去，只覺思潮越來越是混沌，不知不覺地就睡著了，竟不知東方之既白。

睡夢之中，他彷彿又回到那有如黃金般的童年，慈祥的母親，正溫柔地拍著他的身子，嘴裡哼著一支不知名的兒歌。

於是他笑了，初升的陽光，正像慈母的手，溫柔地拂在他身上，一時之間，他不知此刻是真是夢，只覺得那拍在自己身上的手，竟越拍越重，終於一揉眼睛，醒了過來，耳畔卻聽得一個溫柔的聲音道：「朝露晨風，如此之重，你睡在這裡，也不怕著了涼嗎？」

這聲音越發真切，真切得使他也知道並非來自夢中了。他努力清醒一下自己的頭腦，張目一望，只見一個滿身華服的中年美婦，正站在自己身前，用一種無比慈祥的目光望著自己，而這種目光，他已久久沒有享受到了。

這中年美婦見他張開眼來，慈祥的臉上微微一笑，又道：「少年人不知珍惜自己的生命，到年紀大了以後，要後悔也來不及了。」

語音雖親切，其中卻似有種難以描述的憂鬱味道。

展白怔了一怔，翻身爬了起來，他本是至情至性之人，此刻見這中年美婦與自己素不相識，卻如此溫柔慈祥地對待自己，心中不禁大為感動，想說幾句感激的話，卻又訥訥地不知該說什麼好。

那中年美婦見到他這副樣子，目中的神色更為慈祥了，輕輕長歎一聲，又道：「男子漢志在四方，本應出來闖蕩的好，但是，唉，世上又有什麼地方能有家那麼溫暖呢？看你面目憔悴，顯見得在外面已經流浪很久了，你要是不怪我多嘴，你……你還是快點回家的好。」

說完輕輕一拍他的肩膀，轉身走了過去。

展白望著她的背影，心胸之間但覺熱血奔騰，不能自已，突然哀聲歎道：「我……我沒有家！」兩滴晶瑩的淚珠，在眼眶中轉了兩轉，終於忍不住流了下來。

那中年美婦走了兩步，聽到這句話，腳步一頓，又轉身回來，展白伸手一抹面頰上的淚珠，長聲歎道：「我一生之中，從沒有見過像夫人這樣的好人，所以忍不住——」

他語聲一頓，掃目望處，卻見樹林盡頭，停著一輛極為華麗的馬車，車轅兩側，竟有四個勁裝佩劍的大漢端坐馬上，不住地回頭望來，一個個濃眉深皺，似是不高興。

他心念一動，便又接道：「夫人有事，還是走吧，我……我以後一定會珍惜自己的生命的。」

他嘴裡如此說，心中卻在暗忖：其實生命有什麼值得珍惜的？我若不是還有父仇未報，就算立刻死了也不可惜，只是我連殺父仇人是誰都不知道，父親的遺物也被我弄掉了！

不禁又為之悲愴不已。

那中年美婦柳眉微皺，柔聲問道：「你年紀還輕，但言辭之中，卻怎的像是有著許多悲愴難解之事？唉！你們少年人總是這樣，還未識得愁滋味，就已如此憂鬱了，等到你像我這樣的年紀，心裡就是有憂愁煩悶之事，也不會說出來了，唉！欲說還休，卻道天涼好個秋，唉，少年人，還不笑一笑？大好生命，黛綠年華，都在等著你去好好享受哩！」

這中年美婦溫柔地說著，展白只恨不得她永遠說下去，抬頭一望，卻見她眼中的憂鬱之色，似乎更甚於自己，不禁暗忖：這位婦人衣衫麗都，風姿華貴，顯見不是達官貴人家眷，便是鉅賈富賈妻室，正是極有福氣之人，怎的卻有著如許煩惱？

又忖道：她和我素昧平生，就已如此對我，想見她平日必是極為慈祥的好人，她若真是煩惱，我豈能不為她解決？

他只知人家如此對待自己，自己便應加上十倍去報答人家，卻將自己的煩惱拋在一邊，至於人家的煩惱，是否為他所能解決，他也不管，一挺胸膛，朗聲說道：「我看夫人也像有著什麼煩惱之事，不妨告訴在下，我雖無用，卻還有些笨力氣，只要我能辦到的事，一定全力為夫人去做。」

那中年美婦展顏一笑道：「我與你素不相識，你為什麼要幫我的忙呢？」

展白不禁怔了一怔，訥訥地說道：「夫人如此問我答不出，但我流浪以來，就算躺在大雨之下，也從未有人管我，而此刻夫人卻如此照顧我，我若能為夫人效勞，便是最為高興之事了。」

說到後來，他只覺自己所說之話，正是天地間唯一的道理，是以聲調便越說越響，仍自惺忪著的睡眼，也露出神采來了。

那中年美婦目光轉了兩轉，似乎心中也大為感動，輕輕歎道：「唉，傻孩子，我只是乘車經過這裡，看到你睡在朝露之下，怕你著了涼，便下車招呼你一聲，這又有什麼了不起？我若真有什麼困難之事，要你去做，那你豈不是太呆了些嗎？」

展白長歎一聲道：「我不會說話，心裡想著的事，常常無法說出來！」

那中年美婦突地輕輕搖了搖手，道：「不說也好，反正我已知道你是個很好的孩子，你的好意，我會常常記在心裡的，唉——青兒的心，要是有你一半善良就好了，老天為什麼總是讓善良的人受苦呢？」

她伸手一撫兩頰，目光溫柔地在展白身上凝視半晌，又道：「不要忘記我的話，把心裡煩惱的事拋開，世上沒有家的人多得很，年輕人最要不得的就是自怨，你知不知道，生命中一些美好的事情，是要自己去創造的，若是意志消沉，不去奮鬥，這種人就只配受苦一輩子。」

她又微微一笑，轉身走去。

他站在樹下，呆呆地愕了半晌，那中年美婦所說的話，此刻仍然在他耳旁繚繞著：「……大好生命，黛綠年華，都在等著你去享受……生命中一些美好之事，是要自己去創造的……」他細細體會著這些話裡的含意，不覺想得癡了。

哪知林外馬蹄之聲復又大作，他抬目望去，只見三匹健馬，箭也似的衝進樹林來，堪堪馳到他面前，馬上的人各自一勒韁繩，那三匹馬昂首長嘶一聲，人立而起，馬上的騎士已掠下馬來，卻正是方才護在那中年美婦車旁的勁裝漢子。

展白微微一驚，又大為奇怪，不知道這三個大漢突地折了回來，是何用意。

那三個勁裝大漢，腳步沉實，身軀慓壯，兩邊的太陽穴鼓起如丘，一眼望去，便能看出俱是武功不弱的練家子。他們橫掃展白一眼，一言不發，便並肩向他走了過來，眼中更是殺氣騰騰。

展白大為詫異：這些人看來似要加害於我，但我卻一個也不認得，天下事怎的如是奇怪，總是要讓我遇著些無謂的煩惱！

念頭尚未轉完，這三個勁裝大漢已各自暴喝一聲，分作三個方向撲了上來。展白大驚之下，身形微塌，後退兩步，背脊緊緊靠在樹幹上，「霸王卸甲」、「如封似閉」，一連擋了三招。

那三條大漢冷笑一聲，叱道：「小夥子快些納命來吧，就憑這兩下子想在太爺們面前拚命，那你是在做夢。」三人聯手，刷、刷、刷，又是三掌。

展白武功本就不高，手中無劍，更要再打三分折扣，加上他疲勞未復，心神交瘁，此刻哪裡是這三條如龍似虎大漢的敵手，勉強又拆了數招，心裡忍不住想問：我和你們又有何冤何仇？你們怎的什麼話不說，就要我納命？但他乃十分倔強之人，口中卻絕對不問出來，因為只要一問，便顯得自己示弱於人，那是他寧可死去也不肯幹的。

這三條大漢冷笑連連，手底下越來越辣，竟都是武林中叫得出字號來的高手。展白一個疏神，前胸便「砰」地著了一掌，幾乎將他背骨都盡數打折，但他卻連哼也未哼一聲，「力劈華山」、「黑虎掏心」倏然攻出一拳，同時「進步撩陰」，一腳踢向右邊那大漢的下腹。

這一拳、一腿，正是他全身功力所聚，那三條大漢竟都被他逼退一步，尤其右邊那大漢久居江南，「南拳北腿」，南人本不善使腿法，此刻竟險些被展白一腿踢中。

他連退二步，方自拿樁站穩，大怒之下，突地反身一抽，從身後抽出一柄精光雪亮的鬼頭刀來，迎風一劈，喝道：「點子不軟，並肩子撤青子招呼他。」一溜青光，當頭向展白砍了下去，另兩人也各自抽出兵刃來，惡狠狠地撲向展白，一面縱聲笑道：「喂，你這小子可知道太爺們為什麼要宰你？嘿嘿，想是你這小子前生缺了德，今生叫你死了也是個糊塗鬼。」

展白既驚且怒，身影左避右閃，勉強躲了三數招，眼前刀光一晃，已到當頭，他全力擰身閃避，哪知腿上一寒，卻已中了一刀。他暗歎一聲，知道今日已是凶多吉少，他雖未將生死之事放在心上，但想到父仇未報，就此死去，真是死不瞑目。一念至此，勇氣大增，奮起精神，又拆了數招，腿上的疼痛也不覺得了，哪知左臂又是一寒，被刀鋒劃了一道長達一尺的口子。

這時他縱然有著無比的勇氣，為生命而搏鬥，但身上的刀傷疼痛，卻使他再也無法支持，暗歎一口氣，方待飛身撲上，將右側那大漢緊緊抱住，讓他陪自己一齊死去。

哪知林外突又馳入一匹健馬，尚未到達，馬上已自喝道：「陳清、陳平，你們還不給我住手！」語聲清脆，竟是那中年美婦的口音。

那三條大漢對望一眼，一齊退了開去，右邊那個，口中卻向展白低聲罵道：「小夥子你再敢對我們夫人……」

言猶未了，只聽「啪」的一聲，他臉上已著了一掌，面容驟變，一眼望去，卻見站在他面前的，正是那中年美婦，已不知何時掠下馬來，以及用什麼身法摑了他一掌，同時還在怒叱道：「你說我什麼？」

那勁裝大漢空自氣得面目變色，口中卻不敢吭半句。

那中年美婦冷笑一聲，道：「你們近來也越來越不像話了，動不動就要殺人，這少年才和青少爺一樣大，就算老爺子親眼看見我和他說話，也不會怎的，你們這些狗仗人勢的奴才，卻來多什麼事？若不是我一發現你們不在就趕了來，人家年紀輕輕，豈非要被你們傷了性命？」

她罵一句，那三條大漢面上就變色一下，卻沒有一個人敢抬起頭來，只聽她哼了一聲，又叱道：「還不遠遠地滾開去！」

這三條大漢俯身垂手，一連退了五步，才一齊擰轉身子，頭也不回地往林外奔去，連馬都忘記牽走。

展白身上的刀傷，雖然痛徹心脾，但知覺仍未失去，眼看這美婦縱馬入林，摑了那大漢一掌，心中不禁暗叫「慚愧」，他本以為這婦人是個弱不禁風的富室貴婦，再也想不到人家的身手，竟遠遠高出自己之上，而自己先前卻說要憑著一些力氣，來幫人家解決煩惱。

後來他見到這婦人面帶秋霜，一掃先前的溫柔之態，將那三個武功甚高的勁裝大漢罵得狗血淋頭，而這三人非但不敢還口，並且畏懼之色表露無遺，心裡不禁更感奇怪，不知道這婦人究竟是何許人物。

那中年美婦目送那三條大漢如飛奔出林外，方始轉過頭來，走到展白身前。

展白強笑一下，道：「多謝夫人搭救，不然……」

哪知話未說完，這中年美婦突地指著他叫出一聲「哎喲」。

展白不禁為之一愕，抬眼望去，只見這中年美婦月光之中，滿是關懷之情，緩緩說道：「你們年輕人真是……你知不知道你自己有病了？」

展白又強笑一下，卻見她接著又道：「方才我還沒有看出來，但覺就算你身子是好好的，在這凌晨露重的時候睡在這裡，也是極為不妥，現在……唉！要是風寒入骨，內外交侵，那……」

她輕輕歎息一聲，中止了自己的話。

展白只覺她言辭之中所含的溫馨慈祥，竟是自己一生從未領受過的。一時之間，心中滿含感激之情，呆呆地望著這中年美婦，好久好久都說不出話來。

他愕了半晌，轉目望去，只見道上已有行人，而且像是馬上就要走進樹林了，心中長歎一聲，向那中年美婦長揖及地，道：「小可孤零漂泊，夫人竟如此相待，小可不敢言報，只有深銘於心，終生不忘。」

他語聲微微一頓，又道：「只是小可身子倒還粗壯，就算有了些微傷，也還支持得住，夫人也不必以此為念。」

那中年美婦輕輕搖了搖頭，道：「你可知道，你外表看來雖然還不怎樣，但目中神光已散，依我觀察，你不但受了傷，而且傷還不輕，習武之人，不病則已，一病下來，便是不可收拾！唉，你年紀還輕，有許多事你還不知道，我的話你該聽聽，我相信我絕不會看錯的。」

展白心中一動：「難道我真的傷得不輕……」暗中試一調息，果然發現胸臆極不舒暢，須知他心中積鬱本深，雖仗著先天體質極佳，尚未病倒，但昨夜他連遭各種變故，心情大大激動，方才又和那三條大漢一番激鬥，受了外傷，正是內外交侵，眼看就要倒下去了；只是一時之間，他自己還未覺察而已。那中年美婦輕歎一聲，又道：「你聽我的話，趕快回家……或是找個知心朋友之處，好生歇息些時。」

她說著伸手入懷，取出一個上面滿鑲珠寶，製造得極為精巧的小盒子，緩緩打開，非常慎重地從裡面拿出一個軟緞包著的小包，小心地展了開來，裡面竟是一粒像是琥珀般的赤紅丹丸。她用拇、食二指夾起這粒丹丸，送到展白面前，又道：「我一時大意，不知道那些蠢漢竟是如此無聊，害得你受了傷，唉……我雖然知道你不會怪我，但我心裡還是難受得很，這粒藥丸我保存了許多年，對你也許有些用，你拿去吃了吧！」

展白緩緩伸出手掌，接了過來，只見這粒赤紅的丹丸，在自己掌心不住地滾動著，心中想到自己一生的遭遇，不覺悲從中來，訥訥說道：「我……我沒有家……也……也沒有朋友，我沒有家……也沒有朋友。」心胸之中，悲愴不已！熱血翻湧，但覺眼前這粒赤紅丹丸，越滾越快，竟變得一片赫紅，像是有一團火，在自己四周燃燒著，「哇」的一聲，張口吐出一口鮮血來，閉目晃了兩晃，終於倒了下去。耳畔但聽得那中年美婦驚呼了一聲，便什麼都不知道了。

第五章　凌風公子

展白昏迷之中，只覺車聲轔轔，顛簸不已，又似聞水聲淙淙，彷彿在水上，但腦中卻始終是一片混沌，有時覺得自己又回到許久許久以前，還躺在媽媽那溫暖的懷抱裡，有時又覺得自己赤手空拳，正在和無數個手持利劍的惡魔拚命激鬥，自己一會兒將這些惡魔全都打跑，但一會兒又被這些惡魔打倒地上，那無數柄利劍就在自己身上一分一寸地切割起來。

終於一切聲音歸於靜寂，一切幻象也全都消失。

他茫然睜開眼來，腦中空空洞洞的，眼前也還是一片空白，這些天來，他一直在渾噩中度過，此刻自然難免有這種現象。直到時間又過去許久，他呆滯的目光，才略為轉動一下，這時候一切他視覺所見之物，才能清楚地映入腦中。

他赫然發現自己竟是處身在一間精緻華貴無比的房間裡，床的旁邊放著一盞茶几，通體是碧玉所製，茶几上一隻金猊，一縷淡煙嫋嫋升起，仍在不斷地發著幽香。

於是千百種紊亂的思潮，這一剎那間，便在他空虛的腦中翻湧起來：「這是什麼地方？我究竟怎的了？這是怎麼回事？我不是隨著鏢車……哦，不對，我早已離開他們。」

因之那天晚上所發生的每一件事，便一幕一幕地在他腦海中映現了出來。

他記起了燕雲五霸天的劫鏢，記起了安樂公子的仗義出手，也記起了那只裡面放著梅湯的細瓷蓋碗，記起了那追風無影華清泉神秘的死，記起了自己手中之劍竟被那神秘的人影奪去，又記起了那詭異的奇人、神秘的中年美婦和她慈祥的笑容。

於是他也記起昏迷前的那一剎那，他知道當自己昏迷之後，一定是被那高貴的婦人救到這間高貴的房間來。

但是，她究竟又是什麼人物呢？一眼望去，任何人都會將她看成一位高官的貴婦，或者是巨富的夫人，但是當他想起那守護在車旁的三條大漢，想起她和這三條大漢所說的話，想起當她將自己從這三條大漢手中救出時所施展的那種驚人的身法，不禁又為之茫然。

也不知過了多久，只覺自己腦中的思潮越來越亂，試以掙扎坐起，全身竟是軟軟的沒有一絲力道，長歎一聲，側目望去，只覺窗外月色甚明，高高地掛在柳樹梢頭，月光灑滿窗紙，映入房中，照得床前地上，呈現出一片銀色光華。

假如爹爹不死，那麼生活是多麼美呀！此刻我也許還和舊時一樣，和那隻花貓一起躺在屋角的斜陽之下，唉……爹爹，你臨死的時候，為什麼不將害死你的人到底是誰告訴我呀？唉……縱然我知道了又怎樣！我……我只是一個無用的人，我連爹爹的遺物都不能保留，又怎能為他老人家復仇？

一時之間，他心胸中又被悲愴堵塞，禁不住再次長歎一聲，張開眼來，哪知目光動處，卻見到一雙冰冷的目光，正瞬也不瞬地望在自己身上。

屋裡沒有燈光，但窗外月明如洗，月光之下，只見這人穿著一襲淡藍的絲袍，長身玉立，神情瀟灑已極，面目極為英俊，只是嘴角下撇，在月光之中，也冷森森地帶著一份寒意。

展白心頭一跳，他雖在病中，自信耳目還是極為靈敏，甚至窗外秋蟲的低鳴，他都能極為清楚地聽出，但這人從何而來，何時而來，他卻一點也不知道，這英俊瀟灑卻又森冷倨傲的少年，就像幽靈似的，突然出現在他眼前。

這少年目光凜凜一掃，緩步走到床前，森冷地輕叱一聲：「你是誰？」

展白一愕，隨即道：「小可……」

哪知這少年雙目一翻，根本不理睬他的答話，又自冷叱道：「不管你是誰，快給我滾出去！」

展白不由心中大怒，冷笑一聲，道：「閣下又是何人？小可與閣下素不相識，請閣下說話，還是放尊重些。」

那少年目光如利劍般凝注在他的臉上，面上木然沒有任何表情，有如泥塑一般，口中卻冷笑一聲，一字一字地緩緩說道：「你知不知道我是誰？你知不知道這是什麼地方？」

展白不禁又是一愕，暗問自己：此人是誰？這是什麼地方？難道他就是這裡的主人？那麼那高貴的婦人，怎會將我帶到這裡來而他卻不知道？

心念數轉，怒氣漸消，疑雲卻又大起，掙扎著想支撐坐起，但力不從心，又噗地倒在床上。

那少年目光，似乎也大為驚異，冷哼一聲道：「原來你受了傷，那麼，又是誰將你帶來此地的？」

袍袖一拂，走到那碧玉小几之前，將几上的金色香爐移動一下，放得正了些，又冷哼了一聲，低語道：「竟將我的龍涎香都點了起來。」

展白心中一動，脫口道：「閣下是此地的主人？」

那少年冷笑一聲，接口道：「我不是此地的主人，哼哼，難道你是此地的主人不成！」

展白心中暗叫一聲：慚愧！非但再無怒火，反覺歉然，訥訥地說道：「小可實在不知此處是何地，也不知是怎麼來的。閣下若是此地的主人，只管將小可抬出去便是，唉！小可……」

那少年雙目一張，冷叱道：「你不知道這是什麼地方？也不知道是怎麼來的？哼哼！」

突然回過身來，厲叱一聲：「不管你有傷無傷，有病無病，快些給我滾出去，若是等到我親自出手，哼哼，那你就慘了！」

展白暗歎一聲，他此刻心中雖又怒火大作，但轉念一想，這裡若是別人的居處，而自己卻糊裡糊塗地睡在人家床上，自然難怪人家不滿，便又將心中怒火按捺下去，緩緩道：「閣下若是此地的主人，小可自應離去，只是小可此來，實非出於本意，閣下又何苦如此咄咄逼人！」

那少年劍眉一軒，厲叱道：「一盞茶之內，你若不快些滾出去，本公子立時便讓你……」

展白縱是極力忍耐，此刻亦不覺氣往上撞，接口道：「閣下縱然能將一個手不能動、身不能移的病人傷在掌下，也算不得什麼英雄。」

那少年目光一凜，突地連聲冷笑道：「如此說來，你若未病，我就無法傷你了？」

展白也冷笑道：「這個亦未可知。」

他本非言語尖刻之人，但此刻卻被這少年激得口齒鋒利起來，心中本想說出自己來到此地，大約是被那中年貴婦帶來，但自己卻連人家的姓名來歷都不知道，想起那三條大漢和她的對話，更怕替那中年貴婦帶來麻煩。

他暗道一聲：展白呀展白，你寧可被這少年摔出房去，也萬萬不可連累人家！

只是他卻未想到，他若真的是被那中年貴婦帶來此間，那麼那中年貴婦必定有著原因，她和這少年也必關係異常密切，否則怎會如此？

那少年目光轉了幾轉，突地走到展白身前坐了下來，伸手把住展白的脈門。展白心中既驚且奇，但周身無力，根本無法抗拒，只得由他捉住手腕，抬目望來，卻見這少年眉心深皺，右手一動，又將自己的另一隻手腕抓住，沉吟半晌，目中竟現出驚異之色，起身在屋內轉了兩轉，袍袖一拂，一言不發地轉身走了出去。

展白目送他身影消失，心中不禁大奇，暗暗忖道：這少年本來立即叫我離開這裡，怎的微微把了我的脈，就一言不發地轉身走了？

他又忖道：「我此刻周身並不痛苦，卻又沒有一絲力氣，這些天來，我失去知覺，理應病得不輕，但此刻我怎的連一點病後那種難受的感覺都沒有？」

想來想去，只覺自己這些日子所遇之事，竟然全都大超常情之外，無一能以常理揣測，便索性將這些事拋在一邊，再也不去想它，流目四顧，只見窗外庭院深沉，柳絲隨風飄舞，屋內香絲陣陣，陳設高雅，他身世孤苦，幾曾到過這種地方？一時之間，更覺那中年美婦和這倨傲少年的來歷不可思議，心裡雖告訴自己不要去想這些與自己本無關係之事，但思緒紊亂，卻又無法不去想它。

他心念方自轉了數轉，哪知門外突又傳入那倨傲少年冰冷的聲音：「最近天氣太熱，你們想必懶得做事，我看，你們真該歇息了。」

語聲落處，門口人影微動，那倨傲少年，便又負手走了進來，雙眼微微上翻，面上雖是木無表情，但令人看來，卻不由自主地會從心底泛起一陣陣悚慄的寒意。

展白微一偏首，目光動處，只見四個黑衣勁裝的彪形大漢，垂著雙手，遠遠跟在他身後走了進來，行動之間，雖然都極為慓悍矯健，但面目卻有如死灰，驚悸恐懼之情，溢於言表，生像那倨傲少年方才說那幾句輕描淡寫，似乎沒有半點責備意味的話，已使得這幾個慓悍矯健的彪形大漢，為之驚駭到這種地步。

那倨傲少年鼻孔裡冷哼一聲，尖長的手指從袖中伸出，往躺在床上的展白身上輕輕一指，用他慣有的冰冷語調緩緩說道：「這人是誰？居然在我床上高臥起來，你們雖然都養尊處優慣了，等閒不會輕易動彈一下，但卻不致一個個連眼睛都瞎了吧？」

這倨傲少年說起話來，聲音冷淡平靜已極，既不大聲呵斥，亦不高聲謾罵，但這四條彪形大漢聽了，面上的驚悸恐懼之色，卻更重幾分。

展白不安地在床上轉側一下，見到這四條彪形大漢那種面如死灰、噤若寒蟬的樣子，不禁大生同情之心：為什麼同樣是人，有些人卻如此可憐？

見到這少年的狂傲之態，心中又不禁頗為氣憤……這少年年紀輕輕，怎的就如此目中無人，作出一副盛氣凌人的樣子來？

轉念一想，又不禁忖道：這怎怪得人家？若是有個不相識的人高臥在我的床上，我又當如何呢？

心中暗歎一聲，恨不得馬上站起身來，跑出這房間，又恨不得能說幾句話，為自己解釋一下。

但是他心有餘而力不足，這兩樣事他都無法做到，一時之間，他心中羞慚、惱怒、不安各種情感紛至遝來，又呆呆地愣住了。

卻見那倨傲少年目光突地一垂，在那四條勁裝大漢的面上，像厲電般一掃而過，冷冷又道：「如果你們已經休養夠了的話，此刻就請動動手，將此人搬出去吧。」

言辭更為客氣，語氣卻更加冰冷，雙目又是一翻，望在屋頂之上，再也不瞧別人一眼。

那四條勁裝大漢，齊聲答應一聲，轉身走向展白的床前。

展白眼望著他們一步步走近自己，知道不出片刻，自己便要被這四條大漢抬出房外，心中陡然一陣熱血上湧，拚盡全力，大喝道：「站住！」

四條大漢的腳步微微一頓，走在最後的漢子，怯畏地往後看了一眼，那倨傲少年的一雙眼睛，卻仍瞬也不瞬望在屋頂上，展白方才拚盡全力的一聲大喝，他竟像根本沒有聽到。

在這一剎那間，一陣陣的羞愧、悲憤、難堪，使得這心性倔強的少年展白，寧願立時血濺當地，也不願被這四條大漢抬出屋去，因為這對一個倔強的熱血少年來說，該是一種多麼大的屈辱呀！

但這四條漢子，腳步稍微一頓之後，又筆直地向展白走了過來。

展白再次悲憤地大喝一聲，雙肘一撐床面，想奮力掙起，當事實殘酷地告訴他，無論在情在理，他都無法在這間房子裡逗留的時候，他寧可自己爬出去，也不願被人抬走。

但是，他那一雙平日堅強而有力的臂膀，此刻卻有如嬰兒般地柔軟而脆弱。

於是，他那已被多日來的傷疼病苦傷得失去原有精力的虛弱身軀，方一掙起，便又落在床上柔軟而華麗的被褥上。

他知道此刻一切的掙扎與反抗，都是多餘而無用的了。

他只得絕望地閉上眼睛，接受這無法避免的屈辱，縱然他的心已被太多的悲憤刺得彷彿要滴出血來。

哪知就在那四條慓悍的勁裝大漢沉重的腳步將要走到床前，展白絕望的眼簾將合未合的時候，窗外突地傳來一聲清脆的嬌叱：「住手！」

展白心中怦然一跳，猛地張開眼來，只見月蔭匝地、枝葉簌然的窗櫺之外，有如驚鴻掠入一條黑色人影來。

他目光雖快，似乎還跟不上這人影的那種不可企及的速度，他只覺自己的目光方自一瞬，這條人影已在他的床前。

那四條勁裝大漢口中低低驚呼一聲，齊齊頓住腳步，彎下腰去，十分恭謹地行了一禮，彎下去的身形，久久都未站直。

那倨傲少年的目光，此時由屋頂移下，微一皺眉，前行兩步，對那來人道：「你來幹什麼？」

語聲雖不和悅，卻也不是方才那種冰冷的樣子。

展白心中不禁大奇：這人是誰？怎的這四條彪形健壯的漢子，竟會對她如此恭謹？

這黑衣人影背床而立，展白雖然無法看清她的面容，但從她那被一襲柔軟的黑絲衣裳緊緊裹住的婀娜背影上，卻已知道這身形如電的人影，竟然是個女子。

難道她就是那神秘而高貴的中年美婦？

展白目光轉處，卻見這女子纖腰僅容一握，體態如柳，千縷萬絲，綰著一個拘謹的髮髻，斜斜垂下的雙手，更是其白如玉，無論從何處去看，都和那中年美婦不盡相同。

於是他心中更加疑惑，只覺不但那中年美婦、這倨傲少年，以及像驚鴻般突地掠來的黑衣女子的來歷不可思議，即連這鬱鬱蒼蒼、深沉寬闊的庭院裡，似乎也包含著一些秘密。

這些人到底是什麼身分？這地方究竟是什麼地方？

他將這問題在自己的腦海之中再次閃電般尋思一遍！

是武林世家，抑或是豪富巨宅？甚或是公侯府邸呢？

卻見這黑衫女子，除了那一雙斜垂下的玉手，保持著一個美妙的弧度之外，全身筆直地站在床前，連一絲動彈都沒有，展白雖然看不到她的面容，卻不禁在心中勾描出一個冷靜、倨傲而高貴美豔如花的輪廓來。

她甚至連話都沒有說一句，只是靜靜地與那倨傲少年面對而立。

剎那之間，春日溫暖而飛揚的空氣，便生像是倏然為之凍凝住了一般，那四條勁裝彪形壯漢緩緩抬起頭來，各自對望一眼，暗中移動著腳步，似想倒退著走出這間房子。

哪知他們的腳步方自移動了三兩步，那黑衣女子卻又嬌叱道：「站住！」

叱聲方落，這四條大漢的身形，便如應斯響地為之停頓。

只聽這黑衣女子又道：「你們方才在幹什麼？」

聲音雖然嬌柔，竟然亦是森冷而嚴肅的，與她那婀娜而曼妙的身軀大不相稱。

展白暗中一歎，忖道：怎的又是這種腔調！

但是他的目光，卻不停地從這黑衣女子、倨傲少年，以及那四條勁裝彪壯漢子的身上掠過，只見這四條漢子畏怯地抬起頭來，望了黑衣女子一眼，便又極快地垂下頭去，答道：「剛才公子爺吩咐小的們將這位相公抬出來，是以——」

黑衣女子冷哼一聲，緩緩道：「你們倒聽話得很。」展白目光回到她的背影上，只見她螓首微微轉動一下，目光又凝注到那倨傲少年面目之上，冷冷問道：「是你叫他們把人家抬出去的嗎？」

那倨傲少年輕輕一皺眉頭，道：「要你來管什麼閒事！難道我叫人將一個不相識的人從我床上抬走，與你又有什麼關係不成？」

說著轉身低哼一聲，向那四條大漢微一瞪目，這四條大漢八隻滿含驚恐、畏懼之色的眼睛，一會兒望倨傲少年，一會兒又望向這黑衣女子，張口欲言，舉步又止，不知怎樣才好。

卻聽這黑衣女子又冷然說道：「虧你還算是武林中久以聰明智計著名的人物！哼，我看你的腦筋，倒也有限得很，你難道不會想一想，這少年若是沒有來歷，又怎會跑到這裡來養傷？難道家裡的人都死了不成？」

那倨傲少年冷峻的目光，仍然停留在那四條彪壯大漢的身上，頭也不回地說道：「我看你們還是死了好了，像你們這樣半死不活的樣子，哼哼，真是——」

那黑衣女子纖腰突地一晃，腳步未見移動，婀娜的身軀卻已逼到倨傲少年面前，冷叱道：「你在說誰？可要說清楚些！」

身形雖已移動，卻仍然是背對展白。

那倨傲少年眼角一揚，接口道：「你如此緊張作甚？難道我說的是你？」

黑衣少女冷哼一聲，道：「我知道你現在是武林中成名露臉的大英雄、大豪傑了，怎會把我這個姐姐放在眼裡？可是——哼，難道連媽媽也都不在你眼下了嗎？」

倨傲少年神色一動，突地回過頭來，道：「啊！這陌生少年，難道是她老人家送到我這裡來養傷的？」

目光一轉，越過黑衣少女的肩頭，凝注到展白的身上。

展白此刻心中才告恍然：「原來這倨傲少年竟是那中年美婦的兒子。」

想到她在對自己說話之時的憂鬱神情，又自忖道：她為什麼會露出那種憂鬱的神態？按理說，她不該如此憂鬱的呀！她言語之中，像是對自己的兒子失望得很，卻又是為著什麼呢？如今她的兒子不僅年輕英俊，並且又在武林中享有盛名，而我呢……

想到自己，他不禁暗中長歎一聲，什麼事也不敢再想下去。柔軟華麗的被褥，使得他有如睡在雲堆中一般舒適，但這倨傲少年目光中的輕蔑與森冷，卻又使他有如置身寒冰。

他不知自己該不該倒轉頭避開這少年的目光，卻聽那黑衣少女又道：「若不是她老人家，還有誰敢把人帶入你這房……」語聲突地一頓，展白只覺得眼前人影一花，接著便聽到一陣清脆的掌聲，心中不禁大奇，定睛望去，那四條勁裝大漢，此時正並排站在門口，同用雙手捧著面頰，臉上俱是一片茫然驚懼的神色；那倨傲少年，目光之中滿含怒意，卻望在那又復背床而立的黑衣少女身上。

展白心中不禁又為之一驚：方才那剎那之間，難道她已在這四條大漢的面頰之上，各自擊了兩掌？須知他自己亦是有武功之人，對武功一途，亦頗下過苦功，此刻見了這黑衣女子的武功，心中不禁大感驚駭，知道若拿自己苦練十數寒暑的功夫來和人家一比，直有如皓月下的一點螢光而已。

只見那倨傲少年的目光，瞬也不瞬地望在那少女身上，良久良久，方一字一字地緩緩說道：「你可知道他們是誰的手下？」

黑衣女子冷冷道：「除了名滿天下的凌風公子慕容承業之外，還有誰配當得起他們的主人？」始終在留意著他們談話的展白，此刻心中駭然一震：原來這少年竟是武林四公子中，最無情的凌風公子。

他雖是初入江湖，但武林四公子名傳天下，乃是當今江湖中風頭最勁的人物，你若對個稍稍涉足武林的漢子念一句：「安樂風流」，他便立刻可以接著念道：「飄零端方，凌風無情，祥麟熱腸！」因為這四句流傳江湖的口語，正是描述這武林四公子為人的特色的。

第六章　撲朔迷離

展白心念轉處，目光凝注在這凌風公子的身上，見他雖是怒極，但神色卻仍然木無表情，不禁暗自感歎一聲，忖道：凌風公子無情客，無情最是凌風人，人道江湖傳言難以聽信，但此刻看來，雖不能盡信，卻也並非全不可信的呢。

卻見這凌風公子薄削的嘴唇輕輕一撇，目光瞬也不瞬地在那黑衣女子面上凝注半晌，突地冷冷一笑，道：「好極，好極，想不到非但我的房間我自己不能安排，竟連我的手下都要勞動你來替我教訓了，好，好，好——」冷笑連連，衣袖一拂，竟自轉身向門外走去，那四條大漢愣了一愣，各自躊躇地望了那黑衫女子一眼，面目之上，滿是進退維谷的尷尬之態。

展白深深為這四條看來勇敢慓悍，其實卻又如此怯懦的漢子悲哀，他無法瞭解世上生具奴才之性的人，怎會如此之多。

他目光又緩緩轉到那黑衣女子的背影上，只見她婀娜多姿的身軀，此刻起了一陣微微的顫抖，彷彿微風中的柳絲一樣，怔在那裡，良久良久，突地幽幽長歎一聲，春蔥般的手指輕輕向那四條滿面恐慌的大漢一揮，寬大的衣袖，飄飄落了下來，一面緩緩說道：「公子走了，你們還站在這裡幹什麼？」四條大漢如獲大赦，齊齊恭身答應一聲，緩緩退出門外，轉身匆忙地走了。

這間幽靜清雅的精室，便又恢復原來的清靜，睡在床上的展白，暗中長長鬆了一口氣，但心中不安之意，卻仍不能因之盡消，因為他此刻傷病方感稍癒，但體力未復，仍是虛弱無比，對任何事的發生，他都沒有應變之力，而他此刻的存身之地，卻又是如此不安定，他自知隨時都有遭受別人羞辱的危險，這是一個生性倔強高傲之人最難以忍受的事。

但無論如何，他對這黑衣女子卻是無比感激的，他嚅嚅著，不知道該說什麼話，才能夠將自己心中的感激之情表達出來。

哪知這黑衣女子突又長歎一聲，似乎頗為憂鬱地說道：「舍弟無知，不知做人之道，還請相公原諒他的狂妄才好。」

語聲是那麼憂鬱，使得展白不禁為之想起那中年美婦，因為她們說話的聲音竟是如此相似，而她憂鬱的語聲之中，卻又含蘊著那麼多的溫柔，就像是宜人的春風一般，使得展白心中因方才的屈辱而受到的創傷都為之平復起來。

他訥訥地並沒有立刻回答，因為他知道自己此刻的處境，那凌風公子雖然狂妄，但自己無論如何總是睡在人家的床上，應該請求原諒的，也該是自己而不是他呀！

於是，他又暗中長歎一聲，呆呆地望著這黑衣女子的背影，道：「小可漂泊孤零，一無所成……唉，姑娘如此對待於我，已使小可感激不盡，若再說這樣的話，那小可真是無地自容了。」

他前面所說的兩句話，本是心中自怨自艾、自責自慚的感覺，說了兩句，忽然覺得自己在一個素不相識的女子面前，說出這種話來甚是不妥，便改變了語氣，但心中卻仍不禁暗暗譴責著自己：怎的我連話都不會說了！

哪知這黑衣女子聽了他的話，卻又幽幽長歎一聲，喃喃低語著道：「孤零漂泊……孤零漂泊又有什麼不好？自由自在的，總比困於樊籠之中要好得多了吧。」語氣中的自怨自艾之意，竟似比展白還要濃厚十倍。

展白不禁一愕，暗自忖道：她生於如此豪富之家，平日養尊處優，只要她說一句話，便不知道會有多少人要爭著去做，怎的言辭之中卻又如此哀傷幽怨？

他又想起那中年美婦的怨艾之色，似乎在這樣華麗深沉的庭院中，每個人心裡都有著心事，而每個人的心事都是極不快活的，只是她們的心事究竟是什麼，他卻極難猜測出來而已。

他心中正在感慨叢生，卻見這黑衣少女柳腰輕輕一擺，竟自緩緩轉過身來，展白心頭一跳，不能自禁地將目光望向她面目之上——他的目光立刻凝結在她的面上了，幾乎再也無法移動一下。

他雖然拙於言辭，卻是極為聰慧之人，但是他此刻縱然用盡自己的智力思索，卻也無法想出任何詞彙來形容自己眼中所見到的面容。

使他無法瞭解的，卻是這全身黑衣的女子，面上竟亦蒙了一方黑紗，將她的櫻唇和鼻端一齊掩住，但是黑紗上面所露出的春山黛眉，如水秋波，卻是展白平生從未睹見地美麗，美麗得將這方平凡的黑紗，都映成一片炫目而神秘的光彩。

她秋波淡淡向展白的身上一掃，眼波中那種幽怨、溫柔的光亮，像是殘春中的陽光，使得展白心中一蕩，突然覺得天地間都變得溫暖起來。

這樣感覺是展白平生未有過的，他雖然暗自震懾著心神，想將自己目光收轉，但是他的目光卻像是寂寞的遊子突然尋得一個溫暖的家室，留戀地停留在她面上，無法移動。

兩人目光相對，那黑衣女子突地垂下頭去，良久方始抬頭，目光卻又和展白的遇在一處。又是一陣無言的沉默，展白的目光漸漸明亮起來，卻是這黑衣少女的目光漸漸黯淡，目光中的憂鬱之色，也越發重了，她突又柳腰一動，轉過身去，頭也不回地走向門邊。

展白心中一凜，剎那之間，自責自慚之念又復大作，暗恨自己怎的如此孟浪，又暗恨自己方才怎會生出那種奇異的感覺。

哪知這少女走到門邊，腳步突地一頓，輕輕歎了口氣，道：「你昏過去了好多天，此刻身子一定虛弱得很，等一會兒我叫人送些東西來——」語聲微頓，又道：「但是你卻用不著謝我，這一切事都是有人托我做的，我不過是看她的面子而已。」語聲未落，羅袖微拂，驚鴻般掠了出去。

她前面幾句話說得本來溫柔無比，但語聲一頓之後，卻立刻變成冷冰冰的語氣，這前後幾句話讓人聽來，竟像不是一個人說的。

展白目送她背影消失，卻只覺室中彷彿飄散著她身上的淡淡幽香，眼前還浮著她婀娜的身影，而最後的幾句話，也仍然在耳邊蕩漾著，就又生像是一支冰冷的箭，由他的耳中刺入心裡。

於是他苦惱地抬起手來，扯動著自己頭上的亂髮，手臂雖仍痛苦，卻抵不上他心中的痛苦：這女子雖然有恩於我，卻與我毫無瓜葛，她是什麼身分？我又是什麼人？她如此對我，已是極留情面的了，我又何必為這種事苦惱？

他雖然暗中如此思忖，但不知怎的，心裡卻仍然放不下此事。

他似乎覺得世上所有人對他的輕蔑，都比不上這黑衣女子對他的冷淡更令他難受，一面又不禁暗暗尋思：她說，看他的面子，「他」又是誰呢？怎的會將這種事托她做，而她也答應了？那麼，他們之間……他痛苦地扯動自己的頭髮……門外忽地輕咳一聲，悄然走入一個青衣小婢，手裡捧著一只碧玉茶盤，盤上放著一只碧玉蓋碗，嫋嫋婷婷地走到展白身前，蓮足輕錯，微一斂衽，輕輕道：「請公子用湯！」說著，纖手動處已將蓋碗掀開。

展白只覺滿室清香撲面而來，心中還未及多作思索，這青衣小婢便又將蓋碗捧到他面前，一面又從盤中取了個碧玉湯匙，一匙匙地將碗中參湯餵入展白嘴裡。

展白茫然吃完了它，神氣驀覺一旺，但心裡卻更感難受，自己此刻直有如在接受著別人的施捨一樣，而施捨自己的對象，卻完全是為著另一個人的面子，而自己竟連此人是誰都不知道。

一想到這裡，他便恨不得將方才吃下去的東西全部吐出來，目光轉處，卻見門口又有人影微微一閃，接著便有一聲清脆的嬌笑從門外傳來，四周的靜寂，似乎全都被它劃開。

但展白此刻的心情，卻是極不適宜承受這種笑聲的。

他厭惡地皺了皺眉頭，只見門外又已悄然走進一個婀娜的身影，手裡竟又是端著　個碧玉茶盤，盤上又是一只碧玉蓋碗，這身材婀娜的妙齡少女，一手端著茶盤，一手扶著纖腰，蓮步依依，體態娉婷，像是柳絲似的被微風吹了進來。

展白此刻轉過頭去，這少女輕輕一笑，柔聲問道：「公子，你可要吃些東西呀？你已有好多天沒有吃東西了哩。」

她說話的聲音這麼嬌柔，每句話的尾音都拖得長長的，就像是月夜之下遠方飄來的青玉簫聲，簫聲雖止，餘音卻久久不歇。

但是這嬌柔的語聲聽進展白的耳裡，他緊皺著的雙眉卻皺得更深了，他甚至覺得這嬌柔的語聲只不過是用來揶揄諷笑自己——「公子……好多天沒有吃東西了。」他不由暗「哼」一聲，忖道：施捨，又是施捨。於是他大聲叫了起來：「端出去，端出去。」

這妙齡少女腳步已停在他的床前，此刻不禁為之一怔，道：「你這是幹什麼？」語聲竟仍然是嬌柔的。

展白暗歎一聲，心中突又覺得有些愧歉，無論如何，人家對自己總是一番好意，自己如此相待，豈非太過無禮？不禁說道：「多謝姑娘的好意，不過——你還是端出去好了。」他語氣雖已和緩得多，但頭卻仍未轉回，只希望自己回過頭來的時候，房中又只有自己一個人，那麼，他便能靜靜地思索一下。哪知這少女卻又嬌笑一聲，道：「你不想吃東西就算了，幹嗎這麼凶呀！人家費了好多心思，全心全意地幫了你這一次忙，你……你現在卻要叫人家出去。」

這幾句話說得展白為之一怔，回過頭來，只見站在自己床前的少女，一身錦衣，雲鬢高綰，神態嬌俏之中，卻又流露出一種清雅高貴之氣。

這少女秋波一轉，瞬也不瞬地凝注在他臉上，突又嬌笑道：「說真的，你對我這麼凶，真是不應該了，你知不知道，我為了幫你的忙，惹了多少麻煩？你呀……你真是不知好歹。」纖腰一扭，將手中的玉盤，放到展白床頭的小几之上，自己的身軀，卻輕輕坐到展白床側，接著道：「來，我餵你吃東西，你要是生了氣，儘管氣，可別把自己氣壞了，餓壞了肚子，那我可不答應！」展白呆呆地望著這少女，心裡更加迷惑，他不用費心思索，便知道自己和這少女根本連面都未見過，但這少女此刻對自己說起話來，卻像是多年知交似的，既關懷又親熱：她還幫過我的忙？但幫的是什麼忙，展白卻完全不知道。

一陣陣淡淡的幽香，隨著窗外吹入的微風，吹進他的鼻端，他只覺這少女坐得越來越近，一張嬌甜俏美的粉面，也似乎湊到自己眼前，他對這少女雖無惡感，但她這種肆無忌憚的大膽作風，卻又使他心底泛起一種厭惡的感覺。

他一正臉色，沉聲說道：「在下與姑娘素昧平生，姑娘如果真的有恩於在下，在下日後必有以報答姑娘，但在下此刻並不想吃東西；再者男女獨處一室，也該稍避瓜田李下之嫌，請姑娘還是留意些的好。」

哪知這少女坐在床側，一手支著床沿，一手支著下頷，一雙明目，卻望在屋頂上，生像根本沒有聽到他的話似的。

等到展白的話說完，她方自緩緩垂下頭來，眼角斜斜一瞟，卻又立刻收回目光，望在自己的一雙纖纖蓮足上，低語道：「真的有恩於在下，真的，在下……」掩口噗哧一笑，眼光流轉，瞟了展白一眼：「難道你認為是假的嗎？」玉手輕抬，一隻春蔥般的手指，筆直地指到展白面前：「告訴你，要不是我，你呀……你早就被人抬出去了。」語聲輕柔嬌脆，配合著她的眼波和動作，令人看來，只覺她舉手抬目之間，都含蘊著萬千種風情儀態，生像是她雖然在罵人，可是被罵的人卻仍然有福了。

展白呆呆地望著她，一時之間，也不知自己心裡是什麼滋味，一面暗中思忖：如此說來，剛才那黑衣少女之來，便是受她所托了……心念一轉：那麼她是誰呢？難道她也是那凌風公子的姐妹不成？仔細一看，這少女的俏甜嬌麗、脫略形跡，雖和那黑衣少女的豔如桃李、冷若冰霜，以及那凌風公子的狂妄高傲、冷酷無情，大不相同，但眉目之間，卻和他們有幾分相似之處，他無法瞭解這兄妹三人的生性怎會有如此的差異，一面卻又不禁大為同情那中年美婦，試想有著這樣三個兒女的母親，對其身心的負擔，又該是多麼沉重哩！

他雖然曾經聽過武林四公子的聲名，但對江湖中這聲名極響的四位公子的家世，卻只有極為模糊的印象而已，僅知這四人家世俱都顯赫無比，武功的師承，更是來歷不凡，是以甚至在一眼瞥見安樂公子四個字時，都不能很快地想出此人究竟是什麼身分來。

他沉思半晌，思路越來越遠，直到這少女又自一笑，問道：「我說的話你聽到沒有？」

他才想起自己還沒有回答人家的話。

但是，我該如何來回答她的話呢？他不禁又在躊躇。感激？這在一個倔強的人來說，那是一種多麼難以表達的情感啊！他一面尋找著自己的答話，一面卻又暗暗忖道：她媽媽救了我，她哥哥要趕我出去，她姐姐替我解了圍，卻是受她的所托，但我又根本不認得她。唉——這其中究竟是怎麼回事？他們本是一家人，但彼此的關係，為什麼如此複雜呢？

他本就異常紊亂的思潮，此刻更是紊亂不堪，竟連一句該說的話都說不出來，方自定了定神，哪知身側突地響起一個奇冷徹骨的聲音，一字一字地說道：「她說的話你聽到沒有？」

展白心頭一凜，轉目望去，卻見床側不知何時多了一個身材頎長的人影，一身襤褸的衣衫，一頭蓬鬆的亂髮，頷下的鬍鬚，更是亂得驚人，與這庭院中的一切都不大相稱，只有那一雙利如閃電的眼睛，正在瞬也不瞬地望著自己，目中的寒意，比語氣中還重三分。

這突來的怪人，這突來的問話，使得展白更加怔住了。

那少女面上仍然帶著春花般的笑容，也沒有去望這怪人一眼，彷彿這怪人的出來，根本就在她的意料之中似的。

亂髮怪人眉峰微皺，冷冷又道：「你聽到我說的話沒有？」

展白失神地望著他，仍未答話，亂髮怪人冷冷一笑，霍然伸出手來，殘破的衣袖也隨之揚起，帶起一陣陣強勁的風聲。

那少女面上笑容未斂，突地一回身，抱住這亂髮怪人的手臂，在他耳邊低低說了兩句話，怪人目中的威光立刻盡斂，溫柔地望了少女幾眼，手臂一伸一縮，身形突地電閃而退，頭也未回，便從開啟的窗中掠了出去。

窗戶雖不小，但只架開一半，這怪人身形頎長，不知怎的，竟連望都未望一眼，便從那遠比他身形狹小的窗中掠出，就像他背後長了眼睛，又像他身軀可以隨意伸縮似的。

他來得突然，去得更是突然，展白望著他的倏忽來去，心裡更是驚疑，只覺自己所經所遇，都有如夢一般。

那少女緩緩回過頭來，望著展白咯咯一笑道：「你怕不怕他？」

展白茫然搖了搖頭，道：「他是誰？我為什麼要怕他？」

這少女伸手一攏鬢角，又在展白的床側坐了下來，面仍自嬌笑道：「你為什麼不怕他？他的武功可真厲害呀，連大哥和爹爹都說他武功深不可測，只是他從來不和人動手，是以他的武功到底有多高，誰也不知道，可是……嘿嘿，要是有誰欺負了我呀，他老人家就不答應了，非將那人打個半死不可。」

她語聲微頓，又道：「上次一個從魯北來的，叫什麼『三翅粉蝶』的傢伙拜見爹爹，在花園裡碰見了我，以為我好欺負，就對我說了兩句難聽的話。我心裡又羞又氣，正想動手教訓他，但是還等不到我動手，雷大叔他老人家來了，永遠好像跟在我身後似的，那小子看見他老人家來到，還要逞威風，他老人家連話都沒有說，輕輕一抬手，就將那小子活活地劈死在一叢玫瑰花下了，讓他……死了還做個風流鬼。」

她嘰嘰呱呱說了一大套，說到後來，又噗哧笑出聲來，這少女既像是輕佻，又像是天真，什麼話都敢說。展白一面聽著她的話，心中一面不停地思忖：這亂髮怪人是誰？怎的能在這深沉似海，有如侯門般的家庭中來去自如？

又忖道：她的爹爹到底是什麼身分？怎的連採花大盜都會來拜見他？

聽到後來，這少女說三翅粉蝶死在花下，還替他下了個「風流鬼」的注腳，又不禁在心中暗笑：她怎的連這話都說得出口？

他卻不知道這少女自幼嬌縱成性，從來不知道什麼是害羞，更不知道什麼是畏懼，此刻「噗哧」一笑，又自說道：「方才雷大叔伸出手來，若不是我站在旁邊，你這條小命也算完了。」她掩口一笑，忽又幽幽長歎了一聲，雙目望著窗外。

展白見她忽而嬌笑，忽而長歎，心中正自詫異，卻聽她接著道：「真奇怪，自從媽媽把你帶回來那天，我第一眼看見你，就喜歡……」

她雖是天真未泯，嬌縱成性，但下面的話，仍是說不下去，兩頰微微一紅，伸手一攏鬢髮，方自接著道：「所以後來媽媽不能來看你的時候，我就天天來看你，今天大哥從太湖回來，我就知道要糟，以大哥的脾氣，一定會把你從他房裡摔出來，媽媽不在，我又怕大哥，想來想去，只有搬出大姐來當救兵。你不知道，大姐的脾氣可跟我不一樣，一年之間，也難看到她說上句話，我說好說歹，央求了半天，才算把她請來，你呀……你卻不承情。」

展白雖本對她的放縱之態極為不喜，但此刻見她如此對待自己，心中亦不禁大生感激之情，微微一笑，說道：「姑娘如此對待於我，在下實是感激不盡，哪有不承情的道理。」

這少女面孔一板，故作嗔惱之態，道：「誰要你感激我，誰要你承情！」

展白一愣，卻見她又「噗哧」笑出聲來，纖手掇起衣角，緩緩弄著，道：「不過，只要你知道我對你好，不要再凶狠狠地對我，我就高興了。」

展白雖然極為拘謹，此刻心中亦不由微微一蕩，只覺這少女對自己的情感竟是如此直率，不加半絲掩飾，他自幼孤零，長成後刻苦習武，一生之中幾曾享受過這種溫暖的情意，一時之間，不覺呆呆地愣住了，望著這少女，說不出一句話來。

這少女垂著衣角，一面又道：「你姓什麼？叫什麼？我問媽媽，媽媽也說不知道，真奇怪，媽媽也跟大姐一樣，平常總是一副冷若冰霜的樣子，難得看到她老人家笑一笑，但對你卻也像是很關心的樣子，我本來以為你跟她老人家一定很熟，哪知她老人家連你的名字都不知道。」

展白微歎一聲，前塵往事，又復湧上心頭，心想：若不是那位中年美婦仗義援手，自己只怕此刻已暴屍荒野了。不禁暗歎忖道：人家對我有如此大恩，我卻連人家的名字都不知道！

目光轉動，清了清喉嚨，道：「令堂大人，高貴慈祥，她老人家對我的恩情，實在使我銘感，姑娘如不見怪的話，不知可否將她老人家的名諱告訴我，也讓我……」

這少女咯咯一笑，截斷了他的話，道：「看不出你，說話酸溜溜的，倒像個窮秀才。」

展白面頰一紅，卻見她又道：「我爹爹姓慕容，我大哥、大姐也姓慕容，你猜我姓什麼？」

展白一呆，心想這少女真是憨得可以，怎的向我問這種話，難道我是呆子不成？口中卻道：「姑娘想必也是姓慕容了。」

哪知這少女卻搖了搖頭，拍手笑道：「你猜錯了，我不姓慕容，我姓展，跟我媽媽的姓。」神色之間，極為高興得意。

展白心中暗笑，答道：「如此我當然猜不出了。」

一面又不禁暗中思忖：原來那位夫人與我竟是同姓。

卻見那少女一笑又道：「看你的樣子，也像是武林中人，怎的連我們家的名字都沒有聽過？」言下之意，大有凡是武林中人都該知道她家的樣子。

展白凝注著她，只覺這少女嬌憨之態，現於辭色，心中原本以為她甚是佻達的感覺，此刻已蕩然無存。

那少女秋波一轉，遇到他目光，不覺輕輕一笑，低聲道：「告訴你，我叫展婉兒，你叫什麼名字，怎麼不告訴我？你的爹爹、媽媽還在嗎？在哪裡？你有沒有……」微咬下唇，輕輕一笑，垂下頭去，接道，「太太？」

她一連問了五句，句句都問著展白心中的創痛之處，他愣了半晌，長歎一聲，說道：「在下也姓展，叫展白，家父家母都……都已故去了，我孤身漂泊，一無所成，連家父的深仇，都未得報。」

他心中積鬱多年，始終沒有一個傾訴的對象，此刻見這少女對自己有如此直率的情感，不覺將心中的積鬱都說了出來。

只聽得展婉兒眼圈越來越紅，終於忍不住，兩滴晶瑩的淚珠，奪眶而出，沿著她俏美的面頰緩緩流下。人類的情感，原本就是那麼奇妙，有的人你對他相交一生，也不會聽到他說出一句真心的話，另外一些人你與他匆匆一面，卻會盡傾心事，展白越說越覺悲從中來，難以抑制，竟忘了自己傾訴的對象不過是一個方才相識的嬌憨少女。

他的語聲是低沉的，這間精雅的房間，也彷彿被悲哀的氣氛充滿。

哪知他話未說完，窗外突又閃電般掠入一條人影，撲到展白的床前，一把抓住他的手臂，沉聲道：「你是誰？展雲天是你什麼人？」

展白一驚之下，只覺自己的手腕奇痛欲折，不知不覺地手掌一鬆，掌中竟落下一團亂髮來。

原來他方才心情積鬱難消，悲憤填膺，竟將自己的頭髮扯下一綹，此刻落在淡青色的錦衾上，便分外刺目。

剎那之間，他心中既驚又奇，不知道這人怎會知道他爹爹的名字，更不知道這人為什麼要如此對待自己，抬目望去，只見站在床前，抓著自己手臂的人，竟然就是方才那身軀頎長、潦倒襤褸的怪人雷大叔。

第七章　血海深仇

但展白生具傲骨，別人對他越是蠻橫無理，越是能激起他的傲性。如果有人用暴力強迫他，就算刀斧架在頸上，他連眼眉都不會皺一皺！

因此，這突然間去而復返的亂髮怪人雷大叔，雖然手如鋼箍，緊握住他的手腕，使他的手臂劇痛如折，他仍然是不理不睬！

「說！你是誰？」雷大叔怪目圓睜，厲光如電，緊盯著展白，厲聲叱道，「你是不是展雲天的後人？」

雷大叔顯然神情甚為激動，問展白這話時，雙手竟微微發抖；但握住展白的手，可就無形中又加重了幾分力道！

展白感到被亂髮怪人緊握之處，奇痛入骨，又加上他身有重病，兼負刀傷，無法運功和亂髮怪人的手勁相抵，只痛得他面白氣促，幾乎昏死過去！

但就在這種難言的劇痛之下，展白依舊咬牙苦撐著，不管那亂髮怪人是如何地窮凶極惡，仍然是閉緊嘴唇，給他來了個相應不理！

在展白身旁坐著的如花少女，見他痛得臉色慘白，額上豆大的汗珠滾滾而下，芳心中老大不忍；又見展白雖在劇痛之下，仍然毫無乞饒求恕的神情，更為他的硬骨氣而暗暗心折。相反地，她對雷大叔這種粗暴舉動卻有了老大的不高興，只見她小嘴一嘟，說道：「大叔！你放手呀！看，快把人家的手都要折斷了，叫人家怎麼回答你的話？」

這雷大叔本來最疼婉兒，素常對婉兒的要求百依百順，無所不從，但在目前，這雷大叔卻似失去了往日的鎮靜。

展婉兒使嗔撒嬌，叫他放開握住展白的手，他竟恍如未聞，仍然隻手緊握著展白的腕部關節，亂髮蓬亂的臉上閃過無限的悲憤悵惘之情，雙眼死死地盯在展白的臉上……「雲天呀！雲天！莫非真是蒼天有眼，給你留下了後代嗎？啊！這一定是了……一定是了！一定是！我雷……」雷大叔狠狠地望了展白一會兒，忽然仰起臉來，一臉的肅穆之情，口中彷彿祈禱般地喃喃自語。

但他剛剛說到此處，忽聽婉兒一聲驚叫：「哎喲！他死了！雷大叔！雷大叔！他死了呀……」

雷大叔如大夢初醒，猛然低下頭來，只見展白面白如紙，雙目緊閉，口鼻之間似是已沒有了氣息！

雷大叔——這武林奇人，想當年與霹靂劍展雲天義結金蘭，情同生死，二人並道江湖，不知做了多少驚天動地、轟轟烈烈的仗義俠行！

但在二人一次小別期間，忽然噩耗傳來，武功俠行震驚天下的霹靂劍展雲天，竟然被暗算慘死！

當時的雷大叔聽到這個噩耗，幾乎痛不欲生，立即趕到出事地點，洞庭君山絕頂。但，他不僅未能查到暗算展雲天的兇手是誰，甚至連展雲天的屍首都未找到！

可是，君山絕頂的現場卻是一片零亂，樹折草飛，斷劍殘戈，滿地散落的暗器，到處皆是，尤其遺留在地上一灘灘殷紅的血跡，東一片西一堆，染紅了黃沙枯草，一切景況均顯示出是經過一場慘烈的凶殺所留下的痕跡！

雷大叔見此光景，知道江湖上傳言不假。當時，他曾悲憤得幾乎發瘋，也曾想到橫劍自刎在君山絕頂，以酬報知交好友。

但是，一個比死亡更大的欲望使他活了下來！那就是，他想到了復仇！他要尋訪到暗算殺死展雲天的仇人，為他結義盟兄復仇！

可是，他走遍天涯，踏破鐵鞋，連殺死展雲天的仇人是誰他都未尋訪出來，復仇就更無望了。

事隔二十餘年，他已經對萬事都感到心灰意冷時，卻為凌風公子的父親慕容莊主仰慕他的俠名，重金禮聘請他到慕容莊主的莊上充當一位門客！

雷大叔本無意寄人籬下，但他又想到久訪殺死義兄的仇人，杳無端緒，自己萬念俱灰，落拓江湖，也不是個辦法。武林四公子，新近崛起江湖，各自收羅拉攏武林高手，歸其門下，幾年的時間，武林四公子的門下，武林高手已經是成千論百，聲勢之隆，直可媲美春秋戰國時代的四大公子了。

自己暫在慕容莊主的莊上歇馬，慕容莊上魚龍混雜，說不定也許會把殺死義兄的仇人查出個端倪來！

因之，雷大叔落足在慕容莊上。

慕容莊主，富可敵國，最講究排場，不僅本家人豪華無比，就是對門下食客，也均是禮遇有加，一個個衣錦華裘。

唯獨雷大叔，篳路藍縷，不修邊幅。

但慕容莊主深知雷大叔武功高強，義氣干雲，所以對雷大叔的行止絲毫不加干涉，並委以保護內宅的重任。

慕容莊主的內宅門禁森嚴，即使是三尺孩童，無呼喚也不得入內。

這雷大叔一個草莽豪客，能夠登堂入室，且住居於內宅之中，可以說是深蒙慕容莊主另眼相看了！

至於雷大叔能在慕容莊主的門下安心住下來，還不僅是為了酬答慕容莊主的賞識，而是雷大叔特別喜歡婉兒，真比婉兒的親生父母慕容莊主夫妻還要深一層。因此，雷大叔竟在慕容莊上久久住下來。

可是，雷大叔對查訪殺死義兄的仇人，卻始終沒放鬆過。數十年如一日，雷大叔時時惦記著，要為盟兄復仇。

如今，竟大出意外地，叫他見到了似乎是盟兄展雲天的後人！又叫他如何不心情激動，如何不失常呢？

因為他從未聽盟兄說過有妻室兒女。

但，他今天見到展白，這少年人眉梢眼角間的英俊氣概，極像盟兄當年的樣子。

他在窗外聽少年對婉兒說，他也姓展，父親慘死，至今連殺父仇人都不知是誰。

因此，雷大叔仰首向天，喃喃自語，對展白忍痛不住、昏死過去的情形，竟毫無所知。

現在給展婉兒驚聲一呼，雷大叔才如夢初醒，低頭一看展白痛死過去，嚇得忙把手鬆開，緊跟著伸出雙手為展白推宮活穴！

看到展白昏死的情狀，展婉兒竟泫然欲泣！

這貌比天仙、自幼嬌縱成性的姑娘，包圍追求她的武林子弟成千論百，富擬王侯的、武功高強的、貌比潘安的……各式各樣的人物，不計其數，但她從未把一個放進眼內。

如今，卻衷心愛上這窮困潦倒，又有傷病在身的落拓少年！「情」之一字，真是令人不可理解。

「姑娘！」雷大叔見婉兒哀傷的神情，深悔自己的孟浪，不該出手太重傷了這少年，心中老大不忍。於是溫和地說道：「你不用擔心，他不會死的！」

「我、我恨死你了！」婉兒聽雷大叔一安慰她，反而忍不住，存於眼眶內的淚水像斷線珍珠般滴落在她錦繡的衣襟上。她心痛展白被雷大叔抓得痛昏過去，竟口不擇言地說出了這樣的話來。

可是，她話一出口，又覺得對一個非常疼愛自己的長輩竟說出這樣的話，有點不妥。

她停頓了一下，立即改變了口氣，說道：「他、他若是死了……我永遠不會原諒……你……」

雖然她極力想改變口氣，不願說出對不起雷大叔的話來，但因為她太關心展白的安危，所以，說出口來的話，依然顯得不太客氣。

雷大叔聽了微微一愣，他自從到慕容莊上以來，愛護婉兒甚於愛護自己的親生女兒。雖然，他連婚都沒有結過，更不曾有過親生女兒，但他相信，就算自己有了親生女兒，愛女兒的心也不會超過愛婉兒的心。想不到婉兒竟對自己說出這樣的話來，雷大叔不禁微微一愣……不過，這也是一瞬間的事，雷大叔僅微微一愣，一邊用雙手為展白推宮活穴，一邊轉頭望了婉兒一眼。

見婉兒癡望著展白，滿臉關懷之情，眼淚簌簌地落下，心中立刻明白了一大半。心中忖道：看來我這刁鑽的女娃兒，八成已經愛上這少年。啊！我才是老糊塗，對一個豆蔻年華的青春少女來說，還有什麼比她的意中人更能使她關心的嗎？

雷大叔想到這裡，對婉兒無禮的話不但不生氣，反而微微一笑，說道：「婉兒，你不用心急！大叔負責還給你一個活……」

雷大叔說至此處，卻再也說不下去了。活什麼呢？活情郎，活未婚夫，還是活愛人……總覺得怎麼說也是不妥，不由尷尬得直用手抓鬍子乾瞪眼……偏偏展婉兒，又是個天真未鑿、嬌憨無比的少女。她見雷大叔的怪樣子，不由破涕為笑如雨後春花般說道：「活什麼呀？大叔，你怎麼不說了！」

「活……活人！」雷大叔囁嚅了半天，突然用手一拍自己的腦袋，到底讓他想出來了，這麼一句恰當的話脫口說出，顯得很高興的樣子。

噗哧！婉兒再也忍不住，不由笑出聲來，嬌笑倩兮地說道：「當然是活人了，難道我還要個『死人』不成嗎？」

婉兒笑著說至此處，突然臉孔一紅，脈脈地低下頭去，用手拉扯了一下自己的衣襟，然後又瞟了雷大叔一眼，見雷大叔正用一種似乎含有深意的眼光望著她，立刻又很快地收回目光，她的頭垂得更低了，臉孔也漲得更紅了。

有人說：少女害羞的神情最美！此話一點兒也不錯。只見展婉兒賽雪欲霜的粉白小臉上，烘染上一層朝霞般鮮豔的紅暈，明如春水似的眼波放出一種燦爛的光彩，盈盈欲流，嬌豔明麗，純美無比，不亞於一朵紅睡蓮，在晨露中迎著朝陽盛開，真是美麗極了！

其實，雷大叔並不知道，展婉兒是為了什麼，竟無端不勝嬌羞。

但，世上又有幾人能夠猜測出青春少女的心呢？

原來展婉兒在背地裡常聽到母親管父親叫「死人」，她天真少女的心上，便以為「死人」是「丈夫」的代名詞。

如今，她無意中把展白比作了「死人」，難怪她要臉紅了……就在此時，展白在雷大叔一陣推拿之後，已然悠悠醒轉，他緩緩地睜開眼來，首先映入他眼簾的，是婉兒貌美如花的嬌靨，但卻朦朧不清，有如霧裡看花……

「水……」

婉兒見他甦醒過來，神態高興已極。聽到他說要水，立刻拿起茶几上的碧玉蓋碗，先在溫水裡洗過，然後倒了一杯開水，就在床上輕輕扶起展白的頭來，把蓋碗裡的開水一口一口地餵給展白吃。

「唉！」雷大叔輕喟了一聲，見這嬌貴無比的慕容府中二千金，對一個落魄青年竟是如此地溫柔體貼，不由暗歎「情」字力量之偉大，真是不可思議……

「謝……謝……」展白就著婉兒的素手中，啜了幾口水。

人在神志已見清醒時，第一個是嗅覺，他鼻孔中嗅到一股如蘭似麝的少女身上特有的幽香。

第二個是視覺，他看到一張絕色少女的如花嬌靨，緊緊貼在自己臉旁。

第三個是觸覺，他只覺軟玉溫香，自己正倒在一個純美的少女懷中。不由臉孔發燒，一股說不出的纏綿滋味，竟使他心中一蕩……這種溫柔滋味，這種旖旎風光，是他一生中從未領略過的；他又見這如花少女溫柔地擁抱著自己，白玉似的素手，端著一杯水，一口一口地餵自己；而且，那少女比春水更加明媚的雙目，含著無邊厚愛，萬縷柔情，望著自己。

啊！這一切的一切，似夢似真，竟使他感動得不得了。

口中嚅嚅地說了「謝謝」兩個字，突然又轉頭望見，立於床前的亂髮怪人，比電閃還明亮的一雙怪目，正在緊緊地盯著自己。他又感到這樣親密地偎在一個陌生少女的懷中，實在難為情，便掙扎著想坐起來！

誰知他不掙扎還好，這猛力一掙，只覺左臂處的刀傷一陣噬心的劇痛，不由使他咬牙皺眉，又頹然倒在少女的懷中！

「哎呀！」展白天生傲骨，雖然急痛鑽心，仍然咬牙皺眉，沒有發出聲來。但他這第二次又倒在婉兒的懷中，婉兒的手，正觸到他的肩胛之處，婉兒只覺觸手濕漉漉的一片，她還以為是自己不慎，潑濺出來的水。誰知待她抬手看清竟是鮮紅的血，不由驚嚇得尖叫起來！

「怎麼！」雷大叔不知婉兒為何如此驚惶，急上前來探視……

「婉兒！」

接著門外也傳來一聲驚呼，只見一個中年貴婦，環佩叮噹，快步走進屋中，驚問道：「怎麼了……他……」

這時雷大叔也看清楚，原來展白奮力一掙，竟把左臂上的創口重新震裂，鮮血透衣，流了一床！

中年貴婦滿臉驚惶關切之容，一邊伸出素手連點展白「臂臑」、「心俞」穴，為展白止住流血，一邊回頭對錦衣少女說道：「婉兒，你去取一杯人參燕窩羹來，需要濃一點！」

錦衣少女忙不迭地應了一聲，飛快向門外跑去……

「婉兒！」站在一旁的雷大叔，忽然叫住婉兒，說道，「不用去了。我這裡有一顆丸藥，人參燕窩雖能提補血氣，但我這顆藥丸，卻比人參燕窩要強多了！」

雷大叔說著，從懷裡取出一個羊脂小瓶來。這羊脂小瓶只有鼻煙壺大小，外邊包了幾層綢布，雷大叔鄭重地打開，看樣子極為珍貴……

「大叔的藥也給他吃。」門外傳來婉兒的聲音，「人參燕窩湯侄女也去取……」說著已去遠了。

「這孩子向來是極熱心的……」中年貴婦笑著對雷大叔說。

展白這次創口迸裂，雖然痛極，卻未失去知覺。他咬牙苦忍著蝕心刺骨的劇痛，睜眼望著中年貴婦如慈母一樣慈愛地關心著自己，暗想婉兒親侍湯藥，極熱心地為自己奔跑，人家尊貴的身分地位，可以說是奴僕如雲，一呼百諾，如今為著自己一個窮苦潦倒的人，竟肯降尊紆貴，盡心服侍自己，不由一絲溫暖直襲心頭，可又夾雜著無限感激這一粒來歷不明的藥丸，要脅自己……

展白本是生具傲骨之人，又受盡了人世間的冷落，從不願向人乞憐，更不願接受別人的要脅。

因此，在雷大叔要他說實話才肯給他吃藥時，竟轉頭面向牆壁，給雷大叔來了個不理不睬！

這一來，把一個性情暴躁的雷大叔，氣了個鬚眉皆炸！

就連中年貴婦人，見展白對雷大叔的善意竟作出無禮的樣子，也不由深感意外，柔聲說道：「孩子！這龍虎續命丹，功可起死回生，練武的人吃了，更可增長勁力，一般武林之人，連想都想不到的！雷大叔問你什麼話？快回答大叔！你吃下這粒丹藥，身上的傷病都可以好了！而且，對你好處無窮哩……」

中年貴婦語調慈祥，態度和藹可親，對展白猶如慈母。

可是，展白仍沒有回過臉來，面向牆壁，說道：「我不稀罕！」

「氣死我也！」雷大叔怒叫一聲，說道，「難道我真是瞎了眼！我……」

雷大叔神情激越，說至此處，竟語不成聲。手拿龍虎續命丹，心中暗想：武林中人夢寐求之而不可得，自己不顧生命為少林寺盡了一次大力，少林掌門方丈為報答自己恩惠，才贈了這麼一粒，自己珍藏在身上十五年之久，捨不得服用，如今，自己好心好意拿出來給他吃，卻不值人家一顧……

雷大叔越想越難過，手執那粒珍藥左右為難。

送出又不是收回也不是。如果此時自己再收回懷裡，別人可能還會說自己是捨不得把這粒丹藥送人哩……「啪」的一聲脆響，任誰也想不到，雷大叔竟把一粒珍貴無比的靈藥，一抖手摔在地上！

在中年貴婦驚訝得莫名所以的時候，雷大叔已經像電光石火似的，縱出室外！

突如其來的一聲脆響，展白情不由己地轉回頭來，只見亂髮怪人已不在房中，中年貴婦一臉的驚異之容。

「怎麼回事？」展白不知何故，脫口問出。

「唉。」中年貴婦輕喟了一聲，說道，「孩子，你傷了大叔的心了……」

「傷誰的心？」微風過處，展婉兒嬌豔如花纖手托著一隻玉盤，玉盤上放著一個碧玉蓋碗，婀娜得如風迴楊柳，快步走了進來。

不等中年貴婦答言，婉兒卻把玉盤放在茶几上，用手端起蓋碗，掀了蓋，先努起小嘴吹了吹涼，然後拿了一個白玉羹匙，輕輕在碗內攪了一攪，立刻端至展白面前，嬌笑說道：「來！吃吧，我餵你！」

展白先不吃人參燕窩湯，含著疑問的眼光問那中年貴婦道：「夫人，小可不願吃他的藥，怎麼算是傷了他的心呢？」

中年貴婦沒有回答展白的問話，仰臉若有所思停了一會兒，忽然低下頭來，向展白問道：「雷大叔問你什麼來著？」

「他問我……是誰，」展白見中年貴婦慈藹如慈母，不忍拒絕回答，「又問我……」

「娘！」這時，展婉兒卻在一邊插嘴道，「不要問那麼多嘛！先讓他吃，好不好！若不，他會……」

「別打岔！」中年貴婦神色很莊重，阻止婉兒插嘴，一雙美妙的鳳目，只注視著展白，等他回答。

「又問我展……」展白只有據實回答，但說到父親的名字時，不禁激動得嘴唇發抖，說道，「……雲天，是我的什麼人。」

聽到展雲天的名字，中年貴婦的神情似乎一震，更加緊問展白：「你為什麼不回答雷大叔？展……雲天，究竟是你的什麼人？」

「展……雲天是先父……」展白感激中年貴婦救命之恩，又加上中年貴婦待他如慈母，只有據實以答。

中年貴婦聽展白說出展雲天是他父親，臉上頓現出一種無比驚奇之容，鳳目中現出一種無比欣喜的光彩，張口欲言，但心情激動無比，竟一時哽住，不知說什麼才好……那絕色錦衣美女——展婉兒，卻不知展雲天是何人，也未留意中年貴婦神色遽變，只端著人參燕窩湯，一隻纖手拿著白玉羹匙，要餵展白吃；忽見展白調頭落淚，忙把白玉羹匙放進碗內，在衣襟內掏出一方絹帕，一邊為展白拭淚，一邊以萬般溫柔的聲調說道：「不要哭嘛！來，擦乾眼淚，吃下這碗人參燕窩湯，你的痛就會好啦！乖！聽話，啊！……」

這二八年華的少女，哪裡是像跟一個尚比她大一兩歲的少年說話，倒像是在哄孩子。

展白心頭感到一陣無比的異樣……此時，忽然從門外慌慌張張跑進來一個青衣小婢，進門來張望到中年貴婦，忙上前施禮說道：「夫人！……您在這裡呀！叫小婢好找……老……爺子正急著……找夫人……」青衣小婢好似緊張過度，臉孔漲得通紅，上氣不接下氣，結結巴巴地說。

中年貴婦皺了皺眉，臉上閃過一絲不大愉快的神色，平靜地問道：「老爺子找我有什麼事？」

「小婢不……不知道。」青衣小婢結巴地說，「老爺子正在發……發脾氣，說叫夫人……快去！」

中年貴婦似是無可奈何地立起身來，又望了倒在床上的展白一眼，向婉兒說道：「婉兒！你要好好照顧他，娘去去就來！」

婉兒「嗯」了一聲，中年貴婦即隨著青衣小婢而去。

這時，偌大一間華麗的臥室之中，只剩下婉兒與展白二人。

展婉兒撒嬌使賴，半哄帶勸，一口一口地餵著展白吃了那碗人參燕窩湯。

展白從母親死後，天涯飄零，歷盡世態炎涼，從來沒有嘗受過這般溫情。只覺芳香撲鼻甜美如蜜的人參燕窩湯，從少女白玉般的纖手中，一口一口地餵進自己嘴裡，這一甜直甜到心坎裡，暖暖的熱氣，也隨著人參燕窩湯，一直溫暖到心窩！

展白一邊張嘴吃著，一邊不住打量這位對待自己有著無比深情的絕美少女。

見她身穿一襲剪裁合體的淺藍色錦衣，那錦衣的質料非絲非綢，卻飄柔光亮無比，使她曲線玲瓏的嬌體妙韻天成，更見優美！

淺藍閃亮的錦衣領口，繡著一圈白色的小花，彷彿大海裡湧起的白色浪花，清新純美。

少女周身的肌膚白如凝脂，白玉般的粉頸，烏黑的秀髮，襲蓋著一朵朝霞裡盛開的白蓮般的橢圓小臉，細長的眉兒，如蝴蝶翅膀一樣左右開展著，瑤鼻櫻口，一雙黑白分明的明眸，顧盼生姿。笑時露出編貝似的皓齒，嘴角兩邊有兩個深深的梨渦，叫人看了意亂情迷……但最使人動心的，還不在她這脫塵出俗、美逾天仙的容貌。而是她那一種內在的氣質，嬌憨天真，毫無一點心機，純潔善良得猶如天使！

現在她嬌軀依偎在床前，幾與展白肌膚相接，展白一邊張嘴接吃著少女一匙一匙送來的參湯，一邊鼻孔中嗅到從她身上散發出來的聖處女之幽香，幾疑身在夢中！

他左思右想，也想不出這萍水相逢的絕美少女，為什麼會對他這樣好？

「在下……想問姑娘一句話。」在那青衣小婢叫走中年貴婦時，使展白想起中年貴婦在途中救自己時的憂鬱神情，不知如此高貴慈祥的貴婦人，還會有什麼心事？又想起這婉兒如此純真善良，竟跟剛才那倨傲少年，與那冷若冰霜、神秘無比的黑衣蒙面女郎，像是兄弟姐妹似的，要是同胞兄弟姐妹，性格怎會如此不同？而那青衣小婢口中的老爺子又是誰？展白心中充滿了疑問，禁不住問道：「不知姑娘……肯開誠相告否？」

但，展白問出口來，才覺得探詢人家的隱私，實有冒昧之嫌，不由得吞吞吐吐。

「在下……姑娘……姑娘……在下……」婉兒模仿著展白的口吻，未說完先自花枝亂顫地笑起來。又說：「哎呀，酸死了！」

展白臉孔一紅……

「白哥，有什麼話儘管問好啦！」婉兒一片天真，上邊的話只是覺得好玩，絲毫沒有譏笑展白的成分。

一見展白臉紅，立刻止住了嬉笑，誠懇地說道：「如小妹知道的一定告訴你，不要姑娘、在下的，聽著多見外！以後就叫我妹妹好啦！」

「哪能……我實不敢當……」

展白還想推託，誰知婉兒接嘴道：「我們都姓展，沒有什麼敢當不敢當！白哥，你有什麼話就快說吧！」

展白見婉兒虔誠，自己不好意思再推託，便說道：「婉妹——」

這一聲婉妹，婉兒聽了甚是開心，笑容如花。

「那青衣小婢口中說的老爺子，是不是令尊……」

婉兒搶著點了點頭，展白繼續問道：「令堂好像是不甚快樂，難道令尊與令堂……」

婉兒笑容立斂，頻皺蛾眉，無限委婉地說道：「白哥，請你不要問我這些好不好？小妹不願談論上一輩人的事……」

婉兒說到最後語聲漸低，頭也跟著低了下去。

展白見婉兒幽怨之情，知道人家有難言之隱，便改口問道：「既是婉妹不願說，愚兄不便再問。但是，愚兄還有一事，深感不解，為什麼婉妹這樣好，令兄卻那麼咄咄逼人？令姐又……」

「不要談他們啦！」婉兒又抬起頭來，含著無限深情凝望著展白，說道，「也讓小妹請問幾個問題，白哥，你的病好了以後，準備作何打算？」

展白驀地聽到婉兒如此一問，千端萬緒立刻壓上心頭，不由使他呆住了……父仇不共戴天！當然自己病癒之後，是要去為父親報仇。但自己連父親的仇人是誰，都不知道。

而且，又把父親臨死時遺留下的寶劍及遺物也給弄丟了。自己武功未成，舉目無援，此後連個存身之處都沒有。

半途棄職，燕京鏢局是無臉再回去，至於現在自己存身之處——這神秘不可測的地方，雖然中年貴婦及婉兒對待自己甚好，但說不定人家是見自己傷病才產生了同情，等到自己傷好病癒，萬無久住之理。何況，還有那倨傲少年及那瘋癲的亂髮怪人，自己想起來就寒心，就算讓自己住，自己也住不下去……展白思及此處，頓感前途茫茫，充滿了悲觀與無望，真是到了走投無路的境地了！

固然，展白處此悲觀絕望之境，對人世一無留戀，一死毫不足惜，但想到父仇未報，自己實在不能死，真應了那句讖語：「求生無路，欲死無門！」

思及此處，展白真有英雄末路之感，不自覺地滴下幾滴英雄淚來……

「白哥！」誰知婉兒見展白悵望屋頂，默默無語，獨自落淚，竟一探嬌軀，伏在展白身上，雙手抱住展白，用一種鐵石之人聽了也會心軟的溫柔聲調說道，「天涯海角，不管你走到哪裡，婉妹也不跟你分開！」

這純潔少女的真情流露，使展白心中大為感動，猶如在炎涼的人世之中頓逢知己一般；寒冬裡又出現了春天，絕望中又生出了希望，黑暗裡有了光明，沙漠中開遍了花朵！

這雖是虛幻得不可捉摸，但，又顯得多麼充實啊！

展白情不由己地也從被中探出雙手，緊緊擁抱著婉兒，嘴中喃喃低語：「是的，我們永遠不分開！永遠不分開，永遠不分開……」

「哼！」突然窗外傳來一聲極冷的冷哼，有如一陣凜冽的寒風，剎那，把遍地的花朵吹落得無影無蹤！

「無恥的丫頭，膽敢敗壞門風！」冷哼過後，跟著傳來一聲寒冷猶如冰窟雪窖的語聲責罵。

「大哥！」婉兒嬌喝一聲，「你敢欺侮我！」喝罷，婉兒從展白懷中掙起，飛掠至窗外！

一陣爭吵聲，傳得愈走愈遠，終於聽不到了……剎那之間展白彷佛覺得方才逸然的房間，於今又變得寂寞冷清起來，這盛夏的六月之夜，怎的有如此寂寞冷清的感覺，他自己也弄不清楚。而腦海之中，卻偏偏又混亂得很，自他在那小林中遇著安樂公子之後，一切世事就彷佛變得混亂不堪，他雖想靜下思潮來仔細思量一遍，竟不能夠。

第八章　洞中天地

人類的情緒，的確奇怪得令人難以解釋，有時，你在一個熱鬧無比的場合裡，往往會有著非常冷靜而清晰的頭腦，但是，當一切都靜下來的時候，你的思緒卻往往會混亂起來。

他暗自苦歎一聲，方自合上眼簾，想安靜地歇息一陣。

哪知——就在這一剎那裡，窗口又漫無聲息地掠入一條人影，這人影身勢之快，有如閃電，身形落下，腳尖在地面上只輕輕一點，便已落到床前，雙手突地伸出，往展白的身上拍去。

展白眼簾閉合，根本不知有人掠入屋來，此刻只聽得床前有些微異聲響動，他下意識地張開眼來，眼光動處，不禁脫口道：「雷大叔！你——」

突地瞥見雷大叔面上一片獰惡之態，雙手前伸，似乎要擇人而噬，他心中不禁為之　寒，下面的話，便再也說不出來了。

原來這條掠窗而入的人影，正是方才突然離去的雷大叔。

他方自伸出雙手，往床上的展白拍去，聽見展白的這一聲呼聲，似乎呆了一呆，手掌倏然頓住，兩人目光相遇，雷大叔面上的獰惡之態，突然消去，一絲笑容，緩緩自眼角泛起。

他呆呆地望了展白兩眼，突地一把抬起展白，身形猛地一旋，腳尖微點，便又閃電般自窗中掠了出去。

展白大驚之下，脫口驚呼一聲，呼聲未歇，他已被這似瘋非瘋，行事卻件件超於常情常理之外的怪人雷大叔挾到園中，他心想掙扎，但周身無力，又想問問這雷大叔如此對待自己，究竟是為什麼？但轉念一想，此人行事既是件件不近情理，就算問他，只怕也是無用。

雷大叔身形一落窗外，微一點足，便斜斜往右躍去，就在他這微一點足間，展白勉力伸起頭。

目光望下打量一番，只見這庭園之中林木蔥鬱，如花如錦，雖然處處均有亭台樓閣，但卻被四下的假山湖石遮去大半，也就看不十分清楚，一眼望去，但覺這庭園之深沉廣袤，竟是自己生平未見。

他不禁為之暗中驚讚，方待再仔細看上一眼，但雷大叔身形又起，倏然幾個起落，展白只覺四下的樹木亭台山石，像風一樣地倒退回去，眼中只能見到這些林木亭台山石的一點影子，這雷大叔身形之快，的確是驚人無比。

瞬息之間彷彿掠至一道長廊，雷大叔身形便從這長廊下穿過。長廊盡頭，竟是一座小山，這小山似真似假，雖然像假山，但假山卻又不會如此高巍，若說它是真山，但真山卻又不會如此玲瓏。一條上山的坡道，依山曲折，山上林木森森，鬱鬱蒼蒼，更是方才庭園中所見之上。

但雷大叔卻不由這條山道掠上，身形一轉，竟撲向這蔥鬱的山林之中，這一來展白心中更是驚悸難定，四下的林木樹幹，都似要向他身上迎面飛來，他只好閉上眼睛，心想無論這雷大叔要將自己帶往何處，自己都無力反抗，只得聽天由命了。

他雖然閉上眼睛，卻無法閉上耳朵，只覺得滿耳風聲如潮水擊岸，呼呼不絕。

他方自轉念之間，這滿耳的風聲又一齊停住，卻聽得雷大叔道：「到了。」

展白張開眼來，發覺自己此刻竟是置身於一間洞窟之中，星光從洞外映入，只見這洞中雖然十分幽暗，但石床石几，佈置得卻極為井然有序，而且十分潔淨，這不但與雷大叔的外表不相稱，而且雷大叔會將展白帶到這種地方來，更大大出乎展白的意料之外，他不禁暗中思忖：這是什麼地方？他將我帶到這裡來，到底是為了什麼？

但雷大叔說了那句「到了」之後，便再也不發一言，展白心裡想問，但竟還是沒有問出，只得任由這詭異神秘的怪人將他放到那張石床之上，無可奈何地暗歎一聲，再次合上眼簾，他想：「無論什麼事，謎底卻總有揭解的時候。」

雷大叔立在床前，像是又將展白仔細地看了兩眼，突又疾伸雙手，往展白身上拍下——展白這次卻沒有張開眼來，他只覺「砰砰」兩掌擊在自己胸前、腰畔，似是痛極又似是酸極。

他大叫一聲，張開眼來，模糊中只見到雷大叔醜怪的面容和洞外的一線天光。

接著，他便茫然失去知覺，世間縱有千萬件事發生，他都不知道。

這期間，世上是否有事發生呢？

安樂公子雲錚以及摩雲神手向沖天，追向那突然現身、自雲錚手上奪去碧劍的神秘人影，是否追得上呢？

這神秘人影是誰？為什麼甘冒大險，自武林中赫赫有名、威震一方的安樂公子的手中，奪去這柄無情碧劍呢？

還有，這神秘深沉的庭園中的兄弟姐妹，是否會因他失蹤而又生出許多事端？

這一切，展白都無法知道，在他已甦醒的時候依然如此。

他醒轉過來時，洞窟中仍然是一片漆黑，甚至比他來時更黝黑了。

他緩緩睜開眼睛，但卻像是沒有睜開時一樣，因為他雖然睜開眼來，卻仍然是什麼也看不見，為什麼？難道此刻仍然是深夜？

但深夜之中，也該有一些暗淡的光線呀！

於是他便想掙扎著坐起來，哪知他身軀一動，便已輕靈而不費事地坐了起來，以前的病痛與疲憊無力，此刻竟已消失無影。

他驚呼，幾乎不相信這是事實，自幼以長，他也曾受過不少次病魔和折磨，但卻從未一次，病痛的消失，竟有如此之快的。

他旋身下了床，四下仍是暗不見物，他遲疑著，喊了一聲：「雷大叔！」

四下寂無應聲，這詭異神秘的雷大叔，此刻也不知道走到哪裡去了。

如此黑暗中，他雖然站了起來，卻不敢隨意移動腳步，略一展動手腳，各處卻輕靈如前，甚至比往昔更輕靈了些。

他呆呆地站在床前，但站了許久，突地感覺到有些微風吹到他身上。

他奇怪，在這暗無天光的地方，怎會有微風吹進來呢？

於是他摸索著向微風吹來的方向緩緩走了過去，他發覺自己走到一片山石前，而微風，竟就是從這山石上吹入的。

他更大惑不解了：「這山石之上，怎會有風吹進來呢？」

他伸出手掌，在這片小石上緩緩摸索著，於是他發覺這片小石四周有十數個龍眼大小的洞，微風便是從這小洞中吹入的。

「既有風吹進來了，為什麼卻沒有光線一齊透入呢？」

他暗問著自己，一面卻也為自己尋得了答案！

「想必是這些小洞也是通向一個黑暗的地方，但這地方，卻是可以透入天風的。」

於是，他對自己置身之地便有了些瞭解，但除此之外，他還是什麼也不知道，他閉上眼睛，良久，再張開來，希冀能看到一些東西，但伸手處，卻仍然是黑暗不見五指。

這濃重的黑暗使得這地方雖有天風，空氣卻仍舊使他透不過氣來。

他什麼也不能做，只有坐下來思索，但此時此地，他又怎能專心思索呢？短暫的黑暗已能使人發狂，何況如此漫天的黑暗！

再站起來，他暗中分辨著方才自己臥倒時所見的這座洞口，摸索著走到那裡，伸手一摸——呀！這原先的洞口，此刻竟變成了一片石壁，他發狂了似的在這片山石上下左右都仔細摸了一遍，這片山石竟是如此完整，完整得沒有裂隙。

那麼，方才的洞口到哪裡去了呢？

這山窟若是沒有出口，那麼，自己方才又是怎麼進來的呢？

他真的完全困惑了，沿著這片石壁他向右走去，轉了個拐角，伸手處，突地觸到一包麻袋，麻袋中裝著的，像是糍粑一類的小食物，麻袋旁似乎還有一缸清水，他俯下頭，聞了聞，這缸清水似乎還散發著一種香氣，似是酒香，又似是菜香。

他忍不住喝了一口，水的滋味，也是不可形容的香甜，香甜中又帶入些苦澀，一生之中，他竟從未喝過類似這樣的「水」，他又喝了一口，清涼的「水」，使得他精神鎮定不少。

於是他再摸索著走過去，一張石几，兩張石椅，石几上空無一物，突然摸到薄薄的一冊書籍，他忍不住將之拿到手上，但轉念一想，這種黑暗的地方，縱有書籍，卻又有什麼用呢？

再走過去，又是一個轉角，過去便是那片微風吹入的山壁，然後，他又回到石床邊，似是失望了，也迷惑了，這個洞窟之中，竟似真的沒有一個像是出口的地方。

在床上他不知坐了多久，又不知睡了多久，站起來，走到水缸邊，喝兩口水，從麻袋取了一塊東西出來，咬了一口，又是奇怪的滋味，他長歎頻頻，怎的自己一生中，會有如此奇怪的遭遇。

思潮紊亂，百般無聊。

他摸索著拿起那本書，走回床側，他多麼希望自己能在這無聊的時光中有消遣的東西，可是沒有光線，又怎能看書呢？

他無可奈何地將書頁翻動著，突地發現，書上的字跡，竟像有些凸出的樣子，那想必是為石刻時聚墨過多，或者是抄寫時聚墨太濃，無論如何，他的心，卻狂喜地跳動了一下，因為，在這無聊時候裡，他總算有了可以消遣的東西。

從第一個字摸起，呀，不能閱讀，而只能如此摸索，可的確是件苦事，他忽然有了盲人的痛苦，也開始體會到盲人的痛苦。

一筆一畫，一撇一橫，他歎著氣，摸索著，終於，他脫口呼道：「氣！」

第一個字，是「氣」字，那麼第二個字呢？終於，他也摸了出來，那是個「混」。

摸出了兩個字，他信心大增，下面的字，他便更仔細而耐心地摸著，於是，他又摸出了「沌、清、濁」三個字。

第六個字他摸得極快，因為那又是個「清」字，第七字「升」，第八個字，又是「混」，第九個字「降」，第十個字「道」，第十一個字，他摸得極快，因為那是個「一」字，第十二個字「法」，第十三個字，他摸了很久，才摸出是個「眾」字。

閱讀十三個字，那幾乎在霎眼之間便可完成，可是要摸出十三個字，卻是件困難的事，他歇了口氣，伸了伸手，手指卻像是有些麻木了，時間更不知過了多久，他將這十三個字低念一遍！

「氣混沌清濁清升混降道一法眾……」

於是，他茫然了，這十三個字是什麼意思，他無法瞭解，只得集中思索，又不知過了多久，他暗中思索道：氣，大概是說真氣一類的氣，是混沌的，清、濁不問，要想清氣升，濁氣降，道理只有一個，但是方法卻有許多——

「呀！這十三個字，是不是這樣的意思？」

他只能猜測，卻不知道自己的猜測是否正確。

於是他起來喝了兩口水，又吃了些東西，便再摸下去，只覺下面的句子，越來越繁複深奧，他每摸一個字，便要停下來思索許久，在摸下一個字的時候，他心裡還在不斷地思索著上一個字的意義，這樣，他摸得便更加慢了。

時間，便在這摸索的苦思之下過去，也不知過了多少時候，他知道那一缸高達五尺，粗不能合抱的水缸中的「水」已幾近喝完，而那麻袋中的「食物」也似所剩無幾了。

但是他此刻卻並沒有為這些生活上必需的東西發愁，因為這本薄薄的書冊上的字跡，已吸引了他大部分的心神。

他再也想不到這薄薄的一本書冊上所記載的東西，竟是深淵如滄海，這其中每字都像是有著一個特別的意義，而這些個意義即又都是武學中極深奧的精妙之處。

展白天性本極好武，只苦於未遇名師，此刻他發覺了這本武學秘笈，怎會不歡喜如狂？別的事，他便一概不放在心上了。

他對字跡的摸索，雖然越來越覺容易，但是書中的字句，卻越來越難以明白了，往往一個字他要詳思許久，而且要承上顧下，再分辨哪個字相連是一句話，到哪裡才能成一段落，因之，他的進展反而越來越慢。

但是任何事只要有了開始，便會有結束的一天，何況他是如此有恒心。

終於一天，當他將最後一個字都辨清的時候，他的心，不禁為之狂喜地跳動起來，他臥在床上，再將這冊書上的每一字、每一句都仔細思索一遍，此刻他已能將這冊書上的每一個字都毫不困難地背誦出來。

他思索得越深，狂喜的心便也跳動得更厲害，因為他每思索一遍，便發覺這其中所含的武學精妙，竟是他連做夢也沒有想到過的。

於是他開始依著這秘笈上所記載的方法，練習起來。

摸索著的日子固然是困苦的，但一切困苦他此刻都已得到了報償，因為他發覺依著這本書上的方法來修習內功，進境竟是無比地迅速，這和以前他苦練武功的時候，其難易之別，真是判若天壤。

他休息的時候越來越少，因為又發覺自己的精神此刻竟是如此充沛，他再也不去想別的東西，因為這些武學的精妙，已使他無暇旁騖。

哪知——過了不知多少黑暗的日子，一日他盤膝坐在床上，繼續著他內功的修習。當他意與神合，心無雜念的時候，他發覺身下的石床竟突地緩緩移動了起來。

他大驚之下，猛提一口真氣，身軀便又輕靈而曼妙地躍到地上，凝神戒備，他不知道在自己一生之中，現在又將遇著什麼奇怪的變化。

石床仍在緩緩移動著，山壁外突地傳來一陣清朗的笑聲，這笑聲竟衝過山壁，傳入他的耳裡，他緊張地期待著，身上的每一根神經，似乎都已因著這緊張的期待而繃起如弓弦了。

「轟咚」一聲巨響，一線天光破壁而入，在石床後邊的石壁上竟現出一個數尺大的洞來！

展白大吃一驚，心想：什麼力量可以把這整座石壁震開……

但，展白驚詫未定，笑聲震耳，破口之處，陡然湧現一個頎長的人影！

頎長人影，背光而立，展白視線突然由暗到明，一時之間，看不清來人的面貌，只能看到那頎長人影滿頭亂髮飛蓬，長衣在微風中悠悠飄揚，當洞口而立！

頎長人影，哈哈大笑，石壁回音，笑聲震耳，嗡嗡不絕！

頎長人影身形一晃，倏然撤身站在石床上。

展白再凝神一看，原來竟是那亂髮怪人，雷大叔！

第九章　銷魂秘笈

展白目光驚奇而錯愕地望在這怪異老人雷大叔的身上，只見這雷大叔笑聲漸斂，緩緩跨下石床，含笑道：「你心裡在奇怪，我怎的會將你帶到這裡來，又為何突然走了，是不是？」

展白不禁一愣，只得輕輕點了點頭，卻聽雷大叔說道：「你心裡還在奇怪，這石洞莫非有什麼古怪，是不是？」

展白又自一愣，暗道：他怎的完全知道我的心事？他卻不知道此情此景，無論是任何人設身處境，都會有這種猜疑，這雷大叔將心比心，自然一猜便中。展白一愣之後，只得又點了點頭，卻見雷大叔哈哈一笑，好整以暇地在床邊坐了下來，道：「那第一件事你自然不會猜到，至於那第二件事嘛——」他語聲微頓，緩緩伸出手掌，四下一指，接著又道，「你且看看，這山洞原本一無巧妙，只不過我在你熟睡之際，將石床石桌的位置移動了個方向，然後再用塊巨石堵住洞口，你在黑暗之中，只當是洞口還在石床前面，卻不知——哈哈。」他伸手一指石床邊他方才突然現身的洞口，大笑兩聲，極為得意地接道，「這洞口只是在這石床旁邊而已。」

展白目光動處，只見他方才現身之處，天光直射而入，一塊巨石，已被移到一邊，心中不禁恍然，暗歎一聲：我怎的竟連這道理都想不出來？心思一轉，又忖道：這怪老人此刻說起來，不但語聲清晰，而且有條有理，哪裡還有半分他先前那癲狂怪異之態，莫非他以前只是故作姿態而已？只是——他這卻又是為著什麼呢？他心中仍然大惑不解，但一時之間，卻又不知如何問出口來。

只見雷大叔目光一轉，突地看到展白時刻摸索，因而一直放在桌邊的那本記載武功奧妙的書冊，方自斂去笑容的面孔，又自泛起一絲笑意，緩緩伸手拿了起來。展白直到此刻，方第一眼見到這本他不知摸索若干遍的武功秘笈的樣子，只見這冊薄薄的秘笈，封面竟然彩色斑斕，一眼望去，只覺色彩奪目已極。

他先前只當這本秘笈必定是淺紅淡黃一類顏色，此刻不覺大出意外，不禁為之一愣，突地想起他幼時聽到的一個「瞎子摸象」的故事，那是在一個夜涼如水的晚上，他那已因長久的痛苦折磨而死去的慈母，在一盞孤燈邊對他說的。

黃昏的燈光，慈母的面容，此刻似乎又泛起在他眼前，柔和的語聲，諄諄的教誨，此刻也似乎響起在他耳畔：「你若沒有親眼見到，即使那東西是你親手摸觸到的，你也不能替它妄下斷語，不然，你也就會變成和那些摸象的瞎子一樣愚笨。」

他已深深地體會到這幾句話裡所包含的深刻教訓。他也已深深地瞭解到這教訓中所包含的愛心，一時之間，他不禁又回到遙遠的往事中去，竟忘記了他此刻身在何處。

雷大叔一面緩緩翻動著手中的秘笈，一面緩緩又道：「老夫帶你到這裡來，就是為了要你能讀到這本秘笈，這些日子來，想必你已讀過了，是不是？」

方從往事的夢中醒來的展白，眼眶中似已有淺淺的淚痕。

他茫然點了點頭，卻聽雷大叔又道：「老夫將你獨自關閉在這洞窟之中，也是為了要你能在黑暗與孤獨之中，仔細研讀這書中的精妙，不知道——」

他語聲越來越見重，展白聽了心裡卻不禁有氣！

他暗忖：你要我仔細研讀這書中的精妙，卻又將我閉在伸手不見五指的黑暗之中，哼——這是什麼話！忍不住搶口道：「老前輩對晚輩的盛情，晚輩實在是感激得很，只不過晚輩的眼睛並沒有什麼毛病，在有光的地方一樣也能看得見字跡，而且看得十分清楚，老前輩若以為晚輩只有在黑暗中才能見物，那麼——哼哼——」他生具直腸，此刻心中有氣，便不管對方是誰，也要痛痛快快地說出來，至於說出來的後果如何，他卻根本未曾考慮，這也正是少年男兒的本色。

哪知這雷大叔默默地聽著他的話，非但絲毫不以為忤，面上反而泛起一種淡淡的笑容，直到展白話說完了，他面上突又掠起一陣奇異的表情，像是突然想起什麼，竟自長歎一聲，道：「當真是一模一樣的脾氣，唉——」長歎一聲，語聲突頓。展白聽了他這沒頭沒腦的一句話，心中方自一動，卻見他突地手腕一揚，將手中那本彩色絢爛的書冊，筆直地拋了過來，口中道：「少年人心直口快原本是好事，但對人對事卻不可輕加判斷，知道嗎？」

展白又為之一愕，全然不知道他話中的用意，直到那本彩色斑斕的書冊已在洞外射入的天光的映影之下展現在他眼前，他方自急忙伸出手來接著了它，只聽雷大叔冷冷道：「打開看看。」

展白心中大奇！

「難道這本書在有光的地方就看不見了嗎？」但是他卻清楚地記得，書中的字跡是整齊地排列著的，於是他暗中替自己方才的猜測下了個堅決的否定，伸手翻開這本書冊定睛一看——他卻又不禁呆呆地愣住了。

他的心，也為之急遽地跳動了起來，他幾乎想立刻將這本上面滿載武功奧秘的秘笈撕毀。但是另一種混合著強烈的好奇與原始的欲望的衝動，卻又使得他的眼睛再也不能移動一下，剎那之間，他只覺目眩神迷，心蕩意搖，身形幾乎站立不穩，顫抖著伸出手掌，再去翻動第二頁。

哪知——「啪」的一聲，他面頰之上竟被雷大叔重重拍了一掌，手腕微展，手中的書冊也被雷大叔劈手奪了過去。他心頭一震，心智一清，想到自己方才的樣子，不禁為之紅生雙頰。

原來他伸手翻開那一面彩色斑斕的封面，目光轉處卻見第二頁中，雖有一行行淡淡的字跡，但整頁之上，都畫滿了身無寸縷的絕色美女，而且亦是以極為鮮豔的色彩繪就。

這些美女或坐或臥，粉腰雪股，致致生光，不但體態姿勢各盡其妙，畫得生動無比，而且眉梢眼角隱含春意，面目之間更滿含蕩意，有的是鬢髮亂灑，胸雪橫舒，有的是金針輕拈，繡榻斜臥，便是鐵石傻子見了，也無法不為之心動，那展白雖然坦蕩正直，但究竟是血肉之軀，而且血氣方剛，一生之中，幾曾見過這種圖畫？更何況這些圖畫之中，還似隱含著一種奇詭的魅力。

此刻他定了定神，只覺心頭似乎還在怦怦跳動，卻聽雷大叔冷笑一聲，道：「黑暗之中，雖然看不見，但卻比看得見還要好些吧！」

展白目光一望，心中大感慚愧，哪知雷大叔卻又微微一笑，伸手一拍他肩頭，和聲道：「不過你心裡也不要難受，這本《鎖骨銷魂天佛秘笈》，自古至今不知葬送了多少英雄豪傑的雄心壯志，你年紀還輕，這又算得了什麼？」言語之中，竟滿含安慰鼓勵之意。

展白心中不禁大為感激，目光一抬，訥訥地說道：「老前輩……晚輩……年輕識淺，還望老前輩，不要怪罪！」

要知道他生性剛直，別人若是對他輕視欺凌，要他低頭認罪，那是萬萬不能，但若是別人對他好些，他心中有愧，便又忍不住說出來。

雷大叔微微一笑，又道：「『鎖骨銷魂卷，天下第一奇』這句話你年齡尚輕，大約不曾聽過，但若是——唉，若是年紀和我相若之下，卻極少有人未曾聽過這天下第一奇書的故事，我費盡千方百計，尋得此書，卻也險些因它走火入魔。」他語聲一頓，突又將這本怪絕天下，也妙絕天下的奇書，送到展白面前，又道：「你再看看，這書中的玄秘之處，還不止於此哩。」

展白垂下頭去，眼觀鼻，鼻觀心，只是再也不敢望它一眼。

雷大叔微微一笑，伸手掩住了此書的大半，又道：「你且看著這書上的字跡。」

展白心有餘悸，但知道這怪異老人此舉定有深意，輕輕一抬眼簾，只見這上面的極淡字跡，開頭幾字，竟是寫著：「美人有態有情有趣有神，唇檀拂日，媚體迎風……」他心頭一動，抬起目光，再也不敢往下看去，心中卻不禁大奇，朗笑著道：「晚輩在暗中摸索，這開頭幾字，似乎根本與此大不相同！怎的——」

雷大叔雙眉一展，喜動顏色，道：「你再閉起眼睛摸摸看。」

展白心中一動，立刻合起眼簾，伸手摸去！

上面字跡微凸，他入手便知，仍然是那些內含武功奧秘的字跡，不禁張開眼睛，奇道：「這是怎麼回事？」

雷大叔嘴角含笑，像是極為高興，道：「先前我怕你縱然在黑暗中尋得此書，卻也不知其中奧妙，哪知竟真的摸出了上面的字跡。」

展白接口道：「晚輩這些日子以來，日日都在摸索，已將此書上的字跡完全默誦出來——」

雷大叔雙眉一軒，急急問道：「書中含意，你可曾明瞭？」

展白歎道：「晚輩資質愚魯，書中字跡如此艱澀深奧，晚輩苦苦琢磨多日，才將此中含意略為瞭解少許，還望老前輩再加指點。」

哪知雷大叔突地眼簾一垂，浩歎一聲，緩緩說道：「看來天緣偶合，一絲也強求不得，唉──我這番苦心，總算也沒有白費。」他緩緩張開眼睛，退回石床坐下，又道：「你若真能將此書中奧妙了然，只要再加研習，只怕毋庸多日，就連老夫也不再是你的敵手。」

展白忍不住問道：「此書明明是本正正當當的內功秘笈，怎的卻有個如此不正的名字？著書之人明明想將自己的一身武功傳之後世，卻又怎的在書上畫些這種──唉，這豈非故意要陷人入罪？」他語聲漸漸地變得高昂起來，「像這種人寫下的內功秘笈，只怕也不是什麼正道功夫，晚輩不學也罷。」

要知道他本具剛強正直的至情至性，幼從父母之訓，更使他成為一個一絲不苟的正人君子，此刻但覺心有所感，便又直率地說了出來。那雷大叔微微一笑，意示讚許，道：「此書雖有許多邪異之處，但書中所載武學奧秘，卻都是武林家正宗的不傳之秘，而且著書之人如此做法，也並非沒有深意。」

展白「哼」了一聲，方待辯駁，卻聽雷大叔又已接道：「此書的來歷，武林中人言人殊，莫衷一是，但歸納起來，此書大約是兩百七十年前，一位叫作『隻眼郎君』的武林奇人所著。」

展白忍不住又問道：「這『隻眼郎君』又是什麼人，難道他只有一隻眼睛嗎？」他終究是少年心性，心裡覺得奇怪，便又問了出來。

雷大叔微微一笑，道：「這個隻眼郎君雖名『隻眼』，卻非『隻眼』，他取此名大約是取『獨具隻眼』之意，吾生也晚，雖然不能眼見這位前輩奇人的風采，但聞得江湖故老傳言，這隻眼郎君不但武功奇高，而且凡事都有獨特的見地，更能識人，江湖中人的好歹善惡，只要被他見了一眼，便立刻可以分辨，再也無所遁形，是以有許多假冒為善的武林中人，都被他揭穿隱私。」

展白劍眉一揚，又問道：「此人既是如此人物，怎的卻又弄出這種害人不淺的東西來？依晚輩看來，此人只怕也是個假冒為善的偽君子哩！」

雷大叔微微笑道：「人是『蓋棺便可論定』，但是這位武林前輩的一生行事，此刻他不但『蓋棺』已久，而且只怕早已骨化灰飛，卻仍無法『論定』，這自然便是因為他在武林中惹下無窮風波，不過——他一生行事是善是惡，雖然各人觀點不同，看法各異，但是他留下的這本武功秘笈，卻萬萬不能算作『害人的東西』。」

展白劍眉又是一揚，心中大感不服，忍不住抗聲說道：「老前輩方才還說這本秘笈不知葬送了多少武林豪傑的雄心壯志，此刻怎又說它不是害人的東西？」

雷大叔微微一笑，道：「想不到你年紀輕輕，卻也固執如此，但固執定須擇善，『擇善而固執之』方是君子。」他微笑稍歇，又道：「聞道那隻眼郎君非但不是『隻眼』，而且天生俊秀，貌如子都，在當時江湖中，享有第一美男之譽，是以他一生之中，不知經過了多少情孽糾纏，只是他心如鐵石，絲毫無動於衷。」

展白暗「哼」一聲，忖道：心如鐵石，便是無情之人，人既無情，必定不會是什麼好人。他此刻心中對這隻眼郎君已有成見，是以無論雷大叔如何說，他心中都不服，只是他見雷大叔對此人像是十分推崇，是以口中也就沒有說出。

只聽雷大叔又道：「這位前輩起初在江湖中成名立業之際，武功雖高，卻未臻絕頂，那些被他揭發了隱私之人，自然恨他入骨，只是他交遊廣闊，當時武林中可數的幾位奇人，對他都特別青睞，是以那些人心中雖然記恨，卻也無可奈何。於是這些人處心積慮之下，就想盡千方百計來引誘他，只要他做出一件邪事，那些人就可藉口將之除去，哪知——哈哈。」

他得意地大笑兩聲，又道：「哪知他心腸當真是堅如金石，無論你利誘或是色誘，他都無動於衷，所以他始終沒有落入陷阱。」

展白心中雖然不服，但此刻卻也不禁對此人的行徑暗中起了些讚佩之心，忖道：此人若真的如此，倒也可算是個頂天立地的大丈夫。

卻聽雷大叔又道：「後來他忽然參透內家妙諦，便尋了個隱僻之地，靜研武功上乘奧妙。他雖然處處設防，哪知卻被他一個最親近的朋友因妒生恨，將他靜修之地說了出去，於是此訊一傳，群魔大動，竟等他靜修之際前去騷擾，這其中最厲害的，據說是一個美絕天仙的魔女，竟施展『奼女迷魂大法』，在他那絕頂內功將成未成之際，使他心動。」

他語聲一頓，苦歎一聲，展白亦不禁為之心動神馳，歎口氣道：「可惜。」

雷大叔又道：「內功練不成，可惜還在其次，唉——要知道『道高一尺，魔高一丈』，內功修習得愈加上乘，心魔也就愈加難防，尤其在他這種將心妙諦，性命交修，生死玄關將通未通之際，一個不好，非但立時要走火入魔，而且性命也危如累卵。

「這一代武林奇人便在這性命交關之際，微生綺念，走火入魔，若非當時武當玄門的掌教真人鐵心道長與少林佛門的掌教祖師苦水上人聞得消息，一怒連袂下山，以佛道兩門的無上大法將他救轉，那麼他縱不立刻魂歸離恨，至少也得走火入魔從此不能動彈了。」

他將這昔年轟動天下的武林掌教往事說到這裡，展白才不禁透了口長氣，伸手一抹頭上汗珠，搖首歎道：「好險。」

雷大叔卻又苦歎道：「唉！縱然如此，但這位武林奇人，雖然早已參透內家絕頂奧妙，但卻因為身體受損，從此不能勘破內功最後一關，以致抱恨終生，他雖然不願將自己苦心研透的武功絕頂奧秘從此湮沒，卻也不甘後學毫無困難地得到這種絕頂奧秘。

「因之他才費盡心力，製了如此一本奇書，藏在羅浮絕頂的一個隱秘所在，而且揚言天下，有如此一部奇書，只是直言定力不堅的，切切不可嘗試——」他目光一轉，望向展白道，「這又怎能說他不對？」

展白愕了一愕，垂首無言，卻聽雷大叔接著又道：「這位前輩異人，後來自知武功無法再進一層，便埋首於詩詞書畫之中，他天資絕頂，當真是『一通百通』，後來竟成了天下聞名的丹青妙手，據說這本奇書上的圖畫，不但全是他親手所繪，而所繪的人，便是那曾毀他大道的魔女。」

他將手中畫冊一揚，接道：「你方才見這書中之人，是否神態各異，但面目卻完全一樣？唉——這魔女當真是天生尤物，便只這畫裡傳真，已將使人意馬心猿，也難怪那隻眼郎君——」

他長歎一聲，倏然中止了自己的話，言下之意，不言而喻。

這段離奇詭異、曲折豪快的武林往事，只聽得展白目定口呆，意醉神迷！眼前似乎活脫脫地現出那隻眼郎君的影子。

他不禁為之默然垂下頭去，心中反覆忖道：便只這畫裡傳真，已能使人意馬心猿……唉！看來不但這隻眼郎君是位奇人，就是這魔女也是奇人。

兩人默然良久，各自似乎都在追憶武林前輩的英風往事，展白心中更多了幾分警惕，一陣風由洞上吹來，撲面吹向展白！他抬起頭來，定了定神，微喟一聲，方自問道：「這本奇書後來的歷史如何？又怎的會到了老前輩的手上？」

雷大叔目光一抬，像是方自從回憶中醒來！定了定神，道：「那隻眼郎君話雖那般說法，但武林中人聽得有這種內家秘笈，誰能不怦然心動？不到半年，羅浮山群雄畢集，都是一心想要尋得這武林秘笈的人，但轉眼一年過去，在羅浮山巔的大小洞窟幾乎被這些人搜尋一遍之後，這本武林秘笈才終於被法華南宗門下的兩個弟子尋到。」

展白雙眉微皺，接口道：「那些別的一心尋寶但卻失望了的人，只怕不會讓他們那麼安穩地得到此書！還有——他們見到這個——」他指了指雷大叔手中那本看來彩色斑斕，彷彿是一本豔詞淫畫的奇書的時候，「又怎的知道這便是隻眼郎君所留的內家秘笈呢？」

雷大叔微微一笑，道：「這些事我也是聽於故老相傳，真實詳細的情況我也知道得並不清楚，只知這『法華南宗』的兩個弟子在武林中本是有名的硬手——」他語聲停頓，突地長歎一聲道，「要知道這些武林高手聚到羅浮山之後，本已經過一年的明爭暗鬥，葬身於此事中的人，不知已有了多少，這『法華南宗』的弟子兩人，經過一陣『弱肉強食』的淘汰競爭之後，還能屹立不倒，想必不但武功極硬，便是心計也定有過人之處。」

展白連連頷首，道：「是極！」心中一面卻對這雷大叔分析事情的冷靜清楚頗為敬佩，念頭轉處，心中不禁又為之一動！

「他本是極端聰明的人，以前卻為什麼要裝成那副樣子？唉！想見他自身也定然有著一段不平凡的往事，以後我倒要問問他！」

卻見雷大叔，一揚手中那本《鎖骨銷魂天佛秘笈》，接著又道：「此書被那兩人發現之際，據說是被裝在一個製作得極其精妙的檀香匣中，匣面之上便寫的是『鎖骨銷魂天佛秘笈』八字，這也就是此書有此名稱的由來，那兩人發現此本奇書之後，竟全然不動聲色，只將檀木匣子打開，取出這本秘笈，換上一本《太極拳法訣要》放在匣裡！神不知鬼不覺地再將這匣子放回原處，然後他兩人竟再跟著別人一起尋找，只當根本沒有發生這回事一樣，別人自也全不知道。」

展白暗歎一聲，道：「這兩人當真是工於心計，難道他們神色之間，一絲也沒有露出嗎？」

雷大叔頷首歎道：「想那般武林豪士，都是何等人物，端的是眼中不留半粒沙子，只要他兩人稍現辭色，別人焉有看不出來的道理！」

展白歎道：「我只道『法華南宗』是武林正宗，卻想不到也有這等弟子。」

雷大叔安然一笑，道：「莫說『法華南宗』，便是『武當』、『少林』，又何嘗沒有敗類？」展白頷首一歎，卻聽雷大叔接道：「上山尋寶之人，有的被慘殺而死，有的失望歸去，最後只不過剩下十數人而已！那『法華南宗』的兩個弟子便不動聲色地混在其間。過了數日，一個深夜之中，那時正值初冬，羅浮山巔，寒意已重，大家正在圍火取暖，忽地聽得一陣陣狂笑，遠遠傳來，大家心中一驚！跑去一看——唉，夜色之中，只見那『法華南宗』的兩個弟子其中一人，竟脫得渾身赤裸，在朔風中滿地打滾，而他手裡，便拿著這本奇書。」

展白只聽得心頭一顫，忍不住脫口驚呼一聲，雷大叔長歎接道：「原來那人身懷奇書，忍了數日，終究忍不住，心想：深夜之中，我偷偷看幾眼又有何妨？便趁著大家未曾注意之際，跑到一個山窟中，借著微弱的火光偷看，唉——他不看便好，這一看之下，只看得他面赤心跳，神銷魂蕩，心中無主，此人年紀尚輕，本是個獨行巨盜，後來才投入『法華南宗』，是以內功修為亦不甚純！再加上他早年放蕩江湖，難免聲色犬馬，在羅浮山巔苦了一年，忍了一年，心中本自有些發慌，哪經得如此刺激？看了許久，竟看得發狂了。」

展白心頭不禁又為之一震，脫口道：「這本書上的幾頁圖畫，當真有這般魔力？」

雷大叔歎道：「你未窺全貌，自然不知道其中奧妙，據說此書中所有的圖畫，都是依照那魔女的『姹女迷魂大法』所繪，書中詞句，更是──唉！你但想此書既有『鎖骨銷魂』之句，便自有『鎖骨銷魂』之力，由此可見一般了。」

他微頓又道：「另一個『法華南宗』弟子，見了這情況大吃一驚，慌亂之下跑了過去，先不管他同門兄弟的生死，伸手就將此書搶了過去，他如此一來，那些武林群豪便動了疑念，大家竟一齊動手，將這師兄弟兩人制住，而且大家約定，誰也不得翻閱此書，一面將此書壓在一塊大石之下，一面想出各種酷刑，來拷問這師兄弟兩人，這兩人一個狂了，一個受刑不住便說了出來！」

展白又自接上歎道：「此種情況，這兩人想必都難逃毒手了吧？」

雷大叔歎道：「不但這兩人身遭毒手，而且死得極慘，別的人一聽之下，便也立刻為之大亂！據聞那法華門人話方出口，站在最前的五人便被他們身後的人下了毒手，其餘的人不分親疏，不分敵友，一陣亂砍亂殺，其中只有一人叫作『五爪靈狐』的心智稍清，忖量自己武功較差，是以先就溜了，但卻也未曾走遠，躲在暗中偷看，到後來他眼見那些武林高手互相殘殺殆盡，只剩下一個崆峒弟子身手較高，狂笑著搬開那塊巨石，取出這本奇書，哪知這人笑聲未絕，身後突地中了一刀，立刻氣絕！原來那五爪靈狐知道他此刻已是強弩之末，便偷偷到他身後，一刀將他砍死了！空山之中，狂笑之聲又起，卻已是那五爪靈狐發出的了。」

雷大叔一口氣說到這裡，語聲方自一頓。只聽得展白顫抖，手足冰涼，他初涉江湖，生性忠厚，幾時想到過江湖中竟有如此淒慘殘酷之事，武林中竟有如此奸狡凶殘之人！一時之間，只覺怒氣填胸，再也忍耐不住，突地劈手奪過這本奇書，雙手一分，竟要將這本天下第一奇書撕毀！

古龍真品絕版復刻 10

殘金缺玉

作者：古龍
發行人：陳曉林
出版所：風雲時代出版股份有限公司
地址：10576台北市民生東路五段178號7樓之3
電話：(02) 2756-0949　　傳真：(02) 2765-3799
封面影像處理：許惠芳
執行主編：劉宇青
行銷企劃：林安莉
業務總監：張瑋鳳
出版日期：2022年12月
ISBN ：978-626-7153-31-4

風雲書網：http://www.eastbooks.com.tw
官方部落格：http://eastbooks.pixnet.net/blog
Facebook：http://www.facebook.com/h7560949
E-mail：h7560949@ms15.hinet.net
劃撥帳號：12043291
戶名：風雲時代出版股份有限公司

風雲發行所：33373桃園市龜山區公西村2鄰復興街304巷96號
電話：(03) 318-1378　　傳真：(03) 318-1378
法律顧問：永然法律事務所 李永然律師
　　　　　北辰著作權事務所 蕭雄淋律師

行政院新聞局局版台業字第3595號 營利事業統一編號22759935

定價：320元　

國家圖書館出版品預行編目資料

殘金缺玉 (古龍真品絕版復刻10)／古龍著. --
臺北市：風雲時代出版股份有限公司, 2022.08
面； 公分.
ISBN : 978-626-7153-31-4 (平裝)
857.9　　111009935